——致敬王鼎钧先生论艺说人永不衰竭的活力

——致敬卞毓方先生笔下宏阔的视野与激情

——致敬朱以撒"薄如蝉翼"的沉重

——致敬凌仕江由"杂志铺"唤醒的悲凉

——致敬阿微木依萝于平凡与庸常中捕捉到了一种人生的神气

评审委员会对入选的50篇作品及其作者,
致以衷心的祝贺!

年度散文50篇（2022）

Fifty Essays of 2022

评审委员会

主　任	陈建功
副主任	古　耜　何向阳
提名小组成员	古　耜　王子君
评　委	陈建功　冯秋子　古　耜
	何向阳　王子君（按姓氏首字母排序）

陈建功
作家，中国作协原副主席，中国文字著作权协会会长。

冯秋子
作家，编审，中国作协散文委员会委员，多届鲁迅文学奖评委。

古　耜
编辑家，评论家，中国作协散文委员会委员，辽宁省作协顾问。

何向阳
诗人，评论家，中国作协创研部主任，鲁迅文学奖得主。

王子君
作家，中国文字著作权协会文学总监，中国散文学会理事。

编者按

为梳理和展示中国散文创作年度成果，2022年7月，中国文字著作权协会与北京时代华文书局决定，共同发起主办"年度散文50篇"文学遴选、出版项目。项目采用推举、评选的方式进行，旨在探索优秀选本的遴选之路，打造一个具有独特性、权威性和可持续的散文出版品牌。目前，首届（2022）"年度散文50篇"遴选工作圆满结束。那么，这次遴选工作有何独特之处？具体的"推举、评选"程序是怎样的？这种文学遴选方法是否可持续？带着诸多疑问，记者采访了年选评审委员会主任陈建功先生。

主编陈建功就
"年度散文 50 篇"
答记者问（节选）

披沙沥金
别辟蹊径

记　者：建功先生您好！据知您自中国作协副主席任上退下后，除了自己的写作，目前正在主持"年度散文 50 篇"项目（以下简称"项目"）。据说，您提出要以散文年度奖评选的思路来操作。我觉得就年选作品来说，这显示了更为严谨乃至严苛的一种遴选方式。您是否可以介绍一下有关想法？

陈建功：这是中国文字著作权协会（以下简称"文著协"）与北京时代华文书局（以下简称"时代书局"）为梳理和展示中国散文创作年度成果，共同发起主办的一项文学遴选、出版项目。项目以推举、评选的方式评选出年度优秀散文 50 篇，结集出版，旨在探索优秀文本的遴选之路，打造一个具有独特性、权威性和可持续的散文出版品牌。我目前仍是文著协会长，义不容辞。

记　者：目前我们可读到的散文年选选本很多，大都是一位或两位主编来选定作品。你们采取"推举、评选"的方式来做，确实感觉不一样。

陈建功：是的，这就是我们追求的独特性。我认为我们的遴选固然不是评奖，但我们设定的，是近乎评奖性质的遴选办法，比较严苛。我们设定了推举范围和推举评选标准。

记　者：推举范围和推举评选标准具体是什么？

陈建功：具体来说，有以下几点：

1. 项目评选，自 2022 年起每年举行一次，首届拟出版作品集 1 卷。此后的卷数可根据项目的发展或衍生予以调整。什么叫"衍生"？就是我们可以衍生出"大学生散文年选""中学生散文年选"等等。

2. 首届推举评选 2022 年有影响力的散文 50 篇。

3. 推举作品范围，以当年度1至12月，也就是完整的自然年，正式出版的国家级文学刊物及具有影响力的地方文学刊物、刊发散文的报纸副刊为主，港澳台以及国外中文文学期刊和报纸副刊发表的散文，亦在关注之列。

4. 入选作品力求题材多样，亦尽可能兼及散文各体裁的样式。凡情感真切、表达独特、艺术新颖，特别是具有某种经典价值的作品，读者反应强烈的、可读耐读的作品在首选之列。我们希望更多的入选作品经得住岁月的淘洗，多少年后再读仍不失其魅力。

5. 编选入集的作品一般单篇字数限制在8000上下，最长不超过1万字。超过1万字的作品，以节选方式收入。有一些篇目，我们也会根据实际情况节选部分章节。全书以不超过30万字为宜。以后各年选字数，或可根据当年作品情况以及出版发行情况予以调整。

记　者：这样看来，这是非常严肃、严谨、严格的年度作品评选，非一二人能完成。你们有一个评选机构吗？

陈建功：是的，我们设置了推举评选机构。由文著协组织设立年选评审委员会。评审委员会由文学界知名作家、评论家、编辑家组成。评审委员会系项目终评机构。由于评审委员会成员也都会有散文作品发表，年选评审委员会特别规定，凡评审委员会成员的作品，不在入选之列。

记　者：这个太重要了，是应有的回避。您刚才说采用的是近乎一种评奖性质的遴选作品办法，具体的遴选程序是怎样的？

陈建功：遴选程序具体分两个步骤。

1. 项目的初选工作采用提名方式进行。由评审委员会指定两位评委组成提名小组，负责作品的初步筛选工作。提名小组成员以广泛阅读和报刊推荐相结合的办法进行初选工作。经过反复筛选，最后遴选出符合评选要求的散文作品90篇提交评审委员会。此外，评审委员会若有三名评委附议，可于初选篇目之外另行补充提名新的篇目。每人补充提名篇目以不超过2篇、共10篇为宜。这样初选篇目共100篇。

2. 评审委员会依照选拔标准对初选篇目予以审议。在充分讨论的基础上，选出入选篇目；若有某些篇目难以取舍，则投票决定。在这个过程中，任何评委都可以提出新的篇目，经大家讨论决定是否对原有篇目进行调整。在本年度文本的遴选过程中，五位评委会成员都分别阅读了初选入围的作品。在坦诚和谐的氛围中，大家不仅发表了对各篇文章的审读意见，而且还对本年度散文创作的特点与艺术倾向交换了意见，达成了遴选原则的共识。最终评选出本年度散文50篇。入选篇目的先后排名以作品发表时间先后为序。我认为，正因为各位评审委员是在深入阅读的基础上，有了对散文趋势的充分沟通和认同，因此在篇目的选取上几乎没有重大的分歧。曾经预设的、某些篇目以投票决定取舍的方式，基本上没有用到。至于下一年度遴选过程会不会采用，则以讨论的情况决定。

记　者：我注意到，这一年间，散文创作活跃，不仅有很多著名作家有好的散文发表，也有不少散文新人涌现。请问你们如何处理名家的作品和新人作品的关系呢？

陈建功：借用一句老诗，叫"不薄今人爱古人"，杜甫所说，是兼收并蓄的美学原则，但作为选家，以作品质量以及对本年度散文创作的贡献为取舍，也是要"不薄今人爱古人"的。名家有"宝刀不老"的佳作，也会有"急就章"；新人有稚嫩文字，也会有"雏凤清于老凤声"的妙笔。以作品质量为遴选标准，我相信或会有遗珠之憾，但鱼目混珠的现象，应是可以避免的。

记　者：这样一种选本，真是令人期待。请问是不是也有相应的推广措施？

陈建功：首先，借你的采访之机，我在此宣布2022年"年度散文50篇"项目评审工作圆满结束。同时，我们将推出由评审委员会和出版方共同制作的"年度散文50篇"公众号，以便同读者、报刊和作家及时沟通交流与选本相关的各种问题，并以此公众号为平台开展多种活动，请广大作家和读者关注。我们期待散文的年选活动成为广大散文爱好者的话题，无论对于本年度的入选篇目还是未选篇目，以及对以后各年度的遴选篇目和推荐理由，都可以发表读后感受。这应是对散文写作和阅读的巨大推动，也将是对评审委员会工作的巨大帮助。其次，有关入选篇目版权的相关工作，由文著协按照国家法规进行。

记　者：如此独特、严谨的年选，一定会引起广大作家的关注，应该会有不少作者希望自己的作品入选。那么如何避免人情关系作品的出现？

陈建功：评审委员会制定了推举评选纪律，以确保项目的权威性与公正性。

1. 主办方与评审委员会应保留评选过程的相关资料，如提名者的提名、评委投票的选票等，均应由提名小组成员和评审委员会成员签名，由评审委员会办公室密封存档，以备查验。

2. 杜绝不正当行为和人情请托之风。项目相关人不得事前透露推举信息，不得接受任何形式的请托。一经发现将取消相关人员的资格。

3. 实行回避制度。若与被推举者有亲属关系，应及时声明予以回避。

事实上，我们这个项目于 7 月倡议，8 月成立评审委员会，初选工作 9 月正式启动。我们没有在项目启动之时发布消息，而是选择在今天宣布评审工作结束，也是意在"保密"，以确保评审工作不受干扰。

记　者：以类似评奖的方式来进行年选，肯定比一般的年选图书出版的成本要高，投入要大。那么活动资金从哪里来？

陈建功：项目推举、评选的经费由主办方筹集。举凡热心文学事业、赞成与支持这一项目的实业家、机构和个人愿以襄助，无任欢迎。推举机构将借推举评选活动的所有相关平台，予以鸣谢。

记　者：这种年选的方法是否会成为未来年选的新模式？

陈建功：这个办法只是我们这个项目的办法，是否会成为新模式不好说。本项目所列示的推举评选方式，旨在探索文学选本的程序创新，增强推举评选工作的权威性与公正性，试图最大可能汇集年度散文的精粹，把最好的选本奉献给读者。这种探索亦必将在推举评选实践中不断完善，每年编选前对《条例》有所修订之处，亦应向社会公开。

记　者：请问评审委员会成员都有哪些人？提名小组成员是谁？

陈建功：这个现在无可奉告。但书出版后，你会在书里看到。

记　者：祝愿这一项目圆满成功！

陈建功：谢谢！

2023 年 1 月

年度散文50篇

（2022·第②卷）

陈建功 主编

韩少功 刘亮程 王跃文 等著

Fifty Essays of 2022

北京时代华文书局

图书在版编目（CIP）数据

年度散文 50 篇 . 2022.②/ 韩少功，刘亮程，王跃文著；陈建功主编 . — 北京：北京时代华文书局，2023.5
　ISBN 978-7-5699-4962-9

Ⅰ.①年…　Ⅱ.①韩…②刘…③王…④陈…　Ⅲ.①散文集－中国－当代　Ⅳ.① I267

中国国家版本馆 CIP 数据核字 (2023) 第 058818 号

拼音书名 | NIANDU SANWEN 50 PIAN 2022 ②

出 版 人 | 陈　涛
选题策划 | 佘　玲
特约策划 | 胡　家
责任编辑 | 樊艳清　薛　芊
执行编辑 | 耿媛媛
责任校对 | 薛　治
装帧设计 | 好天气工作室
内文设计 | 程　慧
营销编辑 | 梁　希
责任印制 | 訾　敬

出版发行 | 北京时代华文书局 http://www.bjsdsj.com.cn
　　　　　北京市东城区安定门外大街 138 号皇城国际大厦 A 座 8 层
　　　　　邮编：100011　电话：010-64263661　64261528
印　　刷 | 北京盛通印刷股份有限公司　010-52249888
　　　　　（如发现印装质量问题，请与印刷厂联系调换）

开　　本 | 710 mm×1000 mm　1/16　　印　张 | 15.25　　字　数 | 210 千字
版　　次 | 2023 年 6 月第 1 版　　　　　印　次 | 2023 年 6 月第 1 次印刷
成品尺寸 | 153 mm×230 mm
定　　价 | 48.00 元

版权所有，侵权必究

目录

江少宾　墙上的祖先 —— 1
任芙康　腊肉 —— 13
云　德　补袜记 —— 18
周家望　女儿笔下的文坛硬汉萧军 —— 23
蓝燕飞　生理期 —— 30
程黧眉　每个人的傍晚都住着故乡的晚霞 —— 44

王跃文　书生戒 —— 49
江　子　七棵树 —— 55
凌仕江　杂志铺 —— 62
梁　衡　寻找缝补地球的"金钉子" —— 76
韩少功　中国人的浪漫 —— 85
羌人六　秘密生涯 —— 91

李约热（壮族） 朗月在天——109

潘向黎 她们都不爱贾宝玉——118

穆涛 旧文献里的种子，以及优质土壤——132

李青松 秦岭抱南北——142

王晓莉 细毛与茶——152

菡萏 少年游——158

谢冕 一曲康桥便成永远——171

黄风 野水的季节——175

阿微木依萝（彝族） 月亮咬住了狗尾巴——186

刘亮程 大白鹅的冬天——192

蒋子龙 昙花绽放——203

田鑫 河流的几种形式——207

彭程 有所思——219

江少宾

墙上的祖先

江少宾

主要作品有《回不去的故乡》《大地上的灯盏》。先后获人民文学奖、老舍散文奖、西部文学奖等。现居安徽合肥。

"是先请下来,还是怎么搞呢?"二哥站在堂屋中间,自言自语,愁容满面地打量着墙上的遗像。我只能沉默。遗像一旦挂上墙就不仅仅是遗像了,而是供后辈敬奉的祖先,不能随便动的——动遗像和动墓碑性质一样,都是不太吉利的,不到万不得已谁也不会去做的事——二哥久居牌楼,他不知道的规矩,我就更不知道了。然而,老屋年久失修,遮不住风,挡不住雨,眼看就要倒了,我们总不能听之任之,不管不问,任凭祖先的遗像被埋在废墟当中吧?

更棘手的是,牌楼没有先例,也就是说,二哥将是第一个重新安置祖先遗像的人。

父亲从老屋往生才四年,音容宛在,遗像还是新的。四年间,每次推开那扇形同虚设的木门,我总看见父亲坐在椅子上,耷拉着白苍苍的脑袋,同往日一样落落寡欢,手边搁着一杯茶……母亲过世后,父亲在城里寄居过很长一段时间,他坚持一个人生活,自己买菜,做饭,自斟自饮。不冷不热的好天气,他会收拾得清清爽爽的,在大街小巷间漫无目的地穿行,累了,再把自己交给任意一辆公交车,坐到终点站,再从终点站坐回来。他渐渐习惯于使用电饭煲、微波炉、电冰箱、洗衣机、热水器……渐渐习惯于"饭后百步走",和那些优哉游哉的城里人一样,徜徉在橘红色的余晖里,脸上挂着安详的笑容。这些显而易见的变化令我们无比欣慰,谁能想到呢,我们看到的只是表象,他心心念念的,还是牌楼那几间弱不禁风的老屋。每次一家人聚餐,他总要翻来覆去地,祥林嫂一样念叨:刮台风了,落暴雨了,下大雪了,小瓦估计压不住了……老屋四壁空空,最值钱的家什是一台黑白电视机,14英寸,没人要的,有什么可惦记的呢?我们轮番劝慰,他默默地听着,听到最后,兀自呵呵呵,不解释,不争论。

我一直以为，父亲年事已高，思想到底还是守旧了。直到他从老屋往生，我才幡然醒悟，那个我们唤作"老头子"的人已经不在了，他的肉身化成一股青烟，和我们阴阳两隔。绿水东流，田畴空荡荡，他走过的脚印已经被风吹走了。他带着社员们一锹一锹挖出来的当家塘已经成了一汪死水，散发着阵阵恶臭。他费尽心力疏通的灌溉渠早已无人问津，淤塞着荆棘、杂草以及各种生活垃圾。他承包过六年的轮窑场已经沦为一座死寂的废墟，遍地瓦砾间，散布着人畜和鸟类的粪便。光天化日之下，他栽在房前屋后的几十棵香樟树被人明目张胆地砍走了，在家的老人远远地望着，大眼瞪小眼，谁也不敢出面阻止……但凝聚他大半生心血的老屋还在（风化的外墙像岁月斑驳的脸），他惯常使用的锄头还靠在墙脚（他披星戴月地扛在肩上，曾是田畈里一道瞩目的风景线），他烫酒的陶瓷杯还搁在碗橱里，深褐色，微微泛红，仿佛余温尚在。他自己选定的遗像（照片底部注有姓名和身份证号码）还挂在老屋正面的墙上，遗像上的他天庭饱满，嘴角含笑，仿佛并没有离开这个世界……这一切都是他在过的毋庸置疑的证据——与其说他是在意老屋，还不如说他是留恋烟火人间。

父亲晚年做过一件大事。他多方奔走，募集资金，修葺了祖父的坟茔，为过世多年的祖母立了一块碑，第二年清明，又把五服以内能联系到的亲戚召集到牌楼，集体扫墓。那是一支五十多人的庞大队伍，有公务员、职员、教师、律师、画家、医生、媒体从业者、自由职业者、个私经营户、农民工、农民……这些五服以内的亲戚，很多我已经对不上号了，之前没有见过，此后也再无联系。那个久雨初晴的上午，父亲穿着一件崭新的白衬衫，胸有成竹地站在亲戚们中央，满面红光地回溯血脉的源头，述说一代代人口口相传下来的各世祖。那一次，亲戚们真是给足了父亲面子，他们毫无怨言地听从他的安排，在规定的时间，分头赶到那个叫"磨担尖"的小山坳。一个都不少。

磨担尖离牌楼至少150里。那时候，父亲已经七十八岁了，居然一个人找到磨担尖，凭着年少时的模糊记忆，在一堆又一堆乱坟中寻到了七世祖。那个我们谁也没有见过的人近乎是个传奇，他从江西婺源一路向北，最后看中了枕山临水的磨担尖，不走了，扎下根来，结婚，生子，开枝散叶。磨担尖地势高，遍地砂石，种不了庄稼，养不活人，他便想着在水里讨一条生路。磨担尖主峰尖尖，左右两条山脊鱼背一样绵延，远远望去，就是一个弧形的大靠枕，拥着波光粼粼的菜子湖。菜子湖是长江的支流，淡水鱼类极为丰富，常见的有鲫鱼、鲤鱼、鲶鱼、鲢鱼、鳊鱼、皖鱼、刀鱼……几十种之多。当真是天无绝人之路，他水性极好，盛夏的夜晚，经常抱着根扁担，躺在水面上睡觉。这怎么可能呢？大家都笑了，父亲不满地咳嗽了一声，用不容置疑的口吻说，你们没见过，我也没见过，但这是祖祖辈辈传下来的，不会错！

那个我们谁也没有见过的人成了菜子湖南岸第一个渔民，他扎了张竹排，削了根长篙，仗着好水性，赤手空拳地下水了。菜子湖风高浪急，他在风浪里搏击了一天，结果一无所获。落霞与孤鹜齐飞，余晖映红了他沮丧的脸。那一夜，他枕着竹排，仰望星空（宝蓝色的星空湖水一样沁凉），愁肠百结。那一夜，他听见磨担尖浊重的呼吸、菜子湖澎湃的心跳，鱼群在竹排四周旁若无人地巡游……没人知道那一夜他究竟想了些什么，在后人的传说里，他忽然无师自通，在长篙上绑了把锋利的镰刀——这个划时代的举动，标志着他成了一个真正的渔民——手起刀落，刀刀见血，鱼，鱼，鱼，取之不尽用之不竭的鱼，他像收割稻禾一样收割烟波浩渺的菜子湖。那是他一个人的湖，他近乎赤条条地站在竹排上，放声高唱自编的渔歌——

菜子湖水深又深
红尾鲤鱼跳龙门
米虾毛蟹粗黄鳝
还有乌龟和老鳖
菜子湖水清又清
风摆杨柳雨弹琴
云过青天江升到
一竿长篙任我行
啊，任我行——
…………

是的，他大名江升，享年五十一岁，三房，五子。他活在我们这一房几代人共同完成的口述史里，没有任何官方文字上的佐证。他的老像（画出来的遗像，牌楼人称之为老像）是乡村画师根据祖父的口述画出来的，前额鼓突，眉宇宽广，瓦片一样的两颊紧绷绷的，山崖一样陡峭。第一眼看上去，五六分神似晚年的祖父。他名下的另外两房人已经散失，大房一直在磨担尖周边繁衍生息，稀稀拉拉的，像一盘散沙，怎么也聚不拢，渐渐下落不明；最小的一房传到一个独子，参加过渡江战役，新中国成立后便失去了联系。

此后，他又无师自通地发明了"扳罾"，网格状，漏斗形，木把手。雨季的磨担尖，湖水倒灌，沟沟渠渠都满了，漫溢成河。他赤着脚，推着扳罾，"哦——嚯嚯嚯——，哦——嚯嚯嚯——"，短一声，长一声。

长年累月的水上生活,练就了他的手感和直觉,推着推着他会突然慢下来,快速端起扳罾,哗啦啦,罾里活蹦乱跳的,都是鱼。

也就这些了,一个人的全部,看上去轰轰烈烈、波澜壮阔的一生。今天的菜子湖畔,他编的渔歌依旧在传唱,只不过,没人知道谁是"江升"。

七世祖之后,八世祖九世祖十世祖都是渔民,他们的老像和七世祖一脉相承,如果仔细辨认,会发现八世祖的眼角有一颗米粒大小的黑痣,十世祖的嘴角挂着一丝不易觉察的笑容。作为活生生的生命个体,他们从几代人的口述史里消失了,没有生平事迹,没有兴趣爱好,只剩下几个并不确凿的名字——"八世江公:振阳(扬)""九世江公:四鸣(铭)""十世江公:传(船)久"。我不能理解的是,七世祖尚有一块长眠之地,而属于八世祖九世祖十世祖的,却是一片无人认领的乱坟。血脉相连的几代人,命运竟然如此不同,这是单纯的偶然,还是另有不愿让后人知道的隐情呢?

在岁月的长河里湮灭,被后世遗忘,这是大多数人共同的命运。

我还记得祖父——江满舟,我确凿知道的十一世祖,一个勤劳俭朴、忠厚老实的人。他一生最辉煌的业绩,是从菜子湖畔的磨担尖举家迁到巢山脚下的牌楼——从水里到岸上,几代人的生活方式由此改变,在那个年代,这无疑是个里程碑式的伟大壮举,但他自鸣得意的,却是祖母过世后,他一个人既当爹又当妈,将五个儿子拉扯成人。

祖母是活活痛死的。适逢梅雨季节,密密的雨幕从瓦楞间瀑布一样挂下来,织出一条条亮亮的白线。祖父光着膀子蹲在檐下,眉头紧锁,苦大仇深地看着瀑布一样倾盆而下的大雨。在父亲年幼的记忆里,祖母一直蜷缩在床上,捂着肚子,喊痛。没人知道她为什么一直喊痛,也没人问她为什么一直喊痛,仿佛那是一件天经地义的事情。许多年过去,对父亲来说,遗像里的祖母已经是一个陌生人,在他脑海里盘桓不去的,是她弥留之际,扭曲的脸上汗涔涔的(像一块长时间浸在水里的裹脚布),蜷缩在床上(被粗布蓝衫包裹着的单薄的身躯),朝他伸出一只枯手……他一个劲往后退缩,一直退到门边,停住了,单薄的木门成了他最后的依靠,"那已经不像手了,像一条蛇"。这个怪异的近乎有些不可理喻的念头纠缠他很多年,直到他慢慢老了,才渐渐卸下压在心底多年的悲伤和自责。

但他时常半夜醒来,一边拍床一边喊,蛇!蛇!

哪里会有蛇呢?

柔和的灯光抚平了他的惊惧,他茫然地看着天花板,轻轻叹了一口气,又沉沉睡去。

一而再,再而三,在他的晚年,梦境和现实的边界已经模糊了。他整天疑神疑鬼的,足不出户,要么卧床,要么蜷缩在破旧的藤椅里,长时间一言不发,神情酷似晚年的祖父。

祖父一直没有续弦,祖母过世时他才四十岁,正当壮年。偶有媒人上门,他总是躲得远远的,把几个邋里邋遢的孩子留在家里。牌楼人看在眼里,动了恻隐之心,里里外外地帮衬,几个没娘的孩子,竟也没吃多少苦。

那时候牌楼只有七户,四户姓朱,另外三户,一户姓曾,一户姓唐,一户姓胡。他们和祖父一样远道而来,跋山涉水,最终都不约而同地,在牌楼收住了急匆匆的脚步。

五个儿子,祖父最疼五叔,他时常把五叔带在身边,捕鱼、卖鱼,早出晚归,风里来,雨里去。大家心知肚明,五叔是被他寄予厚望的接班人——五叔遗传了他的长相和性格,水性又极好,暮年入水依旧"浪里白条",仰泳、蛙泳、扎猛子……谁能想到呢,五叔死活不肯继承他的衣钵,他死皮赖脸地,说尽各种好话,五叔高低不应声。

他像一个泄了气的皮球,慢慢地委顿了下去。

他像往日一样忙里忙外,只是身边少了一个"跟屁虫"。

清官难断家务事,乡亲们顾不了这些,私底下多次敲打五叔,"你大真是白疼你了啊……"五叔只是笑,高低不应声。

五叔是个不轻易袒露心迹的人。他既不喜欢漂在水上,也不愿意泡在田里,最终,他不顾全家人的一致反对,选择了一种闲云野鹤般散淡的日子——游泳,喝茶,玩纸牌,下象棋,雷打不动地收看《新闻联播》,听黄梅戏……我行我素兴趣又极其广泛的五叔,成了一个"异类"。

祖父洗脚上岸是否和此有关?我没有求证,也无法求证。20世纪70年代我出生时,祖父已经老了,弯着腰,走路慢腾腾的,拄着拐棍。他给我最深的印象,一是沉默寡言,"磨子都压不出个屁来";二是特别怕冷,刚过白露,他就把火钵从床底下掏出来,让我母亲煨火。母亲是童养媳,服侍他几十年,像熟悉家里的旮旮旯旯一样熟悉他的生活习惯。每次接过火钵,母亲转身就要翻晒他的棉袄和棉裤。他个子大,腿子长,棉裤夹在晾衣绳子上,像一只迎风招摇的水桶。那件瓦蓝色的老棉袄他穿了好多年,胳膊肘子都泛白了,还缝了三四个补丁,但他舍不得扔,一直穿到死。

祖父离世时我只有八岁。那是我第一次经历亲人的葬礼,既懵懂,又好奇,雪白的经幡挂满了堂屋,祖父的灵屋摆在堂屋中间——一座敞亮的瓦房,前面还圈了一座四方四正的院子,院子里站着一堆花花绿绿的纸人,男的戴着帽子,女的扎着辫子,还有一些人提着篮子,扛着锄头,挑着担子,抬着轿子……过年一样热闹。暖阳如瀑,从瓦楞间泻下来,祖父的灵屋矗在半明半昧间,仿佛他寂然而平淡的一生。聚光灯一样的光瀑里,花花绿绿的纸人异常醒目,仿佛即将复活。那些栩栩如生的童男童女让我对祖父的死亡产生了怀疑,或许他并没有死,而是去了另一个世界——另一个世界衣食无忧,有童男做饭,有童女洗衣,出门还有人抬轿子,不可思议!那是神仙一样的日子。

祖父的老像摆在灵屋正中间,那是一幅炭笔画,乡村画师史成玉最著名的代表作——画中的祖父目光澄澈,眉毛历历可数,嘴角衔着一丝不易觉察的笑意。史成玉画像有个习惯,不看相片,只看真人。祖父是突然间弥留的,史成玉从床头绕到床尾,一言不发,或站,或蹲,或单膝跪地,长时间盯着祖父。第三天中午,老像送来了,一屋子人惊得合不拢嘴,太像了,栩栩如生。这是史成玉画的吗?大家都不信。也难怪大家不信,那么一个胖坨坨的人,怎么学会这个本事的呢!

成玉父母死得早,养父是个道士,高而瘦,驼背,长髯,披着一件长到脚跟的黑袍子。每年腊月,他总要在牌楼住几天,上午休息,傍晚开始打卦。我记事时,他精力已经非常不济了,一晚上只打十二卦,打完六卦,成玉不问时间长短,总要拾起道具,安排养父吃晚饭。他不喝酒,不吃腥,冬天只吃两顿。

卦相不好,道士是要画符的,或为祛病,或为消灾。对道士来说,打卦只是基本功,画符才是真本事。奇怪的是,每年来牌楼,却是年迈的养父负责打卦,年幼的成玉负责画符。半年之后,成玉不愿意画符了,他要画像,画老像。日薄西山的道士空有一身法术,只好睁一只眼闭一只眼,随他。

道士登仙之后,心无挂碍的成玉终于如愿以偿。他没有继承养父的衣钵，反倒心无旁骛地奔走在画像的路上。三娘、五叔、三伯、远升二爷、冬至大爷、春明大婶……牌楼人的老像都是他画的，他画得多好啊，几乎和人一个模子。

后来街上开了照相馆，但老人还是愿意找他。照出来的只是皮，画下来的却是骨啊！

皮有什么用呢？和一副没用的臭皮囊相比，老人们更愿意留下自己的骨。

作为画师的史成玉很快便赢得了极高的声望。很多人不知道谁是大队书记，但方圆数里，谁不知道史成玉啊！为了请他上门画像，有一段时间，甚至出现求画者堵在他家门口，排着长队的壮观景象。

成名之后的史成玉陀螺一样旋转在高低不平的乡村小路上，从满月的孩子到腰包鼓起来的中年人，他坐在东家的堂屋里、门槛边、浓荫下、池塘边……心无旁骛地画像。这些肖像画是要收费的，多少不拘，可以是一条烟，也可以是两瓶酒，甚至也可以是一麻袋刚刚出土的山芋。但他始终恪守养父的遗训，免费画老像，十里八乡也都知道这个规矩，任何场合提起史成玉，最后都少不了送他三个字："活菩萨"。

几十年下来，史成玉送走了一个又一个亡人，画过的老像足以码成一座山。它们被敬奉在一间间或明或暗的堂屋里，镜面上的灰尘覆盖着脸上的幽光。更多的肖像消失在人海深处，像那些去向不明的牌楼人，只留下一栋栋空荡荡的老房子。老房子对应的，不再是一段段岁月，而是户口簿上冰冷的籍贯，更时髦的说法是——老家。

史成玉两个儿子都在外地，老伴晚年也进了城，照看孙子和孙女。渐入老境的史成玉守着一栋老房子，哪儿也不去，饥一顿，饱一顿，在薄暮里孤魂一样游荡。当年那个红光满面的乡村画师不见了，取而代之的，是一个落落寡欢、颧骨高耸的秃头老人。

早就没人找他画像了。殡葬改革推行之后，葬礼所需的种种仪式，已经沦为一道道流水线，能省的都省了，不能省的，有些其实也省了。谁还在意炭画这种老古董呢？太麻烦啦，满大街都是电脑扫描，立等可取，一次性成像。

每次提起，史成玉都是一脸沮丧。有一年他突发奇想，能不能把自己画的老像拍成照片呢？一来，百年之后给孩子们留一份念想；二来，这好歹也算是一门手艺啊！奔走多年，他始终没有招到合适的徒弟，有些人半途而废，有些人知难而退，炭画老像这门手艺，就要在他手上失传了。

他赔着笑脸上门，孰料话未说完便遭到拒绝，"这是我家上人哎，老像，你知道规矩的啊……"

他当然知道规矩。好不容易才挤出来的笑容慢慢僵在脸上，又像一片飘零的落叶，转瞬就枯萎了。

——遗像一旦挂上墙，就不再是遗像了。但，要是必须从墙上取下来，又该如何处理呢？

二哥踌躇着，从衣橱里摸出两瓶酒，领着我去找史成玉。

史成玉笑吟吟地迎出门，晃着我的手，说："我认得，我认得！大模样没怎么变。你也就四十旺岁吧，头发怎么就白了哦？！"简短的寒暄之后，我委婉地说明来意，"我家那老房子怕要倒了，墙上还有您画的老像，这怎么搞呢，可要我帮您拍下来啊？"他脸上的笑容潮水一样退去，"不用拍了，不用拍了，又不是什么了不起的东西。再说，我也丢手了……"

那潮水一样退去的笑容，岁月一样苍茫。他是难得一笑的。岁月一样苍茫的晚年，他时常蹲在家门口的枫香树下，一个人打卦，"扑哒"一声，他不满地摇了摇头，弯腰捡回来，重新打。卦外是凉薄的人世，卦里是无常的生死。他还会画符吗？我不知道，话到嘴边又咽了回去。

但他从来不帮人打卦，乡亲们遇到疑难，总要去找他，他的热情一如往日，答疑解惑，帮乡亲们想办法。然而这一次，他的眉头却锁了起来，好半天之后，才模棱两可地说："搞三个碗请，请下来之后，带到你们自己家，挂起来，没有其他法子。我活几十年了，还真没经过这号事……"

我和二哥都有些意外。史成玉不知道的规矩，不会再有人知道了。

他最多七十岁，脸颊、额头已经爬满了老年斑。最要命的还是咳嗽，咳咳咳，喉咙里扯着一只小风箱。岁月真是残忍啊！我如坐针毡。墙上的道士像已然泛黄，关刀眉消失了，眼神依旧是活的——我站在左边，他盯着我不放，我转到右边，他盯着我不放。毛骨悚然。那些打卦的夜晚突然一起回来了，我在人群中间钻来钻去，看道士打卦。史成玉一次次冲我做鬼脸，"蹲下来！不要跑，蹲下来！"顽劣的我哪里肯听他的话。我依稀记得，他总是单薄的，裹着一件松松垮垮的军大衣，耳朵红彤彤的，生着冻疮……

夕阳西下，倦鸟归巢，牌楼空荡荡。两只野猫从黄昏里蹿出来，嘶叫着越过低矮的山墙。

选自《作品》2022年第5期

任芙康

腊肉

任芙康

毕业于南开大学中文系。编审。曾任《文学自由谈》《艺术家》主编，天津市写作学会会长，天津市文艺评论家协会会长。享受国务院特殊津贴专家。多次担任郁达夫小说奖、鲁迅文学奖等奖项评委。第七届、第九届茅盾文学奖评委。

记忆里，老家进入腊月，便是腊货熏制旺季。岁尾三十团圆饭，桌上不摆出几盘腊制食品，纵有鲜肉亮相，仍属"糊口"，无非比平日多道荤菜而已。这般将就，是对春节的敷衍，往往会惹人轻看。

正月的光阴，跑得飞快。元宵节过罢，大人换上工装，学童摊开课本，心思转移，拜年话渐行渐远。唯有殷实人家，嘴角尚未褪尽喜气，案板上依旧时有腊货出没。

斯文些的一家之主，能将偶尔上桌的美味，享用得有板有眼。往往一改节中随意，端起酒盅，浅抿一口，伸箸夹起亮闪闪的一块肉，或一片肠，并不顺势入口，暂停推进，似有不舍的端详，惜别的踌躇，甚而凭吊的怅惘。心下满是明白，所有的美妙，万勿好戏连台。口腹之欲的重逢，同样须有间隔，讲究的是应季循环。

正月下半段，仍有人家操办宴请。这些绝非拾遗补阙的应酬，多邀"稀客"，日子早经谈妥，故而，万不可视作寻常吃喝。此刻上席的腊肉，皆为遴选的臻品，乃"黑爷"身上最优秀的"五花"（边角部位，早就充任过年初期大快朵颐的先遣）。主菜四周，聚拢各色煎炒蒸炖。东家一再自谦的"便饭"，不断收获客人的饱嗝：安逸，巴实，今天嘛，才算伸伸展展过了个年。——老家的习俗，便是这样，过年的压台戏，往往在门庭若市消停之后。

天气一天天暖和，到了旧历二三月，又有三朋四友谋划打牙祭。开卷有益未必人人肯信，开饭有益一定个个爱听。杯盘碗盏数十天的素净，让人开始追思春节的铺张。饕餮之徒的肠胃，早无气节可言，压抑到对个暗号就上钩。甲说上句"苞谷酒"，乙接下句"老腊肉"。这两样到位，余下的配菜，全成枝节，随便兼搭就是了。耳闻上海人下馆子，点菜亦有类似默契，只是沪语柔媚，带着善解人意的体贴。某人刚诉苦"一天不见青"，随即有应和"两眼冒金星"。这就等同知交,瞌睡来了递枕头,会心一笑,携手入席。有得青青绿绿的"鸡毛菜"坐镇,草草添几种海味、山珍,便成盛筵。

其实,在冰箱缺席的年头,只有到了乡下,方可窥见"老腊肉"的尊容。那般黑黢黢、油乎乎,堪属不同凡响的色彩。你越是肤浅,越容易痴迷,越不舍失之交臂。远虑深谋的庄户,年节里会时时眷注腊肉的存量,不搞大手大脚,反会挑选若干,悬挂于火塘上方。如此天天烟熏火烤,正是山民妥帖的储存。从水稻挠秧的六月,到开镰挞谷的八月(均为旧历),预期的盖屋建房,意外的人来客往,老腊肉都是鞭策或救急的功臣。

暑天的溽热中,腊肉命长,搁放越久,煮出来的味道越均匀、厚实。那年夏天,有同学提议,我等三人,凑了几斤肉票,在城里买上鲜肉,搭车下乡,去找他表哥以物易物。新婚的表哥,爽气外露,将肉递给老婆,吩咐割下一截,下厨收拾。表哥说完,跑着来去,从菜地拔回一把蒜苗。中午白米干饭,一盘清炒嫩南瓜丝,一钵回锅肉,叫人忘掉客套,个个热汗淋漓。酒足饭饱,表哥取出"置换"的腊肉。我接过手,明显重于带去的鲜肉(一斤鲜肉,应获腊肉八两)。不忍表哥吃亏,我们表示补偿一元(当时鲜肉市价五角八分一斤)。他连连摆手:"不亏,不亏。早想尝口鲜肉,莫得肉票,这一顿正好过瘾。"我们听罢,不再坚持,索性拜托表嫂,趁炭火方便,帮忙一把。表嫂动作麻利,又有章法,将腊肉烧皮、泡胀,刮洗一净后,切成三份,再用草纸包得方方正正。告辞时,表哥家的小黄狗尾随着,发出莫名呻吟。我们走上一里开外的公路,它才怏怏而回,好像认定这几位贪心不足,吃过喝过,还骗走了主人的东西。

1976年年底,我在部队当干事。所干之事,从早到晚,手握秃笔,填充稿纸。某一天,新稿完工,伸罢懒腰,突发奇想,何不再找点事干?便与驻地附近朋友联系。对方是农场当家,听完我的打算,哈哈大笑,答应帮忙。隔了两天,我如约到得场部。两小时前,食堂为改善职工伙食,刚让几头肥猪谢世。此刻,闲人早已散去,给我的预留,正是事先说好的数量(二十斤),亦是事先说好的质量(不要尽瘦,不要尽肥,不带骨头)。一位师傅结完账,又照我请求,将肉分割成巴掌宽、一尺长的条状。

回到营房,原本只是写字、翻书、睡觉的空间,因如今桌上堆放着猪肉,外加一应调料,平添世俗的家常,让人再难正襟危坐。贪嘴的人,都会有可笑的耐性,就如我眼下,无师自通,细心侍候每块猪肉。抹盐、敷酒(沙城大曲)、撒花椒及敲碎的八角,外加蒜末、姜末,之后使暗劲揉搓。耗费半个时辰,估摸味已入肉,紧实地码放盆内,腌上一夜。

宿舍皆平房。由房间推窗翻出,六尺开外,是院子围墙,与住房间隔成一道无人行走的空当,其格局隐蔽,被我一眼相中。满地废砖,捡来搭成简易灶洞,中间平穿铁棍数根,再找一块锌板,盖住顶部。又骑车去木工房,驮回两麻袋锯末。

翌日上午,将腌好的肉块横陈于铁棍上,让它们开始洗心革面的演变。锯末漫燃开来,我的稿子再也写不下去,只顾透过窗户,观赏乳白色的"炊烟",袅袅升起。

接连几个白昼,我"专注"于一心二用。每每伏案个把小时,越窗而出,朝灶洞火堆添撒锯末。便有不息的烟,熏染着华贵的肉。如是三日,大功告成。气色纯正的杰作,被赏心悦目地悬挂起来。又过数日,将晾得干干爽爽的腊肉,用报纸打包,装入一个大小恰好的纸箱。

北京南口邮电局,一位女职工开箱检查,年岁轻,所以好奇:您这腊肉,就是"辣肉"吗?我正要解释,柜台内过来一个眼熟的大姐。她则另有纳闷:腊肉属南货,只见过四川邮发北京,从无京城返寄蜀地,是您自己加工的?加工费事儿吗?诸如此类,让交谈进入我的"强项",吸引了十来位顾客。

付邮之后，心里七上八下，生怕包裹有闪失。过了一周，赶去邮电局，排队拨打长途电话。轮到我时，运气不错，两三分钟便听见了亲人的声音。父亲恰巧在单位，告诉我航空信早到，而腊肉搭乘火车，应该会慢上几日，劝我不要着急。谁知转天下午，就喜读电报："肉到味好。"

我家所居，位于老城中心，是昔年教会的育婴堂。三幢西式平房，组合成一座院落。各幢结构类似，宽敞的过道两侧，房间大小相同，屋顶高挑，纯木地板，每户一室。单位办事周全，为各家另辟一扇后门，通向"厨房"。屋宇飞檐伸展，遮蔽出宽宽阶沿，安顿着家家的锅灶，这便天天都有人间烟火，谁家做了好菜，众皆美味扑鼻。据说，"北京腊肉"寄回那天，引起满院围观。我妈顿生与芳邻分享的念头，当即打整两块下锅。肉熟切片，按各家人头奉送品尝。众人都不曾推让，都真心叫香，都夸奖芙康。

后来探家，同院叔叔、阿姨，当面继续嘉许我的手艺。有位资深"五香嘴"，索性端坐我家，不仅点评腌熏考究，甚而断言燃料纯粹，全系柏木锯末。我妈眉欢眼笑，只是静听，背后用句句细节，对我摆谈那日"盛况"。这让我真切豁然，直见母爱，晓得老人家为儿子的雕虫小技，喜悦至极，且暗自骄傲无边。

选自《文学自由谈》2022年第5期

云德

补袜
记

云德

笔名德耘、仲言等。享受国务院特殊津贴专家。曾任中宣部文艺局副局长，人民日报文艺部主任，天津文广局局长，中国文联书记处书记、副主席。著有《云德评论文选》（6卷）等，获得过十多个国家级文化与新闻奖项。

同学和朋友间的家庭聚会，倘若主持人掌控不力，一不留神就会变成女士们联袂组团的声讨会，把吐槽老公变为聚会的主要议题。揭起自家老爷们儿的短来，娘子军可谓个个奋勇当先、法不容情。尽管老公们偶尔也有尴尬时刻，但却给聚会带来许多意想不到的轻松快乐。鄙人补袜子的糗事即由此被公之于众，进而成为再聚时大家调侃的话题。

补袜子其实也不是什么难以启齿的隐秘，说到底，不外乎就是生活的惯性延续和袜子的质量问题。

讲到生活习惯，我们那代人的生活际遇和家庭教育与今大不相同，物质富裕时代的年轻人肯定无法理解。譬如我，自幼随祖母生活，从记事起，略通文墨的老人常年念叨着："一粥一饭，当思来处不易；半丝半缕，恒念物力维艰"的古训，严格要求我常用的东西须码放整齐，不能乱丢；食物无论粗细不得挑剔，更不可浪费。我慢慢被古训"洗脑"，也为生活的窘迫所驯化，节俭成了深入潜意识的生活行为。那时候，只有过年时才能穿上新的鞋袜，平常一年三季基本赤脚，冬天穿的大多也是打着补丁的旧袜子。记忆中，一过寒露，祖母就会戴上老花镜，把去年的旧袜子找出来，填上一个楦头，剪一块旧布，把穿破了的袜底密密麻麻地缝补平整，塞进早已晾晒过的棉鞋里。由此，寒冬里，一对脚丫子的保暖才有了着落。"新三年，旧三年，缝缝补补又三年"，对许多人来说，这民谣恍若隔世，我们这代人却沉潜入骨，奉为信条。

再说产品质量。过去的袜子纱支数大，所以厚实，能穿一两年。现在或为成本计，或因淘汰较快，普遍流行纱支数较小的薄袜，不耐穿。尤其是上了岁数后，脚后跟皮肤变得粗糙，通常一双新袜没穿几天就会出现破损。稍不留意，到别人家做客时，一换拖鞋洋相大出，经常会有脚趾曝光的场面让主客双方彼此难堪。

眼看着刚穿不久的新袜有了破洞，权衡再三，觉得扔掉可惜，只好求助夫人帮忙缝补。不承想，精心洗净的旧袜从此再也不见踪影。试询问，闪烁其词；追问之，则答复十分坚决：什么年代了，哪里还有人补袜子？丢人！结果倒也比较温馨，床头柜里一下子多出两盒新袜。

买新袜谁不会？感动但不领情！嘴上虽然诺诺称谢，心下却暗暗腹诽。"喜新厌旧"，对于有贫寒记忆的我辈而言，总不免生出几分暴殄天物的负罪感。"卖惨"的不归路，就是这么走了上去。

依赖外援没了指望。于是，不由自主地联想起毛主席老人家的那句名言：自己动手，丰衣足食。受伟人鼓舞，擎起自力更生的旗帜，尝试践行缝补袜子的大任。不想上手方知，看似简单的针线活，还有相当的技术难度。开始补袜时，既不清楚补丁朝里还是朝外，也不明白如何下手才能让不易固定的针织品听从指挥，忙乱中，第一次行动以失败告终。针从对面窜出不断扎手不说，补过的袜底不仅不平整，而且还四周露着毛边，实在没勇气穿出去。好在本人意志顽强，并未气馁，第二次动手时就认真汲取了失败教训，先将袜子翻过来，按所补袜底大小，在废掉的旧袜上剪下一块半椭圆状的补丁，紧贴袜底沿四周均匀缝合固型，然后以Z字形走针，确保两层织物充分吻合，最后再对破洞的周边多缝一道针线。待一切完事，翻过来再看，袜子外形完好。如果不让外人看到袜底，根本瞧不出任何缝补的痕迹。大功终于告成。由于补过的袜子有了双层袜底，经得住脚后跟的反复摩擦，穿用的时间大概率要超过新袜子的两倍，这"巨大成就"既能锻炼身手、平复内心，还能节省资源，何乐而不为？从此，缝补旧袜成了庸常生活中的一大乐趣。

今年春节回家过年，补过的袜子被妹妹发现，先是称赞嫂子的手艺，等得知非嫂子所为之后，马上笑嘻嘻地评价，虽然针脚歪歪扭扭、大小不一,难得的是造型上还颇得奶奶的几分真传。听了十分受用。

补袜这事之所以屡遭老婆孩子与亲友的揶揄,无非是边际效益太低。既然二三十块钱可买一打,花大半个钟头补双破袜子物有不值。实质上,补与不补既无关金钱,也无关面子,纯粹就是个生活观念问题。节俭的理念如果来自外力,会令人产生难以承受的痛苦;若是养成生活习惯,则会化为自然而然的行为。惜物绝不等于贪财,惜物是敝帚自珍,贪财是占别人的便宜。孔孟之乡的节俭教育,是严格的自我约束,而不是待人接物的小气和抠门。在山东老家,自己可以节衣缩食,待客必须慷慨大方,宁可自己受委屈,对外不能落寒碜,这是普遍遵循的民风民俗。在讲究公平交易的市场经济时代,这不一定受到社会的嘉许和肯定,但丝毫不影响它成为个人的行为准则。通常来说,惜物与节俭不涉及道德评判的范畴。

这每逢炫袜时也要随之一炫的"理论升华",不幸中被一场意想不到的经济损失间接给予佐证。退休之后,时间多起来了,不时去银行办理老两口的工资转存手续。银行的基金经理乖巧可人,一见面就喊"大爷",一告别就扶你胳膊说"慢走",一来二去,觉得你不把钱往那儿送,都对不起人家。经不住小伙子反复热情的推销,自己那点养老钱悉数买了基金。头两年回报不错,的确超过了定期存款近一倍;不料,从今年年初开始,基金指数直线滑落,养老金损失了四分之一。推销基金的小伙儿见面一再道歉,说是过去从来没有发生过类似的事情。面对数十万计袜子的经济损失,本人知趣地哈哈一笑,既是人家好心出错,自主行为的责任理应自负,经济大势岂有哪个能准确预测?计较岂不伤了和气,权当不懂金融的入门学费罢了。

此事不经意被一老友知晓,一时成了新的玩笑话题。疫情期间少了聚会,偶有电话问询,开口便是:基金又亏了多少?那么多钱要补多少双袜子才能找齐呀？大笑过后，天南海北地穷聊。聊着聊着，共识也就有了。我们这代人生活在动荡年月，穷日子过惯了，书生本色又注定了即便在商业社会也拉不下捞钱的脸面，所以，穷书生或许最不在意的就是钞票。钱多点少点无所谓，若能保障基本生活，心安理得度过余生，就算是最大的心理满足了。

  话虽如此，谁也不愿意囊中羞涩、一贫如洗。近日，突然看到某大报一篇全面辩证看待经济形势的雄文，思想方法倒是我们曾经熟悉的，结论断定韧性十足、前景大好。虽读得眼花缭乱，却也很受教育，从中足可断定，基金盈利有望，甚喜。把这乐观信息传递给电话那端的老友，这哥们儿对全面辩证似懂非懂，依旧劝我止损。其实，本人胃口不大，回本即可。倘有此日，出逃的基金肯定回归银行定存，袜子还是照补不误。

选自《北京晚报》2022 年 6 月 5 日

周家望

女儿笔下的
文坛硬汉萧军

周家望

1971年3月生,现任北京晚报五色土编辑部主任,高级编辑。1995年开始发表文学作品。发表散文随笔300余篇、旧体诗词900多首。著有《老北京的吃喝》《从家望去》等专著。曾获"首届北京中青年德艺双馨"奖。

4月23日,世界读书日。

79岁的萧耘大姐,忽然快递给我一本出版于12年前的书:《写给父亲爱的记忆——萧军最后的岁月》。

"周家望,读书日,送你本书吧。绝对的好书,这本书以前跟你念叨过,没给过你吧?你抽空好好读读。那时候我写得真好,现在写不出来了。"

萧耘寄来的这册由中国书店出版的《萧军最后的岁月》,还是毛边本的。书的扉页上,萧耘用铅笔写着"萧耘自用。2010.8",书的尾页上是萧耘的先生王建中的铅笔笔迹:"仅存毛边本样书,概不外借。请见恕。"足见"耘中"二位对此书的重视。

如此厚赐,我焉能等闲视之?赶紧取出国维兄赠我的"家望所得"四字藏书章,恭恭敬敬地钤在萧大姐的笔迹旁,也算海内孤本,传承有序了。

之所以说到毛边本,是因为它与鲁迅先生颇有渊源,大概率是鲁迅先生从日本留学归国后引进的。毛边本的出版样式,源于欧洲,传到东瀛。据白化文先生考证,中国的毛边本的"始祖",是鲁迅、周作人兄弟的《域外小说集》。鲁迅先生对毛边本最为垂青,他曾自诩为"毛边党"。他生前的多部著作,都是以毛边本面世。而萧军、萧耘父女两代,又先后以出版毛边本的方式,延续着鲁迅先生的文化美学倾向。

所谓毛边本,就是印刷的图书装订后不切光,书页之间只裁地脚(既利于上书架,又利于入刀裁),留着天头和翻口"右牵上连",以示这是从未读过的新书。第一位读这本书的人,必定左手握卷,右手执裁纸刀,读完一页,再裁开一页,宁心静气,边读边裁。裁的时候,刀走书边,沙沙作响,裁开后,有趣的照片、绘图和意想不到的故事,纷至沓来，就像孩子们开盲盒一样。

显然，萧耘这本书，读起来却没有那么轻松，而是异乎寻常的沉重。

可以说，《萧军最后的岁月》是萧耘用文字和照片拍成的纪录片，其中注满了父女亲情，湿漉漉的，热腾腾的，像海底岩石上那涌动不息的温泉。

无处不流淌着汗水、泪水和热血！

三十年前，我到北京市文联工作后不久，就结识了这位被我戏称为"大火球"的萧耘大姐。很快，又认识了她身旁多才多艺、温润儒雅的王建中先生。我在《茂林居里两神仙》一文中，曾详述过我和他们二十多年的忘年之谊。

萧耘是萧军的二女儿，相貌、体态、性格、气质，皆有其父风范。她与萧军既有父女之因，又有师友之缘。如果说萧军是鲁迅先生的狂热追随者，那么，萧耘王建中夫妇就是萧老爷子的超级粉丝团。

萧军辞世三十多年来，他们夫妇按照父亲的遗愿，保管着萧军日记，捐赠了他的手稿、收藏和所用过的器物，编辑出版了 20 卷 900 多万字的《萧军全集》，为此投入了生命中的绝大部分精力。不管是在茂林居的书山之下，还是在通州美然百度城、顺义裕龙花园五区租住的寓所，乃至在昌平十三陵温馨老年公寓的仙人居，我每次造访，都看到这个"耘中组合"，戴着蓝布套袖，伏案赶稿子、校书样。见我来了，只当是茶歇时间到了，一杯在手，三人闲坐，几乎所有的话题，都离不开鲁迅先生和萧老爷子。

《萧军最后的岁月》一书，就是他们客居顺义时完成的。或许对于萧耘来说，这本书是对她深爱的父亲的最好的纪念，因为字里行间，无处不流淌着汗水、泪水和热血！然而就是这样一本以临床护理日记为基本素材的书，依然保持着萧氏文风中惯有的豪迈与达观：萧军重病期间对子女们曾说："死，也要死得艺术，死得有气派。纪念，也要纪念得艺术，不要哭哭咧咧的，凄凄惨惨的，我喜欢愉愉快快的！我想把我的身体捐献给挽救过我生命的海军医院，作为病理研究之用；如果癌细胞没有侵害到骨骼的话，我想解剖制成标本，送回老家萧军资料室或送给医学院，让学生们当作教具。据说，解剖用的人体远远不够用……若不然，就分别将皮肤、角膜等可用的器官尽可能地利用起来吧……"

萧军还说："他们都以为我是李逵，手持两把大板斧到处乱砍！其实，他们还没有真正地理解我，我也并不是那么样的莽撞和单纯！我有我的思想和理想，我不是只凭感情用事的，我也不是计较个人恩怨和区区琐事的……"

在海军医院住院部的走廊里，穿着病号服练八卦掌的萧军，身前身后还是百步的威风。

萧军身染沉疴之际，到了吃什么吐什么的地步，他却满不在乎。"吃着建中带来的西瓜，新鲜可口，'就是吐出来，也是西瓜味儿！管他呢！'爸边说，边吃，吐就吐！"

…………

尽管萧军有着异乎寻常的坚毅性格，如同一名勇敢的战士，但病痛的折磨，仍旧让他饱受苦楚和无奈。随着萧军临近生命终点的记录，萧耘那白描式的情景再现，简直让我不忍裁开书看下一页。因为不知道下一页里的萧军老人，需要再打几针"强痛定"止疼，腿脚上的水肿到了什么程度，肿块如何迅速在全身肆虐扩散……将心比心，看重亲情的人，又有哪个不为之扼腕痛惜呢！以至于我都不忍心把那些渗血的文字摘录于此。

面对萧老惨淡的病程，最为悲伤的莫过萧耘。她既是萧老晚年的工作助手，也是萧军最信任的亲人，更是被父亲亲手接生下来的女儿。萧军曾在《寄耘儿（并序）》中写道："一九六九年一月五日（星期日）次女耘儿来探我，携其亲手所制棉背心一件畀我，并言所制粗劣。余心感极而悲，成诗一章以纪。时正隆冬'二九'风怒雪飞时也。暖背暖心亦暖胸！一针一线总关情。刘庄遥记生儿夜，驿路频听唤父声！幼爱矜庄无二过，长怀智勇继家风。此生有汝复何憾？热泪偷沾午夜醒。"父女亲情浸满其间。

自从萧老患病住院，萧耘在照料老人和联络奔走各方之余，还专门准备了护理日记本、胶卷照相机和录音机，随时记录下与父亲有关的林林总总。从1987年6月萧军住院到1988年6月22日辞世，整整一年。萧老临终，还把一应未了的文事，交由萧耘夫妇办处。世间孝顺的儿女千千万，试问能做到萧耘这样的有几人？有时候，我甚至觉得，萧耘王建中二人，这辈子简直就是为萧军老爷子活着的。当然，这对于萧老来说，也是一桩可遇而不可求的幸事，因为不是每一位对社会进步做出过贡献的名人，都有这样克绍箕裘的哲嗣，愿意把自己毕生的精力和心血，放在父辈的未竟事业上。从另一个维度讲，萧老也是幸运的，都说久病床前无孝子，但萧军的六个子女连同他的儿媳、女婿，无一不是尽心竭力、细致入微地在床前尽孝。萧氏家风，由此可见一斑。

"只有诗，才是写给我自己看的"

记得15年前的一个夏日，由萧耘王建中历时近20年整理编辑的《萧军全集》出版，中国作家协会和北京市作协特地在中国现代文学馆联合举行了纪念萧军百年诞辰暨《萧军全集》出版座谈会。萧老家人、生前友好和作家学者100多人参加了大会。应萧耘之邀，我到场一睹盛况。那天的萧耘，兴高采烈，笑逐颜开，还是那个"大火球"的形象，从她的笑容里，我读出了她完成父亲的嘱托后，那如释重负的满足感。

为了向这位文坛硬汉表达敬意，那天我斗胆步萧老暮年所作七律原韵，献诗一首："佩剑从文赤胆过，深情铁笔耀星河。白山黑水遗民泪，卷地滔天怒海波。八月乡村曾血染，百年世事未传讹。至今瘦骨铜声振，慷慨平生正气多。"

萧老曾经对萧耘说过："我的文学道路，是由旧体诗起家的，我至今仍喜欢我的这些旧体诗。小说，是写给旁人看的；只有诗，才是写给我自己看的。"

余生也晚，对旧体诗词也是一番痴迷。萧军的旧体诗词，读来兴味盎然，不但格律严谨，而且境界超拔，带有鲜明的艺术个性："一啸群山百兽惊，苍茫独步月蒙眬。饥寒历尽雄心老，未许人前摇尾生。"这不就是萧军自况吗！"铁骨杈枒托地坚，风风雨雨一年年。秋来结子红于锦，何与闲花斗嫭妍。"萧军的风骨与孤傲，在诗中表露无遗。"不叩不鸣一老钟，秃柯古寺自凌空。沧桑风雨行经惯，应是无声胜有声。"怎么读，都是萧军在说他自己。

2016年，北岳文艺出版社出版了"民国诗风"《萧军集》。"耘中组合"曾赠我一册，从20世纪20年代的"酡颜三郎"到80年代的"了翁"，横跨半个世纪的吟咏，诗人的遭际、性格、志向、心迹、情趣，多在诗中展现。1986年，萧军住院前后，曾作一首七言古风《封笔别坛》："小凤清于老凤声，迢迢风雨代不同。年逢八十双拱手，封笔别坛号了翁。"这首封笔之作，虽是语带调笑，亦显晚年孤寂之情。

萧耘在《萧军最后的岁月》一书中，不但引用了萧老自况的诗作，也援引了其他作家对他的描摹，使没见过萧老的读者，如见其面，如会其神。著名女作家叶文玲在《老钟》一文中写道："我想起文艺界盛传王蒙的一句戏言：我们作家队伍中，只要有这一老一少在，大家就有了安全感——一是萧军，一是冯骥才。的确，身高一米九的大冯和身躯像铜钟的萧老，不用问他武功如何，光看外表都极像身怀绝技的力士……最有意思的是手中的挂杖，大概也是女儿特意关照，所以他一走动，便象征性地提了这根以防不时之需的手杖。但手杖对于他，更多的时候是多余之物。所以，他往往不用它来挂地，倒像武松提哨棒似的，提着手杖稳步前进……"

尽管关于萧军的话题至今不断，甚至看法不尽相同。但萧军作为一位勇于面对生活困苦的行者，一位中国现代文坛不好惹的硬汉，一位具有进步思想和独立精神的知识分子，在文化界是有广泛共识的。不难看出，萧军的一生始终把他的恩师鲁迅先生作为精神支柱。诚如萧军自己所说的那样："鲁迅先生，是我平生唯一钟爱的人，一直到我死的那一天，我都钟爱他。他是中国真正的人！"

选自《北京晚报》2022 年 6 月 17 日

蓝燕飞

生理期

蓝燕飞

原名兰艳辉,江西铜鼓县人。作品散见于《散文》《天涯》《作品》《美文》等刊,有作品被《中华文学选刊》《散文选刊》转载并入选多种选本。出版散文集《暗处的生命》《逆光》两部。

一

　　《黄帝内经》这样描述女子的成长与衰老："女子……二七而天癸至，任脉通，太冲脉盛，月事以时下，故有子。……七七，任脉虚，太冲脉衰少，天癸竭，地道不通，故形坏而无子也。"意思是说女子十四岁性发育基本成熟，月经来潮，可生育子女，四十九岁经水绝，进入老境，无力再育。作为中医典籍，它关注的自然是人体机能。其实，二七至七七，这三十五年，不仅是女人的育龄期，更是女人一生中最美丽、丰饶的时间段。肤若凝脂、面似桃花、袅袅娜娜、乌发如云，诸如此类的词汇都是形容此间女性的。只要是好年华的女子，身材不好肌肤好，肌肤不好头发好，所谓十八无丑女。有胶原蛋白，有丰乳肥臀，总差不到哪去。但过了五十，女人的丰满与弹性日渐消弭，犹若一条流经沙漠的河流，随着水分的不断蒸发，终于枯涸，一位鸡皮鹤发的老妪算是炼成了。故此，作为荷尔蒙晴雨表的天癸对维持女子的容颜美功不可没。

　　在今天，天癸被称为生理期。退休前一年，生理期还好好的，周期正常，量正常，它们传递出虚假的信息，让我误以为自己的生理期可以保持到六十左右。从理论上说，衰竭是一种渐进的过程，会先紊乱一段时间，忽前忽后，忽多忽少，一步一回头，就像曲尽时的余音，必得绕梁几日，方慢慢散去。我的枯竭是突发的，没有预兆，断崖一般。它去得决绝，把我晾在那里，任我愕然、怅惘、不知所措。

　　自然会有期盼。但一次一次失望，失望的次数多了，无奈只能接受。当然，想挽留它，现代医学还是有办法的，但这挽留也是权宜之计，保得了一时，不可能永驻。办法无非是补充，有说可以补充这个，又有说可以补充那个，但不管是这个还是那个，估计都是雌激素。而我的子宫里有一肌瘤,我怕这些飞来的雌激素会让一枚良性的肌瘤蜕变成另外的东西。说到底,活命是更重要的。因此,失望归失望,怅惘归怅惘,人为的努力倒不敢去做。

有时,会梦见它。桃花灿烂,我心灿烂。正是黄粱一梦,有多喜悦就有多失落,不说也罢。

天癸不仅关乎女子的容貌,更关乎家族子嗣的绵延。如此重要的东西在民间却是不能见人的。妇女行经时的用具,洗好后都是藏在裤子底下,不能接受大众的目光和阳光的直射,经血更是不洁的、肮脏的。经期的妇女因为"不干净"不能烧香、祭祀、拜菩萨,一不小心,甚至还能闹出人命。

十岁那年,铺里有对夫妻打架,落了下风的妻子情急中把染血的黄表纸拍到丈夫脸上。铺里小街皆是木板建筑,邻里间放个屁都能听见,自然无隐私可言。杀猪般大叫起来的丈夫引来了左右邻居。农村的夫妻打架,围观者多半是看热闹的,日子平淡寂寥,偶尔打打架当作调剂,何况两口子打架都是床头打来床尾和,没人真正把它当回事。但这次丈夫的大花脸,却犯了众怒,公认女人歹毒如蛇蝎,对自家男人下这样的狠手,是要把男人打入十八层地狱,投不了胎的。她的狠辣与欺侮远远胜过韩信当年所受的胯下之辱。因为众邻的参与,被架到梁上无法下台的男人自然怒发冲冠,愤懑难平,他狠狠收拾了女人。女人又耿又倔,鬼哭狼嚎,闹了十天半月,以离婚收了场。

女人走的那天,半条街的人都出来看热闹。她手挽包袱,昂着头,蹬蹬蹬地往前走。三个孩子大的九岁,小的还在地上爬,他们哭哭啼啼,拖的拖、拉的拉,女人收住脚,蹲下身子,似乎才从梦里醒转过来,她摸摸大的、亲亲小的,眼泪噼里啪啦往下掉。奇怪的是男人竟也泪眼婆娑,似乎万分不舍，他一直追到石桥头，才收住脚步。看热闹的人们一边感叹孩子们的可怜，一边指责男人："真是没刚性啊，这样阴毒的老婆莫非还想留着过老？"

几十年过去，女人的样子犹在眼前。肤黑、圆脸、短发，一件褪色的士林衫大褂裹着壮实的身子。她依傍着一条清凌凌的小河踽踽而行，河岸野草葳蕤，野花吐艳，谷穗即将成熟。透过时间的屏障，远远看去，女人只是一个蠕动的小小黑点，而她的四周是箭矢一般的唾沫，语言也是锐器呀，女人挡无可挡。事实上女人再没有出现。一个挂上"歹毒"标签的女人，娘家也不能容她，她还有什么路可走？几个月后，女人把自己挂在屋后山上的一棵油茶树上。她以这样的方式与世尘作一个了断。

二

庸常生活，更像是流水冲刷下的卵石，棱角俱无，稳当笃定。女子对待生理期的态度相对平和正常，虽然也有叫它"倒霉"的，但乡间约定俗成的称谓是：来客了。而再不济的客人，好好歹歹总要招呼一番。

待客方式的改变是社会发展的缩影。古时女子行经时缝一个小小的布袋，袋子里装着草灰。我小时候，见过母亲藏在褥子下的卫生带，臭烘烘的茅坑里也时有染着血迹的黄表纸。铺里唯一一个用卫生纸的宋医生，是从铜鼓下放而来，借住在小伙伴菊家里。"雪白雪白的纸，比我的作业本还要白，扔在茅坑里，她家真有钱呀。"菊一边吐着舌头，一边感叹。菊的父亲死于一次事故。那时，每到暮秋时分，生产队都要组织大家搞副业，以便年终分红时，大伙有可能分到一点过年的钱。老话说，靠山吃山，山里的副业就是砍树，一年年砍下去，砍伐点离村子越来越远。砍树是重体力活，为了节省体力，吃住都在山里。菊的父亲做饭手艺不错，是当厨师的不二人选。他在一个阳光大好的中午，摇摇晃晃地挑着一担饭食，准备送到劳作现场，却被一棵倒下时意外改变方向的大树当场压死。菊的母亲带着四个孩子独自撑了几年，终于改嫁他乡。我不清楚，生产队对菊的兄妹有无抚恤，但菊的作业本是那种最便宜的，是连格子都没有的土本子。

到我需要待客的时候，卫生纸基本普及了，随着经济的发展，它又从待客之物沦为如厕之纸，卫生巾的面世不仅让女人获得了一种更方便、轻松的待客方式，某种意义上也是对女性精神与身体的解放。

生理期也有了五花八门的别称，最常用的是"大姨妈"，它从城镇流向乡村，成为大众用语。

我没有考证过"大姨妈"的由来。"大姨妈"说起来也是客人，但比较而言，我更喜欢"来客了"。这三个字看似平常，细琢磨，却有朴素的人生道理，有几分郑重与雅致。对一个成熟的女人而言，它是每月一约的客人；对女性整个人生来说，又是某一时间段的客人。过了这个阶段，它就像那只黄鹤，任你千呼万唤，再不回返。这完全符合客的特性，更符合时间的特性。时间从不回头，客人总要离开，"相见时难别亦难"也好，"别时茫茫江浸月"也罢，这一片茫茫和难而又难的别与见皆是主客惜别时一眼看不到边的愁绪与不舍，是时间之河一泻千里永不回头的无奈与伤悲。

身体的零部件都是与生俱来，一世相伴。唯有生理期是客人，而且是贵客、娇客，它在某个特定的时间造访，最后挥手而别。之所以说它是贵客、娇客，是因为它对女性的活力和爱情的维系都至关重要。爱情与荷尔蒙休戚相关，没有生理期参与的情，可能是亲情，可能是友情，唯独难称作爱情。真正的爱情，应该是灵与肉的高度契合与紧密结合，从这个角度看，仅有精神与思想交融而缺少激情喷涌的柏拉图式的爱情和真正意义上的爱情也难混为一谈。

一个客人，几十年来来往往，自然产生了感情，一朝诀别，自有难以言说的哀伤。每每想到相伴之时，自己如何怠慢，少有殷勤，更是愧意横生，追悔莫及。记得它初来乍到时，我年方十五。现在的孩子，十五可能早就懂得待客之道了。但在20世纪70年代，物质匮乏，营养不良，十五六岁没有发育的大有人在。倒是那些初潮相对早的同学，似乎做了什么见不得人的事，遭人耻笑。她们虽然有着桃花般的脸色，但一般坐在教室的后排，规规矩矩，从不多事。初中时一名张姓同学来潮弄脏了裤子不说，板凳上也留下斑斑血迹，有调皮的男同学立马给了她一个外号：漆匠。每天放学路上追着喊："咚咚锵，锵锵咚，咚锵锵咚张漆匠，漆匠漆匠咚咚锵。"喊了一个多月，张姓同学终于抵挡不住，逃回家中。老师曾经翻过一座大山，来到她家，试图让她重返课堂。她的父母用一杯热腾腾的果子茶款待老师，然后各干各的事去了。老师先是苦口婆心，晓之以理，继而发雷霆之怒，拍案而起。她低着头，十指交叉着绞来绞去，眼泪一行行落下来，但态度非常坚决，整个过程未发一声。辍学后，她第二年嫁到了隔壁的修水，此后再无消息。她是初中毕业四十年聚会缺席的三位同学之一。

青春期女孩是含苞待放的花蕾，生理期是花蕾最娇嫩、隐秘、脆弱的部分，怎么经得起如此粗蛮的玩笑？

如果她一直读到高中，或许会有另外的命运吧。高中同学除了考学、考工作的，余下的多数做了民办老师。众所周知，民办老师在20世纪90年代集体转正，到了今天的年纪，每个月有四千多的退休金，和农村老人不可同日而语。可见貌似玩笑的一句话，有时也能改变一个人的一生。

　　另外一个同学的辍学也与生理期有关。那是高中的第一学期，来自三个公社的二十多名女生住在一间教室改成的寝室里。某天，一名同学突然喊叫起来，说缝在棉被里的十七元钱不见了。那时候，我们每周的生活费不会超过一元，饭店里又白又暄又香的馒头，一两米加一分钱可买一个。十七元，无疑是笔巨款。丢钱的同学高大结实，是森工后代，巨款是她假期荷锄上山，用自己的辛劳与汗水换得。她的床铺已经翻得底朝天，连一只跳蚤都逃不过去。她每晚哭泣，开始还有人劝，但她的悲伤如河流，眼泪一触即发。她哭一会儿，念叨一阵自己如何吃苦受累，黄天暑热都没歇一天，再哭一会儿，骂一阵盗贼如何丧尽天良，要遭雷劈。哭哭念念，念念哭哭，周而复始。按说，发生如此重大的事情应该报案或让老师来解决。关于这点，我的记忆已然模糊，只记得寝室的气氛压抑到了极点。时值暮冬，寒风掀动着窗户上的塑料膜，从破损处长驱直入，把室内所剩无几的热气席卷殆尽，身体是冷的，心是慌乱的，每见他人窃窃私语，我总是心慌脸红，似乎做了什么见不得人的事。这样挨了一些时日，莫名其妙就怀疑上了一个同学，我把她称作花。宿舍开始了搜查。没有组织者，自己对自己动手，或许是为了证明自己清白，所有同学都打开了箱子，那些大小不一、形状各异的箱子无一例外都是简陋的，它们洞开在几十双眼睛面前，洞开在寒夜里，洞开在月光下。事情进行得很顺利，轮到花才出现了停滞，这停滞显得意味深长，引来了所有人的目光，似乎一切将要大白于天下。原来花箱子里有个小小的蓝花手巾包，本不稀奇，但花一把拿起来，紧紧攥住。花的周围是她的同学却又似乎不是同学，而是对垒的双方，花站在箱子前，脸红得似血，怒目圆睁。这边的事情，早有人报告给班主任。班主任是个温和的中年男人，他的到来，结束了对峙的局面，花终于松开手,把手巾包用力摔在地上,开始恸哭。手巾包仰面朝天,袒露出花极力保护的秘密:原来是女孩行经用的"卫生带"。那个晚上,她一直坐在冰冷的地板上,拉不动、劝不了,号啕而至抽泣。如此挨了一夜,天一放亮,她收拾好自己的东西,夺门而去,再没有回来。

三

生理期这种事,在乡间,它一面是隐秘的,像门后角落里的一把灰蒙蒙的扫帚,难以示人,一茬一茬的女孩手忙脚乱但又无师自通地处理自己的初潮。但它又是敞开的,有个街邻直到十九岁才来潮,激动的母亲逢人就说,恨不得用喇叭广播一番。对这个母亲来说是"一天的云都散了"。如果女儿再不做大人,唾沫星子都会把她们淹死。做了大人的女孩才有资格谈婚论嫁,进而成为一个母亲,那是一个女孩最重要的人生意义。做了大人的女孩才有力气,做饭、洗衣裳、种菜、砍柴样样拿得起,可以将父母肩上的担子接过来挑一程。相比于生男孩的欢喜,女孩的降生总是要打些折扣的,但姑娘们大了,宛若春风里的竹节花,绿叶红朵,摇曳生姿,引得媒婆们纷至沓来。如若某个女孩不幸失了母亲,成了后母眼里的砂子,但她再苦再难,前面总有个出嫁的机会在等她,她还是有盼头的。对那样苦命的女孩而言,做大人就是一种拯救,嫁人就是二次投胎。

生理期初顾的时候,我在离家二十里的地方读高中。某天课间,感觉到了身体的异常。我躲在厕所最里面的位子,确定所有人都走了,迅速检查内裤,一小块深褐色的湿斑,虽然陌生,还是大致明白,是客来了。客初次上门,小心翼翼,像一个阵前的探子。正是它的点滴微量,让我勉强保持住淡定的姿态。一直等到上午的课结束,大家敲着碗顺着一条斜坡走向食堂，我才拉住一个关系亲密的同学，向她请教。她只比我大一岁，却有了丰富的待客经验。当然，不请教也是可以的，但是，我需要她陪我去买"妇女卫生用品"，确切地说是帮我去买。

翻过一座春天的山坡，山坡绿茸茸的，间或有映山红火苗般撞入眼帘。因为这件既让人害羞又有着隐隐兴奋的事情，我们似乎有了某种陌生感。对我来说，想问的话很多，但又无从说起，心里却像藏着头小动物，蹬踢着四脚上蹿下跳，眼看着要从咽喉里喷发而出，突然又一咕噜沉下去。那一截长不过千米的路似乎遥无尽头，好不容易到了供销社，同学径直走到北货柜台，我却磨磨蹭蹭，慌慌张张，涨红着脸，在食品柜台不肯过去，似乎那是一件与我完全无关的事。食品柜台一排玻璃罐，装着雪里松糖、冬瓜糖、山楂片、发饼……雪里松糖的味道最熟悉，它是县食品厂生产的糖果，一毛钱十三颗，是大家能够吃得起的零食。阳光从外面照进来，可以看见光线中的灰尘缓缓下落。零食、新布、酱油、散装酒的味道混杂在一起，一如我复杂的心情。眼角的余光里，同学已经在付钱了，我竟抢先一步，逃之夭夭，三步并作两步穿过黄土街道，站在对面的饭店前。阳光亮得刺眼，却又梦幻一般，眼前全是虚像。

同学把装有卫生带、卫生纸的黄书包递过来，我一跳三尺远，似乎全世界都看穿了那里面的把戏。

胆战心惊，却也周周全全做好了待客的一切准备。客人却不见了踪迹。咦，太奇怪了，怎么会这样？怎么可以这样？就像一台戏，锣鼓响了半天，看戏的人等了半天，演员把头从幕布后伸出来，瞭一眼台下，就默不作声收场了。一地的观众被晾在那里，夜色渐浓，夜风渐冷，走不是，坐不是，真正是手足无措。没有派上用场的卫生带、卫生纸可以压在箱子底层，但它摆下的迷魂阵，把我吓得不轻，一颗心如秋千一般在半天云里荡呀荡呀，怎么也落不进肚子里。

搜寻自己有限的知识库，然后翻过来转过去地想，莫非自己不是一个正常人？

说起来我已经是高中生，但没正经读过几天书。小学未学过拼音，初中勉强能够写全二十六个英文字母，高中了连化学元素周期表都不认识，生理知识更是闻所未闻。我们的主业是劳动，先是把学校后面的山坡整理成漂亮的茶园，然后参与了一座小型水库的修建，还在山顶筑起了两间干打垒。在铁姑娘盛行的年代，女性的生理特性被无情忽视甚至抹去，女生自己也羞于声张。有次班里组织同学们砍竹子，来回将近二十里山路，返程时还要肩扛一根毛竹，有个女生，一瘸一拐走得艰难，样子十分痛苦。原来她正值生理期，腿根已被磨破。

如果自己不是正常人，那是什么人呢？阴阳人还是石人？据说阴阳人白天是男人，晚上是女人，也有白天是女人，晚上是男人的，石人干脆就不是人，是石头成精取了人的外貌还是人失了魂魄像块石头？虽然云里雾里，搞不明白，但有一点是清楚的：阴阳人和石人都不能有自己的孩子。

乡下的孩子虽然没有接受过正规的性教育，但这样那样有荤有素的笑话听了满箩筐。一个乡下孩子，从小就明白生育的重要。那些不能生育的女人，被人耻笑，任人欺辱，成为低人一等的贱民。"怀假孕，钻石缝"，说的是一个女人久不怀孕，公婆嫌、丈夫嫌尚可理解，但外人都嫌她如狗屎，女人实在没办法，竟把一只瓢倒扣在衣裳内，假称怀孕，但这事怎么可能瞒得下去？水落石出的时候，羞愧交加的女人投河而亡。她的死，不但没有换来一丝一毫的同情与怜悯，还成了一个笑话，在山村流传，只是她没如大家所愿，钻进一条石缝。我目睹的因不孕而离异的案例也不少。邻家媳妇因为生不出孩子，两口子悄无声息把婚离了，而另外一对就吵得天翻地覆，人尽皆知。他们一路吵到公社，又一路吵回家，来来回回，最后自然是各奔东西。小街上的孩子闻吵而动，趴在公社门前，成了他们婚姻瓦解的见证人。

漫长的男权社会，休妻虽然常见，但也要师出有名。而不孕是休妻的重要理由之一，连陆游与唐婉的悲剧，恐怕也与唐婉的无子脱不了干系。生育权是天赋人权，捍卫的一方自然堂而皇之，心安理得。直到20世纪70年代，在农村的广袤大地上，生孩子依然是女人一个人的事，生不出孩子的所有罪责都要落在女人身上。

后果如此严重，自然魂飞魄散。

时隔四十多年，我依然记得那天是星期三，离回家的日子还有三天。三天数千分钟，二十几万秒，分分秒秒似乎都跳在心尖上，简直如三年一般漫长、难熬。

终于回到家，顾不上饥肠辘辘，顾不上跋涉二十里路的疲累，急慌慌地在父亲的医书里找到一本《赤脚医生手册》，妇科那一章节只有薄薄的十几页，但却清晰地印着这样一行字：因为卵巢尚未发育完全，初潮后半年到一年，可能出现量少、经期不规则等现象。

这哪是一行字，分明是救命仙丹，我看了一遍又一遍，为了确认，甚至在自己的胳膊上狠狠掐了一把。没错，白纸黑字，就是这样写的。那个瞬间，人似乎摆离了地心引力，轻盈欲飞。

我就这样解决了人生的第一次危机，没有向任何人求助，包括自己的母亲。

以后的四十年，它定期来访，每月小住几日。一个常客，渐渐不把它当回事。可以说，漫长的几十年间，我没有为它做过什么。那些经期卫生，什么不吃生冷呀，不下冷水呀，等等，从来没有放在心上，该干吗干吗，想吃什么吃什么，而它竟然大度地不与我计较，也算得上是个有情有义的客了。

四

一位朋友，因为客两月未至，请教医生，获知自己进入了绝经期，瞬间崩溃，号啕大哭。这样激烈的反应医生自然不能理解，她觉得到了这个年龄，就应该绝经呀。医生的职责是指导对方管理好身体，至于心理的活动与情感的波动不属于他们工作的范畴——心理医生除外。当时，我也很难理解，觉得朋友小题大做。这说明事情只要没落到自己头上，就不是事情。

但纵览天下，何处又有不老的神仙？

衰老虽然与生理期有关，但又不完全是生理期决定的。衰老是时间对人类的赠予或毁坏，只要时间在流淌，衰老就不可阻挡。不信，你去看看二十岁和四十岁的人，就像一个新篮球和一个落满灰尘、皮子已经开裂、剥落但勉强还能弹得起来的旧篮球，你甚至不需要细看，只扫一眼就可以把它们区别开来。

与生理期分别，是"七七之年"后的第五年。按说，待遇不薄，我该满意。事实上，我念念不忘、无限惆怅，这样的欲哭无泪，反而不如痛快地大哭一场。人在年轻时，认为变老是特别正常的事情，有孩子、有青年、有老人才成为世界。当衰老降临，我开始憎恶衰老。我对生理期不可遏止的怀想，说白了就是对衰老的恐惧。我见过的八十岁以上的老人保有体面与尊严的估计不到三成。历经时间的摧残和病痛的折磨，他们如一片枯叶、一星残烛，随时可能碎裂、熄灭。而碎裂和熄灭前，遭的罪太大了。衰老不仅是外貌的改变,更是机器内脏的永久损坏。精神上它掠夺人类的正常情感与对世界的正确认知,还以疾病的名义对身体百般羞辱。有位患阿尔茨海默病的老人,五个子女,尽数遗忘,不仅如此,他还把大便弄得满墙都是,然后拍手欢笑像个恶作剧的孩子。时间抹去了所有的悲欢,抹去了漫长人生的印迹,大脑皮层白茫茫的一片真干净。那些失去记忆的人,陷在时间巨大而虚无的黑洞里,毫无还击之力,终于彻底淹没在时间的汪洋里。

还有一些瘫痪在床的老人,背部、臀部长满褥疮,床上挖个洞,以供排泄,一日三餐,端到床前,除此之外,再无其他。他们尚未被死亡带走,但已被亲人抛弃。只能在恶臭与冰冷的世界里,眼睁睁看着死亡一点点蚕食自己的血液、肌肤、骨骼与尊严。

造物主把最不堪的一段时光留给生命的尾梢。在这点上,人远远比不上植物,花草树木最后长出的总是新枝、新叶和新蕊。但一个人如果怕死就不能怕老,反过来,怕老就不能怕死,这是古老的鱼和熊掌的悖论。没有谁是心甘情愿变老的。只是不管多么不情愿,老总归要来。

曾去养老院看望一个亲戚。养老院建在一处向阳的山坡上,视野开阔,绿树环绕,但走进去,却有莫名的阴森、凌冽之感。那是孤独的气息、衰老的气息,是即将到来的死亡的气息。它们弥漫在建筑里,弥漫在空气中。那些老人,扎堆坐在阳光下,却似乎没有丝毫热度,目光呆滞,眼珠半天都不转动一下。

衰老横亘在人生最后一个路口,无人可以绕道而行。

如果把一生比作一天,衰老就是漫漫长夜。"设若只有早晨的蓬勃,白昼的辉煌,没有黄昏的凋落和夜晚的寂寥,怎么算得上过了一天?"

老是自然法则,生理期也是自然法则。生理期的结束预示着老的到来，老的结束预示着死亡的到来。不管哪一种，人都只能接受。积极也好，悲观也罢，态度无关紧要，因为它们不能改变现状与结局。

生理期被称作"客人"由来已久，人也是来世上作客的，作客期间，不完全白吃白喝，也给世界添一点色彩，使它看起来更美一点，更可爱一点，然后，在该离开的时候离开，绝不拖泥带水，这客就不让人讨厌。千万不能来而复返，没人可以返老还童，所谓的"老翻少"其实是疾病的警示，那重新贯通的不是生生不息的河流，而是死亡血淋淋的预演。

医学上，天癸与月经是同一现象；美学上，却似乎有阳春白雪与下里巴人之别，比较而言，还是生理期既顺耳又落落大方。

生理期再也不会成为我的客人。我也终将告别。在时间的旷野上，主客两便，纵使相逢也难识，罢罢罢，各奔东西。

却记得当年卫校读书时，某次生理老师的提问，是关于月经黄体与妊娠黄体的。十七岁的我站立良久，才用耳语一般细小的声音作答。微弱颤动的声波通过时间的传导与放大在我的耳边经久回荡，它是教科书上的标准答案，也是生命在时间中孕育、生长、衰亡的真相。

选自《天涯》（双月刊）2022年第6期，有删节

程黧眉

每个人的傍晚都住着故乡的晚霞

程黧眉

作家、出版人。毕业于北京师范大学中文系,曾任《青年文学》杂志编辑,中国青年出版社编审。在《人民文学》等报刊发表作品数十万字;著有长篇小说、散文集多部;策划编辑出版大型文学丛书"中国好小说"等。

人说，有一个时间，故乡会回来找你。

当我人到中年，面对故乡的故人，我知道这是时间保存到期、等候已久的礼物。

那一年我们相聚在加州，我与亚男和显宗，跨越了35年的光阴。

加州的阳光多有名呢？有许多歌子在唱它。其中《加州阳光》里面唱道：谁说幻灭使人成长？谁说长大就不怕忧伤？

那天一到加州，我就抬头仰望这久负盛名的天空了。阳光有若钻石般的棱角叠折，笔直的锐锋四射，一道又一道光芒刺得我睁不开眼睛。往远处看，海水正蓝，天空高远，帆影漂泊在天际，而此时我的家，已经在那大洋彼岸的深夜里了，人们睡得正香，父母已经年迈。

我的脑子里却一直回响着老鹰乐队的歌曲《加州旅馆》。

年轻的时候，我在北京南二环边的一栋高楼上，夜晚打开我的只属于那个年代的"先锋"音响，一遍一遍听音乐光盘。那些被打了孔的光盘银光闪闪，诉说着那个年代的时尚和哀愁。《加州旅馆》是我最喜欢的歌曲之一："在漆黑荒凉的高速公路上，凉风吹散了我的头发。"

所以到了加州，我一定坚持先找一个加州的旅馆，住一夜，然后再去赴约。

第二天从加州旅馆出发，去亚男和显宗的家，是在上午。

汽车打开了敞篷，一路阳光璀璨，一浪一浪洒在我的肩上，像一层层热沙，哗哗流泻。我抱了一盆鲜花，是送给亚男的花，她是小时候我们那个街区上最美的姑娘。

想起二十几年前我在北京的一个地铁站口，远远看见一个袅娜的姑娘走过来，在人群中兀自清高美丽，我轻声叫了一下：亚男。我们拉了拉手，在异乡的街头。

我手里是一盆兰花，就像20年前惊鸿一瞥的姑娘。

汽车在加州的高速公路上飞驰，风呼啸在耳边，我把花放在脚下，用胳膊围成一个屏障，怕风吹掉这些花蕊。

当我把鲜花放在门口玄关的刹那，一转身，我闻到了故乡红岸的味道，这个味道从哪里发出的我不知道。我只是突然感到我的故乡，从天而降。

小时候看了太多关于故乡田园的诗，"田舍清江曲，柴门古道旁""一径野花落，孤村春水生"。更有"春风又绿江南岸，明月何时照我还""日出江花红似火，春来江水绿如蓝，能不忆江南"。村庄和江南，似乎才是正宗的"故乡"原典，是地地道道的乡愁来处。

在我年轻的定义中，"故乡"就是"故"和"乡"的结合体，我向往凄凄落寞的枯藤老树、炊烟里的小桥流水。然而我发现我的故乡只有"故"，却没有"乡"。

是的，我也有着无数长长短短的少年故事，那些故事发生在17岁之前，那些故事浅浅，如轻车之辙，不足以承载半部人生，但好歹也算是"故"事了。

但是我的故乡却真的没有"乡"。

乡是什么？是遥远的小山村，是漫山遍野的麦浪和田亩，村前流淌的小河，甚至还有在村口倚闾而望的爹娘？

而我的故乡，是最不像故乡的故乡，它矗立在遥远的北中国，那个地方叫"红岸"。那里的冬天漫天飞雪，少有的绿色是春天夏天街道两旁的杨树、柳树、榆树，它们掩映着一排排俄罗斯式的红砖楼房，楼房里有一张张少年的脸，常常在窗台趴着，不安、好奇、蠢蠢欲动。

那个地方盛产重型机器，一个个街区围绕着巨大的工厂，厂区里厂房林立，各种大型机器像庞然大物鸟瞰着我幼小的身躯，我觉得自己是一只蚂蚁，随时随地会粉身碎骨。

我在那里长大，在那些熟悉的街区里，一堆堆少年穿街走巷，疯狂生长。每天早上上学，可以沿途邀来一群伙伴，我们都是这个大工厂的第二代，大家不仅仅是同学，还是邻居、发小。每个人和每个人之间，总有千丝万缕的联系。如果你不认识这个人，但是中间最多不会间隔两个人，拐两个弯就是熟人了。那时候没有电话，大家相约的方式就是挨家挨户找人。在楼下大声喊彼此的名字，是那个时代我们最为欢乐的事。

但是仿佛这些，都不是我年轻时代值得存忆的故乡。

我最后一次回故乡时，见到许多阔别多年不曾谋面的人，他们从我的记忆深处一一走来，我们像演电影一样邂逅、寒暄，一起辨认红岸大街旁的店铺和楼号，那一排排楼房里都曾经住着谁和谁？回忆起少年时代爱过的人与事，突然发现竟然我们也到了有故事的年纪。然而那些故事就像飘散的花朵，在海角天涯盛开、衰落，再盛开时，已经不再是原来的模样。

故乡早已变了模样，那些厂房依然坚固如昨，但是它们的创业者大多已经长眠于此，而我们这些继承者，却大多没有兑现父辈的誓言扎根在这片土地，当初的父辈远离自己的故乡来到这里，如今我们也告别了这唯一的故乡。一代又一代的人们在迁徙，于是远离故土的人们，有了深深的乡愁。

那些从此走散的人们，有的陆陆续续回来，或者相聚。相聚时有很多人流下了眼泪，有的人还记得我小时候的样子，我曾经穿过的衣服、鞋子，他们描绘得栩栩如生，我心内哗然。他们如此爱着我，其实是爱着我们曾经的时光和岁月。

离开加州的前一天傍晚，天高云淡，晚风暖怀。

亚男做了家乡菜，显宗在院子里烧烤，我们夫妻二人坐在旁边。空气中炊烟的味道，很像我们小时候楼顶的烟囱飘出的味道。

人间烟火气，最抚凡人心。

我似乎看到故乡炉膛的煤火，噼噼啪啪地燃烧。小小的我和姐姐提着篮子，一筐一筐往楼上运煤块。故乡的冬天寒冷，料峭；炉膛的煤火，通红，温暖，却转瞬经年。

《浮生六记》里说："炊烟四起，晚霞灿然。"说尽了人间事。

显宗在院子的地炉里燃起篝火，我们四人静静地喝着中国茶，以中年人的耐心和气度，慢慢聊着过往：共同度过天真懵懂的童年和少年；杳无音信疏离遥远的青年；却在不经意间，中年意外重逢。万水千山走遍，落花时节逢君。好在花未荼蘼，夕阳还未西下，我们还没有老到足够老，还可以在一起谈天说地——"少年离别意非轻，老去相逢亦怆情。草草杯盘共笑语，昏昏灯火话平生。"

故乡终将越来越远，远到我们生命的尽头，但是故乡的晚霞，会时常驻在我们年复一年游走的时辰，偶尔悄悄地来到我们将要老去的傍晚，赴一场故乡之约。

故乡到底是什么？

一个作家说：故乡就是在你年幼时爱过你，对你有所期许的人。

选自《作家文摘》2022 年 7 月 5 日

王跃文

书生
戒

王跃文

作家,湖南溆浦人。湖南省作家协会主席,中国作家协会主席团委员。出版长篇小说、中短篇小说集、散文随笔集等20多部,有作品被译成日、英文出版。曾获鲁迅文学奖等多种奖项。中宣部文化名家暨"四个一批"人才。

所谓"学成文武艺,货于帝王家",自古是读书人的本分。倘学问之上,添些媚骨,藏些机巧,混得会更好。然而,人生是本大账,最终是要结算的。且说说康熙皇帝身边两位读书人的故事。

康熙皇帝八岁登基,亲政时也才十三岁。冲龄践祚的皇帝,学问见识尚在稚浅,必定拜服有学问的大臣,此亦人之常情。康熙六年六月,时任内弘文院侍读的熊赐履上奏说:"如今百姓负担重,原因在于私派倍于官征,杂项浮于正额,朝廷减免的钱粮都被官员侵占而百姓空负其名,赈济钱粮也被官员吞没而百姓贫困加重。所以,要派清廉官员为督抚,贪污不肖者立予罢斥。"

因为有着道学家的名望,熊赐履奏事皇帝更能听得进去。于是,这位侍读官又指出朝廷急需解决的四大问题,都是基于弘扬道学的:"政事纷更而法制未定,职业堕废而士气日靡,学校废弛而文教日衰,风俗僭侈而礼制日废。又请选耆儒硕德、天下英俊于皇帝左右,讲论道理,以备顾问。"康熙皇帝后来坚持几十年的经筵日讲,同熊赐履此番倡言大有关系。这是后话。此时正是鳌拜专权,他自己对号入座,硬说熊赐履这些话,实是参他这位辅政大臣尸位素餐,请皇帝将熊先生以妄言罪论处,并从此禁止言官上书陈奏。康熙皇帝不许,对鳌拜说:"彼言国家大事,同你何干?"从此,熊赐履更深得皇帝宠信。

虽熊赐履在皇帝面前偶尔会说几句貌似不恭的直话,但很能讨皇帝信任。康熙十一年四月初九日,熊赐履奏曰:"昨年皇上谒陵,大典也。今年同太皇太后幸赤城汤泉,至孝也。但海内未必知之,皆云万乘之尊,不居法宫,常常游幸关外,道路喧传,甚为不便。嗣后请皇上节巡游,慎起居,以塞天下之望。"康熙皇帝听了这番道学之言,颇有些愧疚,说:"朕知外面定有此议论。"想必皇帝会暗自欣喜,遇上难得的直谏大臣。其实,这是熊赐履的机巧。

康熙十一年十月十六日,帝召熊赐履问道:"近来朝政何如?"但凡官场老手都明白,皇帝这么问话,多是想听好消息。熊赐履却不仰体圣意,奏曰:"盖奢侈僭越至今日极矣!官贪吏酷,财尽民穷,种种弊蠹,皆由于此。"康熙皇帝听了,并不言语,又问道:"如今外面盗贼稍息否?"听皇帝这般口气,明摆着是想听几句好话了。熊赐履颇有些逆龙鳞之意,回奏道:"臣阅报,见盗案颇多,实有其故。朝廷设兵以防盗,而兵即为盗;设官以弭盗,而官即讳盗。官之讳盗,由于处分之太严;兵之为盗,由于月饷之多剋。"熊赐履低头言毕,知道皇帝可能不高兴了,又说:"今日弭盗之法,在足民,亦在足兵;在察吏,亦在察将。少宽缉盗之罚,重悬捕盗之赏。"皇帝明显脸面上有些下不来,但到底体谅熊赐履孤忠可悯,勉强说了两个字:"诚然。"

同年十二月十七日,康熙皇帝又同熊赐履讨论治国之道,说:"从来与民休息,道在不扰,与其多一事,不如省一事。朕观前代君臣,每多好大喜功,劳民伤财,紊乱旧章,虚耗元气,上下讧器,民生日蹙,深为可鉴。"康熙皇帝已经把道理讲得很明白了,熊赐履却还要阐发几句,颇有些指点皇帝的意思:"但欲省事,必先省心;欲省心,必先正心。自强不息,方能无为而成;明作有功,方能垂拱而治。"这一年,康熙皇帝十八岁,熊赐履三十七岁。听了这位比自己大十九岁的道学家大学士的话,康熙皇帝只好说:"居敬行简,方为帝王中正之道。尔言朕知之也。"康熙皇帝倒也从善如流,一副深受教益的样子,换成现代汉语,便是"您讲的道理朕懂了";或可换作通俗台词:"先生所言极是,朕受教了。"但是,第二年吴三桂就反了,"三藩之乱"骤然爆发。于是,康熙皇帝从十九岁开始,宵衣旰食,朝乾夕惕,备尝艰辛,直到半个世纪后驾崩,哪里是熊赐履说的"无为而成""垂拱而治"那么轻巧！

大凡皇帝赏识的道学家，一旦人当差出了毛病，其学问也都不对了。康熙十五年七月，熊赐履票签出了错误，却又诿过于人，被革职。票签出错本已致罪，诿过于人则是品行有亏。诿过是自古帝王常犯之病，康熙皇帝却最恨诿过于人，曾说："朕观前史，如汉朝有灾异见，即重处一宰相，此大谬矣。夫宰相者，佐君理事之人，倘有失误，君臣共之，竟诿之宰相，可乎？或有为君者凡事俱托付宰相，此乃其君之过，不得独咎宰相也。康熙十八年地震，魏象枢云有密本，因独留面奏，言：'此非常之变，惟重处索额图、明珠，可以弭此灾矣。'朕谓此皆朕身之过，与伊等何预？朕断不以己之过移之他人也。魏象枢惶遽不能对。吴三桂叛时，索额图奏云：'始言迁徙吴三桂之人，可斩也。'朕谓欲迁徙者，朕之意也，与他人何涉？索额图悚惧不能对。朕之一生岂有一事推诿臣下者乎？"由是观之，熊赐履被革职，深层原因可能是他诿过于人，此行为同道学家相悖。康熙皇帝多年后旧事重提，说："熊赐履著《道统》一书，过当之处甚多。"

君王好谀，自古而然。康熙皇帝却是个例外，不太听得进拍马屁的话，曾说过："人间誉言，如服补药，无益身心。"

康熙二十年，"三藩之乱"平定，朝廷要祭告天地、社稷、祖宗，并诏告天下。大臣们起草文告，说平乱摧枯拉朽，全赖皇帝一人之功德。康熙皇帝看了，立马指出：此非朕一人能成之功德，亦非容易成功之事，文告重新起草！

康熙皇帝不邀功、不喜谀的事，可见于史料者极多。康熙二十六年六月初七日，皇帝为教育太子之事，晓谕大学士们："朕观古昔贤君，训储不得其道，以致颠覆，往往有之，能保其身者甚少。""尔等宜体朕意，但毋使皇太子为不孝之子，朕为不慈之父，即朕之大幸矣！"

汤斌也是道学家，时任工部尚书，又在詹事府当差。他听了皇上谕示，立马奏对："皇上豫教元良，旷古所无，即尧舜莫之及。"詹事府，即培养皇储的机构；元良，指的是皇太子。

康熙皇帝听了汤斌这话，很是生气，斥责道："大凡奏对贵乎诚实，尔此言皆谀谄面谀之语。今实非尧舜之世，朕亦非尧舜之君，尔遂云远过尧舜，其果中心之诚然耶？"又说："大凡人之言行，务期表里合一，若内外不符，实非人类。"

康熙皇帝并不认为自己治理出了尧舜盛世。且说一件后来发生的事情。康熙四十三年十一月，皇帝为着修明史的事作文晓谕诸臣，说道："朕四十余年，孜孜求治，凡一事不妥，即归罪于朕，未曾一时不自责也。清夜自问，移风易俗，未能也；躬行实践，未能也；知人安民，未能也；家给人足，未能也；柔远能迩，未能也；治臻上理，未能也；言行相顾，未能也。"但凭公论之，康熙皇帝治国是很有成就的，唯其虔敬谦恭而已。往日的少年天子，此时亲理朝政已整整四十年，其间平定"三藩之乱"花了八年，收复台湾花了两年，征剿噶尔丹花了九年，而四十年间都在治理黄河。正是这一年，河工告竣，黄患暂息，黎民称颂。

康熙朝，当面谀今，会被治罪。汤斌面谀皇帝没多久，詹事尹泰入奏："汤斌学问平常，年又衰迈，恐不堪此任。"皇帝说："俟再过数日裁之。"没多久，康熙皇帝就把汤斌打发回老家了。事隔多年，康熙皇帝说起汤斌，颇为讥诮："昔江苏巡抚汤斌，好辑书刊刻，其书朕俱见之。当其任巡抚时，未尝能行一事，止奏毁五圣祠，乃彼风采耳。此外，竟不能践其书中之言也。"

历史的真相是唯一的，但历史的演绎则是万花筒。时人眼里，汤斌颇多堂皇之言，俨然狷介之士；又经后人重重描画，汤斌雍正朝入贤良祠，道光朝从祀孔子庙。到了近代，刘师培说汤斌"觍颜仕虏，官至一品，贻儒学之羞"，邹容则责其为"驯静奴隶"。

选自《中国艺术报》2022年7月11日

江子

七棵
树

江子

本名曾清生，男，1971年生，江西吉水人。有两百多万字发表于《人民文学》《十月》《北京文学》等刊，出版散文集《青花帝国》《回乡记》《田园将芜》等，获第八届鲁迅文学奖。现在江西省作协工作。

等我们老了,每年春天都相约去看树吧。
——题记

名称：樟树

树龄：不详

地址：江西泰和县沿溪镇赣江码头不远处

它有非常迷人的身段和容貌：它笔直。从脚部开始一直往上伸展着身子。它对称。左右两边的样子几乎完全相当。它在离地两米的上空画着半圆。离地面最近的脚底就是它的圆心。

它的半圆不是某种机械画出来的，而是类似于手绘，特别有手工感，因为有的地方显得并不那么规整，也就是说，会有枝叶稍稍逾矩，但只一会儿，线条立马又回到了原来的圆形轨道上。

它特别像一把巨大的伞，一把遮风挡雨的伞。当地人就叫它大伞樟。

它应该有三层楼那么高。说明它已经长了很多年。两百年？三百年？谁知道呢。可是，它没有一点儿老态。它年轻着呢。它枝叶浓密，却一片枯叶也没有。它的每一片叶子都是泛着光的。春天来了，它最外层的叶子，就会迫不及待地长出来，嫩黄嫩黄的，整棵树立马有了英雄少年气。

它的体质那么好，如果拉它去做体检，它的所有指标肯定都正常得很。

有理由怀疑它会是林木中的运动员。不然,何以大风吹来,别的林木都瑟瑟发抖,它反而兴奋得摇头晃脑,一副吹着口哨举着哑铃痛快淋漓的样子?它的腿并不粗,可是壮得很,巨大的树冠顶在上面却稳如泰山,真像是玩单手倒立的体操运动员!

当然,它也可能是树木中的自由艺术家。它那么漂亮,像一朵临时停在大地上的绿色的云,完全一副爱打扮的艺术家的派头。它有特立独行的自我。它所在的脚下,是一块还算辽阔的平地。没有任何树木跟它在一起。这使它有一种自弹自唱自得其乐的意味。它享受着这属于一棵树的舞台。它是这个舞台上唯一的主角。

它其实是一个不知底细的野东西。它前不着村,后不着店。不像很多树,总是长在村前屋后,做了牛和狗的朋友,一副被家养驯化的样子。它不稀罕。它根本不耐烦村庄的鸡鸣狗吠。它像是从原始森林里走失在此的。它的全身洋溢着一种自由不羁的气质。它肯定有一颗野魂灵!

它在江西吉安泰和县沿溪镇赣江码头不远处。当然,这是人类的说法。它对自己的位置也许有另外的表述,谁知道呢。

它长久地守在这儿,是等什么呢?不远的赣江,源源不断地输送着时光和流水,倒映着夕阳和残月。这个野东西,心里有什么牵挂不成?

从这棵树看,大地是慈悲的。这棵树透露出来的信息,是自由良善,是不动声色却又惊心动魄的美。

多么难得呀。一块土地,能长出这样的一棵树,足以说明她是积了德载了福的。反过来说,一块土地,再怎样的苦难深重,有这么一棵树,苦难就可能得到消解,日子就会有童话的光感。

老实说,我对包括沿溪镇在内的泰和县一点儿都不熟。我是江西吉水人。我在南昌工作。我的成长与这里毫无交集。除了因工作认识了一些人,我对这里知之甚少。我来的次数也很有限。那样一块不知名的乡野,并没有引起我特别的注意。

可是十几年前的一次出差,我偶然看到了这棵树,这个野东西,就一直忘不了它,这些年来,经常恳请当地朋友把这棵树拍给我看。每一年,我都想知道它全部的信息。

——就这么一棵树,就这么单纯的草木之美,让我对这个几乎完全陌生的地方有了乡愁!

  名称:奈树

  树龄:600年

  地址:江西吉水县阜田镇陈家村

你见过会走动的树吗?

它姓陈,位于江西吉水县阜田镇,距离我所在的乡镇只有二十里。可是我直到中年才见到它。

难道树有姓氏吗?我想是有的。它所在的村庄陈家村全部姓陈,它自然也姓陈了。

——这村庄住的是明朝著名外交家陈诚的子嗣。陈诚曾受明成祖朱棣之命五次出使西域,重开古老的丝绸之路,行程数十万公里,与郑和一海一陆,共开"万国来朝"的盛景。今天的乌兹别克斯坦、哈萨克斯坦等地,依然保留了不少陈诚使团当年出使的遗迹。他积十余年往返西域而形成的诸多外交经验(他晚年写下了《历官事迹》),被后来的李东阳、杨廷和、王崇古等多位明代名臣推崇备至,近代洋务运动的主要倡导者李鸿章，也从中得到了巨大的滋养。苏联历史学家弗拉基米尔佐夫如此评价他的外交成就："这个杰出的中国外交家用诚恳的态度和不放弃的精神，化解了两大世界最强帝国之间的矛盾，为帕米尔高原周边各民族带来了安宁与和平，是15世纪最杰出的和平使者。"

1424年，朱棣病逝，即位的仁宗皇帝昭告天下，停止四夷差使，已经走到甘肃的陈诚听命返回北京，不久就辞去官职回到故乡江西吉水县阜田镇上陈家村，直到94岁时去世。而那棵树，是陈诚从西域带回的不多的财富之一——西域遍地珠玉，他不取分毫，却把这棵树的幼苗、几株竹子和松树的幼苗带回，栽种在陈家村里。

他何以要带柰树而不是其他品种的树苗？有人说柰通"耐"。孤悬于外国，数十万公里的旅程，全靠骆驼、马匹和徒步，没有耐心是做不到的。"耐"是陈诚五使西域的精神法宝，也是陈诚最想留给子孙的精神财富。

持这个观点的是明朝四朝元老、与陈诚同是吉安人的杨士奇。他为陈诚写的《柰园记》曰：盖柰之为言，耐也。

可也有人认为柰树的寓意远非如此。柰乃是儒家的理想之物，也与蒙古帝国国师耶律楚材对蒙古人的教化有关。

相传耶律楚材应邀给成吉思汗诸子讲授儒家经典，详细讲述孔子关于大同社会的描绘，认为百鸟之王凤凰集于柰树之上，就是和谐大同社会的美好象征。

1225年，成吉思汗次子察合台汗得到了广袤富饶的一大片封地并创建了一个封国（察合台汗国）。他遵照耶律楚材的教诲，在位于伊犁河北岸的封国首府遍种柰树，并将该城命名为柰城（蒙古语叫阿力马里城），以此表达对儒家理想社会的向往。

明朝时，陈诚前后五次出使中亚各国，多次途经和造访此城。了解到二百多年前耶律楚材关于柰树的讲义，就对城中柰树格外珍视，故而决定将伊犁的柰树苗背到北京，继而移栽到他的家乡吉水县阜田镇上陈家的陈氏祠堂院子里。

这一棵柰树苗，已远不是"耐"这么简单，还有更深层的含义：

它是西域与明朝友好的见证，是陈诚五次出使西域的象征；它也是陈诚作为儒者心中的图腾之物。以毕生所学，服务朝廷辅佐明君，致君尧舜上，再使风俗淳，创造如同瑞鸟栖于柰树的理想社会，是儒者心中的至高追求，也是陈诚行程数十万里五使西域的精神支柱。

可柰树这一北方的树种，要在南方生长谈何容易！据说陈诚从西域返回时，一路不断给柰树树苗按比例置换土壤，小心翼翼地侍候它如同完成一件十分重要的外交任务。正如他的名字所暗示的那样，他的精心侍弄终于精诚所至，金石为开，这棵承载了巨大信息量的树在南方活了下来，活成了这整个南方国土的唯一。

——我去看这棵树的时候已是寒冬，可它依然满头绿叶，看得出的确有几分耐心。它在离地面几十厘米的地方就分成两枝，然后各自向上生长，整棵树形规规矩矩的，远看是南方乡野寻常可见的草木的样子。只是它的叶子有着南方的树叶少有的阔大和硬厚。当地的村民说，它春天时会长出白花，夏天的时候会结芒果一样形状的果子，果子的味道是苦涩的。

我从村民口中得知这棵树有着特别的个性：五百多年来，村里人想着广播陈诚五使西域的伟业，尝试着让它在当地繁殖开来，可经多次剪枝嫁接、栽种都不能成活——它要以唯一的方式存在，而拒绝复制与粘贴。

它看起来并没有五百多岁,只有一两百年的树龄。村民还告诉我一个天大的秘密:它原本并不是长在这里,而是在离这里几百米的地方。一两百年前,原址上的柰树莫名枯死,却又在现址爆出了新芽,然后慢慢地,长成了如今的模样。——也就是说,它以死去活来的方式,让自己走了几百米!

真是草木有灵啊!这样一棵有着不凡身世的树,有着强大的不死的生命力,同时又有着某种魔性,携带着某种特别的信息,保持着五百多年前的主人远行的惯性。我几乎要相信,只要有一声特殊的号令,它就很有可能拔腿而去,向着西方出发,把脚印踩在那条古老的无与伦比的丝绸之路上。

节选自《草原》2022 年第 8 期

凌仕江

杂志
铺

凌仕江
―――――――――
中国作家协会会员，国家一级作家。曾获第四届冰心散文奖、第六届老舍散文奖、《创作与评论》2013年度散文奖、《人民文学》游记奖、首届浩然文学奖、首届丝路散文奖、第十届四川文学奖。现居成都。

> 生生灯火，明暗无辄
> ——题记

有人说，没有无名的纳博科夫就不会有出名的洛丽塔。纳博科夫用《名利场》杂志所称的20世纪"唯一可信的爱情故事"——《洛丽塔》，曾挑起许多与文学相关或无关的激烈争论。我想说，当我们选择看一本杂志的时候，一定程度上是为了满足自己。而遇上一本书则不同，它并不带有明确的目的，如此阅读意味着上了一趟终点无法预料的绿皮火车。

除了读书，你是否还有看杂志的习惯？没有了，早没有了。尽管自己也是办杂志的人，甚至手上常有天南地北的杂志样刊飞来，却顶多扫几眼自己的作品便搁置一边。如果时光倒回十年或二十年前，可不是这境遇。那时，常把一本杂志当粮食捧在手心里细嚼慢咽。即便去了别的城市，也要想方设法寻觅报纸杂志最多的地方去晃一晃，这趟旅程才算有了饱满的精神意义。

人在拉萨的时候，常常把城关区北京中路33号布达拉宫右侧的邮政书局，当作日常的文艺打卡地。在我看来，拉萨文化的活水是从这儿流淌蔓延开去的。此地背后，就是唐柳掩映、古树盘根的龙王潭公园。绿汪汪的湖水中，常有几只长相怪异的生灵，在枯枝败叶中兜兜转转，引颈仰望布达拉宫的背影。有时，它们忽然扇动翅膀，仿佛接收到高高在上的某位情僧秘密传递的旨意，那婉转低迷的歌声与粼粼波光共鸣起舞，着实动情缠绵。

好几次早上九点,我徘徊等候在布达拉东南街口,邮政书局还没开门迎客,灿若金丝的阳光游过对面农业银行的屋顶,打在街边卖酸奶的老阿妈额头上。她竹筒里秘制的酸奶,五元钱一筒,皮亮脆软的面子上,覆盖着一层细软的白砂糖。一只枯藤般的手,递过来一把铮亮的银勺,深邃的眼睛里藏满了比雪更白的心事。她一手比画五个指头,另一手又加了一个指头。我起先不明白她不断朝我点头的藏语蕴意,接着才明白,跟随我流浪此地的自行车,她要再收取一元看管费。

比起位于城关区宇拓路2号阴冷、高深、陈旧、寂静的新华书店,邮政书局的敞亮、热闹、新鲜、时尚,与花花绿绿的杂志更新不无关系。论文化地标的选择,我不愿多去新华书店,那儿的图书种类偏少,多是本土作家存放多年的旧作,或一些自费代销的产品,除了岁月经年的腐朽味道,很难在此遇见内陆作家的新面孔,只有一本布满尘埃的《萨迦格言》由此廉价获得,我欢喜并保存至今。那是20世纪90年代的一个苍茫冬日,我将它请回小木屋,这本封面上绘有青云图案的古老小书,定价不足一元。

杂志铺里摆放的杂志价格多在三元以上。

仿若文学路上难兄难弟的面孔,尽管由于地理原因,很多杂志抵达世界屋脊时,早已衣衫褴褛,凉了黄花,散了骨架,但我依然有一种热切之心去亲近它们。久之,一个人移动在邮政书局的时光,总抹不去青春饥渴的记忆。杂志里闪透着一些裂缝中的微光,像麦芒一样刺痛我缺氧的心脏。它们既有纯文学类的《十月》《诗刊》《当代》等,也有通俗类的《人之初》《做人与处世》《辽宁青年》……有时,能在如此山高僻远的地方,遇上过期多日的一叠《南方周末》,于我也是一种幸运,好像远方大海上漂着的一根救命的稻草,若即若离地关照着雪域的一个文青思想的长成，让我没有偏离某种如天启和神谕般的指引，跌入平庸的泥潭。

我从不吝惜口袋里少得可怜的津贴，果断从柜台结账，洒脱地抱走一堆杂志回到小木屋。一路摇响自行车的铃声，过于兴奋、过于满足，至少它们可以抵达我的爱，抵消红尘的哀愁。不曾料到，一次次买杂志的场景，居然被一位书写拉萨文学史的前辈洋滔先生写进了西藏的文学观察报告。洋滔先生当时是《拉萨河》杂志的主编，称得上是拉萨文学建设的重要参与者或见证者。有一回，我刚结过账，回头发现洋滔先生也抱着一摞杂志，笑吟吟地排在结账队伍的后面。

不久后，他邀我和战友去位于江苏东路5号的拉萨市文联下棋，八一建军节我请他到军营喝文学茶，指导我们文学创作。

有一天午休时刻，突然接到洋滔先生的电话："我在杂志铺买《美文》杂志，刚好发现这期有你的《一个人的哨所》！什么时候也给《拉萨河》杂志来一篇新作吧！"现在想来，无论从何种角度考察一个人的文学成长史，那些背离故乡的痴迷与孤独，以及追梦路上恰好遇见的人，皆是人生可遇不可求的美事。

我喜欢到邮政书局的原因，可能还有一个其他人不太具备的条件，那便是口袋里常揣着一沓来自全国多地的稿费单子，几千元或几百元是常有的储备。这样的底气，加大了我去杂志铺看杂志的频率，说得更高尚一点，是我对文学的坚守与信任（后来面对媒体，我总结这也是文字对我的信任）。在我聚精会神埋头翻动杂志的瞬间，人群中偶尔会遇上一个不速之客找我搭讪——他当然不是杂志铺的常客杨先生。在别处，他一有机会赶赴拉萨必到杂志铺，与我的兴趣一样，他喜欢用文字的排列与重组，写就异乡情感与心绪在雪山下荡起的涟漪。他甚至期待能够在邮政书局提供的这间杂志铺，遇见一个互换灵魂的人。

不知他后来是否换到别人的灵魂。

多年以后，面对宽大的电脑显示屏，我静坐于书房"藏朵舍"，重新审视拉萨杂志铺里相遇的人：目光与灵魂早已面目全非，太多过客已成记忆空白格。其中不乏身披绿色军衣的人，他们偶尔出现在杂志铺，只想让人觉得他仍是捏着文化信条的人；一些人曾希望用手中的文字，改变周遭的空气。可直到卸去军衣，也未能完成诗人的使命，反而经常提起还在写诗的军人，会露出嗤之以鼻的表情。命运多舛，人的环境即文学，不少军中诗人的理想半路夭折，甚至丢失了原路返回的机会。更让人唏嘘的是，他们从军中隐退，天天过着只有输赢、没有诗意的麻将生活。当年那个在杂志铺找寻文化粉面的人，即使当了职位不低的领导，可解甲归田也不敢多打麻将，躲在家里体会比在军中更为忐忑的心情。

他当领导时，受恩于他的人说他善起来比菩萨心肠还好，可被他整过的人，说他狠起来比谁都贼，人性的两面无可厚非，尤其是他暗中掐断了诗人们异想天开的文化天线，他满以为自己干得十分高明，可受伤的人都心知肚明，现在他想使唤诗人却无人接收他放射的信号，这不过是他自欺欺人种下的因果。

唯有曾经那个找我搭讪的人，信仰之光在时间背后闪烁着力量。他当时身着蓝色制服，腋下夹着一个皮革公文包，头戴橘红色安全帽。他微胖的身体，从建设中的青藏铁路格尔木赶赴拉萨。他对星光下的拉萨没有更多欲望和诉求，只想赶在杂志铺关门前多选择几本文学杂志，填充高原之夜的荒凉与内心的孤寂。他从杂志里"哗啦"撕下一张扉页，留下他的联系方式递给我，只是我没有正视它，一次也没有正视它，这是二十来岁的小伙子对一个五十开外的大叔的漠视。我不知在这个地方，同他适合谈些什么。面对无限寂静的西藏，真要开口说一句话，还是太难。比天空之蓝更富有的时间，不知把话说给谁听，反正白天的太阳和晚上的月亮，都不再逼我多说一句话，雪域万物早习惯了我的孤独和木讷，为了保护脆弱的灵感，我自私的灵魂注定无法与他人重叠。

拉萨河上的冰两星期前才彻底融化。在石头与雪筑起屏障的天边，霞光穿过经幡星辰的指缝，孤单而遥远，无法言说的旷寂与几只雪候鸟，维系着我自己的迷宫。沉默是个怪兽，埋伏在世界屋脊每个人的迷宫里，而我却必须和它相处，我制服不了这个怪兽，更不愿主动越雷池半步，直到拉萨面貌开始在我生命的痕迹里模糊，我在八百公里直线另一端的平原之上，想起一个不知姓名的抱走一叠杂志的中年男子。

每一件作品变成铅字，都是一个人灵魂对远方的投射，熨帖着所有不眠的寒夜，潜伏在那些未曾到过的第一次被文字之手敲开编辑的城门里。而到杂志铺里寻找那些来自异地的并且印有自己文字的杂志，往往比写作时的心情更为激越。

截至 2021 年仲夏夜，已整整六年没有回到拉萨，我不知那里的杂志铺是否还存在。仿佛一场秋风一树凋零，物流业和新媒体的火速崛起，将传统的邮政功能无情地推向边缘。成都的大街小巷，曾犹如满树花开的杂志铺，已恍然淡出人们的视野。

无可救药的孤独，如同突然袭来的寒流，真不知失去了根的树，在风中还能站多久。

294 收报箱是从建设路邮局租来的，旁边有一家杂志铺。尽管我很早便在这城市购置了房子，但从不肯让天下那么多邮件，寄至社区单元门牌的报箱里。很多时候，我怀疑邮局人员对住宅的投递很不靠谱。

每周三番五次去建设路，打开邮政报箱收取邮件，如同去避难所或急救站，心情有点儿像是去投奔亲戚（这城市没有我土著的亲戚），更像是去拜访陌生的友人。彼此的等待，充满了未知的惊喜。收报箱里的世界，从没让我失望。有时出差几天没来，报箱便会给我塞满疯狂的收获。除了发表作品的样刊，还有一些主编定期赠送的刊物，密集的稿费单子如厨房里的柴米油盐，偶有读者来信，问我何时去他们所在的城市做一场签售会。

每次取走信物锁上报箱，我会顺便拐到杂志铺逗留一会儿。说不清什么原因，面对那么多新鲜出炉的杂志，我只顾乱翻却不愿意买一本。曾经我也厌恶这类人，不觉之间自己已成了这样的人，我怎么能够原谅自己的浮躁？老板是个戴眼镜的油腻大叔，每次热情地招呼像是熟知的故人。其实，我没有在乎老板的感受，他正在呵斥一个刘海快要遮住眼睛的女学生："买不买嘛，那本杂志已快被你翻烂了！"我站在原地认真地回他一句："这些文学杂志还有人买吗？"

"有是有，但少之又少，买的人偏中年女性多一点。"老板盯着电脑上的账目，头也懒得抬，压低嗓门答道。我对他说："不错呀，看来你对文学杂志，还蛮知情的。"

"当然呀，毕竟是做了十多年的老本行嘛。像你手上拿的那本杂志，至今一本也没卖掉。"我怔了一下，心想这本杂志可是中国文学界的最高殿堂，缘何命运落得如此不堪？但我没能对他说出口，因为旁边一个手上捧着《读者》看的男子，一直在偷偷观察我。我瞄他几眼，似乎每次到杂志铺，都能遇见这个脸上长了白癜风的男子。他看我几眼，我也不吃亏地看他几眼，彼此无言。我悄然将杂志放回原处，然后问老板："卖不掉怎么办？"

"还能怎么办？退货呀，反正是代销。"老板一脸无所谓的态度，忽然站起身，换了一个角度对我说："也不是这回事，读书大概也得分地域，比如，我们这里的文学杂志不好卖，并不代表所有的地方都这样，如果放在天津或上海，抑或北方，相信又是另一种情况。文化需求与地域差异密切相关，只读杂志却不买杂志的人，你不好判断他的真实身份，比如那个每次偷看你的人，他是厂北路的哑巴。但有一点毋庸置疑，读书多的人，谈吐自然不一样！"

我的脑海里条件反射地弹出拉萨杂志铺永远的人来人往。"你这里最好卖的，是哪类杂志？"

"当然是哑巴喜欢看的《读者》了，每期我至少卖掉八十本，还不够，有时还得想法到其他摊子上周转一些来救急，可以说，这么多年的市场销量，还没有发现哪一本杂志卖得过《读者》。其次是《知音》，不过这杂志内容不敢太恭维，很多读者反映它有欺骗情感的行为。"老板说到此，脸上挤出了不好意思的笑容。

话音刚落，店里突然进来一个顾客："老板，我订的《读书》杂志呢，给我留好了吧？"

老板笑着从案下递给他连续几期的《读书》，并向我小声介绍道："这是一个老板、合伙人、投资商，每期《读书》杂志他必买。"我直言不讳地对那位个子不高的顾客："能读这本杂志的人，头脑很不简单呀。"那位顾客满面笑容地打量我："不不不，我只是在坚持读书而已。"话还未讲完，老板便急着把我介绍给了这位顾客。他递给对方一本目录上印有我名字的杂志："看看吧，这里有他写的文章。"

"真是难得，如此浮躁的生活，还能坚持纯文学写作的人，太少太不容易了，我认识一些网络作家，他们几乎不读书，只喜欢胡编乱造！"顾客从书页间抬头看我，目光有惊诧，又隐着一丝无奈。

"确实有同感。这时代坚持纯文学写作的人少,读纯文学的人更少,买文学杂志看的人就少之又少了。"说完,我顺手取下一本《书屋》递给他,告诉他上面有不少好书介绍。他信了我的推荐,当即买下。他讲他大学时最喜欢看《收获》《人民文学》《北京文学》。如今,一个搞软件开发的人,长期只买《读书》杂志看,他的读书心得的确让我有些意外:科技发展离不开人文支撑。

这句话让我兴奋了好久,仿若眼里突然闪过夜明珠之光,即刻点亮了太多疲倦的风景与蒙尘太久的岁月。他所选择的读物看似与其从事的专业格格不入,但却补益、丰富、提升了工作与生活的色彩与厚度。正是这个陌生人格外的读书经验,校正了我长期以来所谓对路写作却单调的阅读习惯。

离别时,我们没有握手,心里的声音却不约而同:希望下次还能遇见你!

之后,我常自作多情地想,杂志铺相遇的那位顾客算得上我朋友吗?我还想,或许他也乐意将我当成朋友吧!卖书的老板,因为总是可以在他的杂志铺见面,我们彼此连一个电话和微信都不曾留下,每次见面却有老朋友般的亲切感,只要说到书,只要翻开那些散发着墨香的杂志,书里书外,我们瞬间就能沉浸于心灵最畅达的沟通。

有一回,他的表情不无遗憾地告诉我:"哎呀,昨天我一直以为你会来。"我满脸纳闷。他说:"有个写书的人,很想认识你,我让人家在这里等了很久。"他递给我一本厚厚的长篇小说,"你看吧,这是她让我替她代销的书。"我随意翻了几页,那字迹模糊的纸张和版权页的空缺,顿时让我预感到了什么不祥。为了感激杂志铺老板的热情,我顺手将刚从收报箱里取出的几本崭新杂志赠给他。我想,这是我对赠我杂志的主编朋友放大的尊重，其实我更希望读者感受到杂志编辑部同仁为读者付出的良苦用心。

可这样的光景，已然过去多年。掐指算来，至少有五年时间，我再没有去建设路邮局，294收报箱已在六年前一个沸腾的夏日宣告撤除。从此，记忆之城便多了一个老地方，它一直在等一个老朋友，只是挥不去的思念里，似乎我永远在别处，没有根，也没有乡愁。文学的出口在历史的进程中悄然进化，这六年几乎是新媒体迅速扩张的六年，也是杂志铺消失最为快速的六年，更是稿费单变成打卡记录的六年。

从此，风雨街头残存的294收报箱，如同一位扯掉了招牌的朋友，好比我常以异乡人的身份回到故乡，其过程充满了抵达的怀念和怀念的抵达。拥有光荣"毛体"书法定格的建设路，已载入我从别处下榻这座城市不可遗失的历史遗址。

有时，打车经过，很想看看杂志铺还在否，但始终停不下脚步。除了历史中的建设路邮政局，同城另一处更具历史面孔的暑袜街邮政局，也残存着一抹经年难忘的记忆，那青砖汉瓦白灰的邮亭建筑，至今想来也是一处文物级别的风景，那次我不仅在此买到发表我两首短诗的1998年第8期《青年文学》，还在这里看到了种类繁多的文学杂志，那是我初到成都见到杂志最多的地方，这同样也印证了当时热烈的文学气氛。

有一点突然。

杂志铺的新闻是2020年冬天出现在作家朋友圈的。我没有点赞，也没有急着去打卡。

一年之后的春天，终于，一个人两手空空从杂志铺出来，内心有一种说不出的孤独和苍茫，仿佛我就是一本无人赏读的杂志。在这座城市的文化风景里，最先消失于杂志之前的不是记忆地标的暑袜街，也不是建设路,而恰恰是那些走几步或拐个弯就能看见的花花绿绿的杂志铺。如今它的死灰复燃,并没有唤起我的兴奋记忆,反倒像一滴隐没于身体里的泪水,流不出太多的悲伤与喜悦。尽管依然喜欢翻阅杂志,总试图找回些什么,可心不在焉的思绪,却不再落于一本或一篇印象深的杂志作品之上,愧对文学之心如灌铅般沉重,那一刻有失文化尊严的感觉越思想越毁灭。

这家杂志铺是一处不足二十平方米的小铺子,是一座城市的唯一,也可能是文学在全国的孤独范本。当它以不可复制的文艺地标,悄然摆设在诞生过多位茅盾文学奖作家之地的红星路,新老媒体为此燃烧了一地热风,毕竟曾经满大街密集的杂志报刊亭已淡出公众视线,忽闻一夜清风徐来的杂志铺,被文艺风尚之人争先恐后刷爆各自沉寂的朋友圈。

只是我的情绪不再为此存在与说明。2021年6月中旬的一天,香港友人让我去报刊亭买几份登载我消息的《参考消息》,我跑过几条街不见报刊亭便已心灰意冷。与东野圭吾神秘的《解忧杂货店》不同,杂志铺是办刊人智慧凝聚的重要精神领地。三两张白色的小圆桌,一个有电脑结账的吧台,剩下的空间尽是琳琅满目层层叠叠的杂志。它们来自不同的城市和不同的街道,出自不同的编辑与设计师之手,历经不同的编辑部和性格迥异的主编,还有不同掌纹抚摸过不同纸张的印刷车间师傅。

要不是遇上高温天气去那儿办事,我绝不会到此吹冷风。

这里浓缩着辽阔的中国文学,富饶着几代人的共同追求,这些杂志有著名的"四大名刊",也有张扬的"四小花旦",有的来自穷乡僻壤,有的出自繁华都市,看上去几乎各省市有名的文学期刊都在此集合了,包括不少散落在民间的民刊也在此赶场,尽管时风让尴尬的文学之旗摇晃不定,但它们始终以文学的名义存续至今,不知有多少文人向往作品能够抵达那片天空，甚至有人将其立誓在上面发表作品，并当作一生的创作目标而努力。除了各类选刊、民刊，这其中以诗歌、散文、小说等纯文学刊物居多。

好比去菜市场，萝卜青菜各有所爱，可摆在我面前的这些杂志，随意拿起一本毫无目的地翻翻，又无所谓地放回原地；才拿起一册诗歌刊物放眼目录，却无耐心继续欣赏。有那么一刻，我眼里只剩下一个被杂志围困的自己，没发现一个多余的看杂志的人。曾经热爱翻阅杂志的人都到哪里去了？就我个人而言，不是这些杂志穿的衣服不好看，而是觉得它们的长相与功能，给人太多太难的无力选择，这和当下许多痴刷抖音的年轻人，三秒刷过别人的喜悦和悲伤一样，看杂志的热情与耐心，已被快节奏的生活慢慢淹没。

作为写作者，报纸杂志无疑是文学作品亮相最直接的舞台。究竟是什么原因导致自己失去读一本文学期刊的兴趣？我想是随着个人的成长与写作的需求，阅读选择发生了有侧重的分身蜕变，翻阅报纸杂志的兴趣少了许多，研读中外经典作家书系的兴趣却与日俱增。

一个电话，让我从杂志铺撤了出来。街边的阳光强烈地投射到杂志铺的玻璃墙上，隐约可见反光的人面。通话完毕，我想我该往哪里去呢？约好来此接我的司机，此时还在堵车路上，于是，再次返回杂志铺：一对身上弥漫着百合香水味的闺蜜，是不是约好来此享受文学盛宴的？坐在吧台的女服务生，偶尔从电脑前探出头来瞅她们一眼。她们的对话有争论，也有叹息，然后是沉默。一时之间，所有杂志里的怪兽，都在窥视她们的沉默，同时也在窥视她们红色的高跟鞋，以及她们手上拈着的玫瑰色口红。她俩只顾打扮手中小镜子里的自己，也不看一眼杂志，似乎所有杂志里构建的文学世界都与她们无关——但她们的举止行为却可以成为文学表达的一种。我渴望看见她们能够伸手去摸一本杂志，然后读给彼此听，说不定她们还真能读到和自己命运相似的人呢，说不定凭借她们涂脂抹粉的力气，也能修改书中人的命运？可这不过是我，一个袖手旁观者的一厢情愿。

我的魂儿，似乎全然不在杂志上。

她俩的对话如枯萎的花瓣，无香无味，只是一种苍白的复调：你要是觉得和他搞不好关系，就趁早了断……

那我得回去给男人说说，要听他的意见……

三个星期前的一个午后，银杏树上白果落地的声音，充满了自然与城市对话的诗意。第一次同一位写小说的年轻人相约杂志铺的情景，感觉如同出席一场宴席。她俩此时的座位，正是当时我们坐过的位置。其实，那次我依然无心看杂志，只问女服务生要了两杯咖啡。那写小说的年轻人则不一样，他来一趟杂志铺，须从地铁二号线的尽头辗转四号或三号线，如此周折一个多小时才能拜读到他心爱的文学杂志。他在郊区上班，工资如这座城市底层的大多数人一样，交完各种费用只够填饱肚子，但他却时刻想着文学的事，想着到杂志铺享受文学的盛宴。有时，他下班后赶到杂志铺，这里已经关门了。于是，他按照门贴上的电话打过去，对方说今天有事提前下班了，明天再来吧。他满脸遗憾地望着杂志铺神思好久。此时，他拿起一册海派文学杂志不愿放下，接着又从高格上取下一本先锋向度的文学期刊，他准备将自己的作品投向这些喜欢的杂志。他腼腆地介绍了那些发表过他的作品的杂志，看到某位作家的新作他两眼放光，他忆起他熟悉或陌生的编辑，像极了曾经那个讲真话、抒真情又有点儿"自闭"的我。

忽然，一个"小鲜肉"的出现打断了我的察看与想象。我把注意力投放到他身上，他手里拿着一本结了账的年度诗歌选本，纯白色的封皮，血红色的书名，还有一本雅致的诗歌杂志。他蹲下身继续投入地在书页中翻找喜爱的某首诗，他清澈的眼神，让人看到不一样的心灵世界。我不知哪里来的勇气，克服了怪兽们沉默的指责，看着他手中的诗歌选本，像老朋友一样拍着他的肩问："上面有你的作品吧？"

他抹了一把微笑的嘴角，羞怯地回复道："没有。"

那张面孔和那个写小说的年轻人真有几分相似。他们都烫有微卷的小懒发，脚穿小白鞋，穿素净的外套，只不过眼前这个"小鲜肉"比那个写小说的年轻人瘦削一些，深陷的眼珠与书页中的诗行靠得很近。他夹着书的手臂看上去十分纤弱，上面布满了黑黝黝的毛子。他们都很年轻，至少比我年轻。我想，他们有一天到了我这个年纪，是否还能够保持阅读杂志的习惯？忽然想起了拉萨的洋滔先生，他退休回到重庆后，不仅每天坚持去图书馆阅读以补充新鲜血液，同时他积极创作并投稿，与杂志的来往不减当年。

于是，我迫不及待地将眼前看到的人和事告诉了那个写小说的年轻人，微信很快"叮咚"一声跳出一条信息，他惊喜地回复道：哇，快拍点儿现场的照片给我看。

可惜，我已在离开杂志铺的路上。

选自《四川文学》2022年第8期

梁衡

寻找缝补地球的
"金钉子"

梁衡

1946年生。散文家、学者、新闻理论家和科普作家。中国人民大学新闻学院博士生导师、中国作家协会全委会委员、人教版中小学语文教材总顾问。著有《梁衡文集》九卷、《梁衡文存》三卷。曾获赵树理文学奖等多种奖项。

参观一个地质博物馆，我才知道原来地球是由 112 颗"金钉子"缝补连缀而成的。中国有 11 颗，最后一颗在贵州。我不觉起了好奇心，专程从北京到贵州去找这颗神奇的"金钉子"。

"金钉子"是一个形象的比喻。源于 1869 年首条横穿美洲大陆的铁路胜利完工，这在当时是一件大事。疲劳的建设者们不忘浪漫一把，就把一颗由 18K 金制成的道钉，钉在最后一根枕木上，以作纪念。1965 年，国际地质科学联合会（简称"国际地科联"）借用"金钉子"一词来命名地球不同年代的岩层。

1. 让石头说话，讲述地球史的秘密

人类从哪里来？从低等生物一步一步地走来。低等生物何时出现？要到地壳中的化石里去找。生物出现、灭绝、再出现、再灭绝，顽强地生存发展，直到有了人类。这么说来，生物发展史就是地球发展史，但又不完全是。因为在没有生物之前先有了地球，是地球无意间孕育了生命。地球的年龄大约是 46 亿年，生物的出现是在 38 亿年前，16 亿年前出现肉眼可见的生命，人类的出现则只有 300 万到 400 万年。有一个生动的比喻：如果把地球的年龄比作一天 24 小时，人类的生命则只有 3 分钟。但这只有 3 分钟生命的人类，却有超强的大脑、足够的想象力和无穷的智慧，居然想要弄清自己出生之前的地球。

研究历史是用考古法，挖掘地表土壤中的人类文化遗存，分出历史朝代。研究地球史也是用考古法，不过是寻找地壳岩石中的生物遗存，即化石，以区分出地质年代。科学家在上一个年代与下一个年代的交接处做了一个记号，为它"钉"上了一颗"金钉子"。

对地球历史的探源是一项大海捞针的工程，更是一场没有尽头的跋涉。我们可以这样想象，在46亿年前的浩渺太空中，地球就像一团飞速转动的泥丸，在转动中不断崩裂、黏合、被挤出，涂上新的岩浆，融进了新的物质，孕育出新的生命，时而隆起成山，裂地为谷，陷落为海，怒喷巨火。然后再崩裂、黏合、岩浆奔流，又来一遍沧海巨变，凤凰涅槃，如此反复无穷。又像是制陶艺人工作转盘上的一团泥，在飞速转动中不停地被拍、打、挤、捏，再上釉涂彩，进炉过火，然后成壶成罐，成碗成碟。这时，我们随便拿起一只碗，你还能分得清它已经从当初的一团泥嬗变了多少层吗？但是，地球再大也没有人的脑海大，历史再久远也没有人的目光看得远。地层学就专门来解决这个难题。全球还专门有一个科学组织：国际地质科学联合会，下面有一个分会就是"国际地层委员会"。科学家把46亿年以来的地层单位，分为"宇、界、系、统、阶"五级，相应的时间单位就是"宙、代、纪、世、期"五个时期。原来时间就隐藏在这五个地层里，或者说这五个地层就是凝固的时间。这样我们就可以看"层"辨"时"了。迄今为止，地层的基本单位是"阶"，像楼梯的台阶一样，上下层阶阶相连。就是说我们要给地球走过的每一个台阶都做个记号，手里共需要准备112颗"金钉子"。

但是46亿年啊，顽石层层，史海茫茫，怎样才能找到某一个台阶，然后再去"凿"上一颗"金钉子"呢？不要怕，有一条哲学原理管着：世上没有绝对静止的事物。小至一个人，大至一颗星球，只要你一动就会留下脚印。地球转动了46亿年，总会留下一些蛛丝马迹，让科学家抓住"小辫子"。它留下的痕迹主要有两个：一是每个时期总会有一个代表性的物种出现和消失，它的信息就会保存在岩层的化石里；二是哪怕一块石头也会变老。岩石里有些物质在不停地放射，自然就留下了脚印。

不论是人还是物,这个世界上最藏不住的就是年龄,一个孩子总会变成老人,再会打扮的人也挡不住悄悄爬上眼角的皱纹。只要在地球的某一层岩石中找到相应的物种化石,再辅测它的化学成分,就可以断定年代了。科学家就是用这个办法,让时间倒流,让石头说话,为我们讲述地球过去的故事。

为了严谨,国际地科联公布了非常苛刻的"金钉子"标准。必须有自然的、完整的、足够长度的地层剖面。内含有标志那个时期最早出现的生物化石。另外还特别加上一条人性化的规定:要求剖面所在地环境开阔,交通方便,便于人们公开研究参观和交流。现在全球假设的112"颗金钉"子已经找到了78颗,在中国有11颗,贵州这颗就是中国的第11颗,为"寒武纪3统及5阶标准剖面点"。它的意义很特别,身兼两职。即在"宇、界、系、统、阶"的五层系列中,它既是一个"统"的标志,又是一个"阶"的标志。我们打个比方,在中国历史中,习惯把每朝的开国皇帝称为"高祖",比如汉高祖刘邦、唐高祖李渊。现在贵州的这颗"金钉子"就好比唐高祖李渊。对上,他是隋、唐两朝的分界点;对下,他又是唐高祖李渊与唐太宗李世民两代的分界点。它是一颗"高祖级"的"金钉子"。而以三叶虫化石为代表,这个点位距现在大约已有 5.08 亿年。

2. 科学家与农民,合力找到"金钉子"

与贵州这颗"金钉子"有关的关键人物有两个人:一个是研究并确定"金钉子"点位的科研团队带头人,贵州大学的赵元龙教授;一个是在现场挖掘并守护化石剖面 30 年的苗族农民刘锋。这两个身份迥异,年龄和文化知识差别极大的人却红花绿叶,演绎出了一个地球故事。

到贵阳的当天下午,我即去拜访赵元龙教授,他已经86岁,住在一座没有电梯的老楼的七层。我上下楼都气喘吁吁,而他还在上班,有时还要出野外。地质学研究最大的特点就是野外考察,一卷行李、一个铁锤,走遍天涯。赵教授的大半生几乎都是在苗岭的深山密林中找化石,"只在此山中,云深不知处"。他的女儿也五十多岁了,她说小时候的记忆就是父亲不停地出野外。而且由于费时长,科研经费不足,他经常是先自己垫钱出差,再向单位报销,白贴上去的钱不知有多少。他一生的精力全在研究地层学,特别是寒武纪这一段的分层。为了寻找这颗"金钉子",国际学术界争论了一百年,到后期逐渐集中在中、美、意三国的三个候选地上,又反复论证了30年。直到2018年,国际地科联经过多次现场考察,反复比较,层层投票,终于一锤定音,把这颗"金钉子"砸在了中国贵州省剑河县的深山中。正式命名为"苗岭统乌溜阶全球界线层形剖面和点位",联合国教科文组织发来了证书。就是说,中国贵州的苗岭山上有个叫乌溜的地方,是地球46亿年历史的一个定位点。赵教授说这是一门冷学问,寒武纪的这一段定位研究,全球不超过100个人,中国也不过几十个人,他们是地球尖兵。但这背后是举国之力,象征着一个国家的国力和学术高度。赵教授几乎耗尽了一生心血。老人近来身体已大不如前,女儿心疼地说准备卖掉现在的房子换一个有电梯的新楼住,起码上下楼方便一点儿。好在他已经带出一个强大的团队。我的采访主要是由团队成员兰天副教授——一个很有学者风度的小伙子,帮助完成的。

隔天,我又驱车前往剑河县八郎苗寨,去拜访"金钉子"的守护人刘峰。这是一个很壮实的苗族农民,皮肤黝黑、身材粗短、虎背熊腰,猛一看像个举重运动员。他家就在剖面现场的一个小山头上,自己就山势修了一个化石陈列馆,上挂一块横匾,刻着一行斗大的字:"等你五亿年",字是赵教授亲笔书写的。我往门前一站,一股磅礴之气一下就罩住了全身。馆内全是他30年来亲手挖的5亿年前的化石,馆外是个平台,可俯瞰苗岭群山,茫茫苍苍直到天际。这位苗族汉子滔滔不绝地向来人讲述着每一块化石的年份,所含物种的科学价值。在我们这些外行看来,他完全是一位令人仰视的地层科学家了,只不过他的谈话中时常夹杂着一些草根故事,让人捧腹大笑。

天气闷热,看完室内的化石,我们拉过几个小凳子坐在平台上,切了一个大西瓜,慢慢细聊。他说,1982年,赵教授带着几个学生来到八郎苗寨的山上采化石、选剖面,顺便就在本村雇了6个农民帮助敲化石,每天工资3元钱。刘峰第一天就敲出一块从没有见过的化石。后经对比研究得知是一个新发现的物种"始海百合"。赵教授大喜,说:"你真好手气。"立即奖励他3元,他高兴地说,等于我头一天上班就挣了双份工资。为此赵教授还请他喝了酒,以后就形成了一个不成文的规矩,凡有新的发现,赵教授就请大家吃一顿。但是干了没多久,别人嫌钱少,都陆续不干了。他也想打退堂鼓,最终在赵教授的劝说下坚持了下来,如今他已成了八郎苗寨的地质土专家,化石收藏第一人。

地层学是一门精细深奥的学科,但具体操作起来,却比建筑工地上的农民工还要辛苦。朱自清在他的散文《谈抽烟》中说:"当你点燃一支烟时,不管是蹲在石阶上的瓦匠,还是靠在沙发上的绅士,这种享受是一样的平等。"地层学的研究,当具体到在剖面作业时,不管你是教授专家还是临时雇来的农民工,在石头和锤子面前也是一样的平等。而一块能让人眼前一亮的完美化石,却经常会最先出现在农民工的粗大的黑手里。就像足球比赛,有时临门一脚全靠运气。赵教授经常会扔过来一块石头说:"小刘,你的手气好,你来敲!"200多米长的剖面,每隔20厘米都要采样敲石。这可不是平常说的那种考古,用一把"洛阳铲"探挖脚下松软的黄土,这是在敲5亿年前坚硬的石头啊。刘峰刚开始只是为了一天3元钱的收入,后来对化石渐渐有了兴趣,再后来在赵教授的言传身教下,已经成了专家们离不开的助手,就连外地的古生物研究单位都请他去出现场呢。他第一次走出大山,受邀到外地帮助带几个学生敲化石,对方说你先一天到,选最好的旅馆住下。他一咬牙,选了个一晚30元的旅馆。第二天主人来了说,你这个身份该住300元一天的呀,他才第一次意识到自己的价值。

一个叫罗伯特的美国专家和他交上了朋友,特别喜欢喝他家的米酒,像喝啤酒一样大碗大碗地喝。不想,那天开会前喝多了,影响了研讨。为此赵教授把他狠批一顿。2006年,国际古生物协会在北京开会,会后要选一个外地考察路线,罗伯特立即站起来说:"去贵州八郎吧,那里有苗寨米酒,有戴满银饰的姑娘,有苗歌,有踩鼓舞,有最好的地质剖面。"想不到一个深山里的苗族农民,却成了中国地质界的品牌,为"金钉子"落户中国悄悄发挥着作用。

我问他,长期在野外作业有没有遇到过什么危险?他说最危险的一次就是精选了一大口袋化石背着下山,一到公路边上碰到两个送粮的农民。三个人正说着话,后面来了一辆大卡车,把他们一起撞飞了,其中一个人当场死亡。电报打到贵阳,赵教授腿都软了。我开玩笑说,赵教授是不是心疼他的那一袋化石?他却很认真地说:"不是。当时我要是死了,赵教授那一点可怜的科研费还不够我的丧葬费呢。他的研究立马断档,那就彻底完了。"他虽然舍不得离开赵教授,但生活实在太清贫。眼看村里人外出打工都盖起了新房,他又几次动了走的心。那年姑娘考上大学,没有学费,他想退出工作。赵教授赶忙发动地质界的朋友,一次捐了 8000 元，先送孩子入学。他家姑娘大学期间穿的衣服一直是赵家送的，而赵教授时常背一卷行李，带着学生爬到山上来，就住在他家的阁楼上。一次为向国际地科联准备申报资料，赵教授请了国内最著名的几个顶尖级地层专家来到八郎，就住在他的小木屋里。是夜风雨大作，山洪暴发，小屋几欲被掀翻。专家们浑身湿透，围着火盆听雷声。刘峰和他的老父亲，连声安慰，添火送水，陪着专家一直枯坐到天明。一个汉族知识分子和一个深山苗寨里的农民，为了那颗理想中的"金钉子"，在这里一盯就是 30 年。这恐怕是国际地学研究界少见的一道中国风景。陈毅说，淮海战役是中国农民用支前的小车推出来的。"苗岭统"这颗"金钉子"是朴实的苗族兄弟用铁锤一点一点从 5 亿年前的岩石中敲出来的。

3. 具宇宙之视野，怀人类之担当

科学发现有时是先有偶然的邂逅，然后再去顺藤摸瓜找规律，如牛顿看到苹果落地。有时是先有了一个科学假设，然后再去寻找实证，如门捷列夫的元素周期表。"金钉子"的寻找就属于后一种类型。英国人莱伊尔在 1833 年出版了《地质学原理》，提出的地层理论距今已近 200 年。而寒武纪第三统第五阶的"金钉子"假设，也已经被论证了 100 年。直到中国科学家终于在贵州找到藏有"印度掘头虫"三叶虫化石、厚达 200 米的地层剖面时，这个 5 亿多年前的地层标准才算是被确立。这个地层剖面相当于 70 多层楼的高度啊，像切豆腐一样，5 亿年前的岩石一刀切下去，剖面纹理清晰，化石要素俱全。到哪里去找这样天衣无缝的剖面呢？一颗闪亮的"金钉子"终于"钉"在了中国的西南角，苗岭山中的白云深处。

人类这样执着地研究地球史，到底是为了什么？古语曰：以史为鉴，

可知兴替。"金钉子"所标志的正是一部地球生命的兴替史。而一切历史研究的意义,都在于回看过去预知未来。当你转动地球仪找到这 112 颗"金钉子"时,就会知道人类从哪里来,将到哪里去。往小里说,比如怎样保护地球,关注气候变化应对灾难,珍惜生物的多样性;往大里说,比如人类的进化与消亡,甚至考虑往外星球的迁移。因为每一个物种的出现和消亡大概是几百万年,人这个物种也逃不出这个劫数。我们现在还处于人类的童年期,它和以前的所有物种一样,将来是进化还是消亡,尚未可知。"天凉好个秋",地球这条小船迟早会"载不动,许多愁"。在多少亿年后,它也会像一颗流星那样毁灭。"金钉子"虽小,却是一个星球过去的记忆和未来的路标,也是我们人类摸着过河的石头。

地球兴亡,匹夫有责。科学的作用在于发现,更在于普及。文章写到这里,我突然觉得现在一般地理课堂上的地图或地球仪已经不够用了,应该制作一种新教具或者玩具。用 112 块地层组合成一个可以拆分的立体地球仪。上课前给每人发一把亮晶晶的"金钉子"。其中有 78 颗是深色的,刻上发现序号、国别、地名,用来缝缀已知的地层,而剩下的那些浅色的无名的钉子则任你去发挥想象,寻找落点。也许这个地层里有一只恐龙,那个地层里有一个三叶虫,而某个角落层里还会有一个智人。科学要求,总得有一部分人具宇宙之视野,怀人类之担当。让孩子们亲手来缝缀一颗有 46 亿年历史的地球,那是多么有趣的事情,它将养成一代新人宽广的胸怀和无限丰富的想象力。而且,这其中定会有几个人,就是将来的赵教授。不要着急,那些颜色稍浅一点的钉子,都会慢慢地、一颗一颗地镀上真金而变成颜色沉稳的金光闪闪的"金钉子"。

我们要善待手里捧着的这颗地球。

选自《北京日报》2022 年 9 月 3 日

韩少功

中国人的
浪漫

韩少功
―――――――――――

1953年生,湖南长沙人。曾任海南省作协主席等职。曾获全国优秀短篇小说奖、第四届鲁迅文学奖,法兰西文艺骑士奖章等奖项。作品分别以十多种外国文字共三十多种在境外出版。另有译作《生命中不能承受之轻》等。

洁白纱裙，柔美手足，炫目旋转，优雅谢幕……当年，芭蕾舞剧《天鹅湖》曾是很多中国人的梦中仙境，几乎成了美丽、高贵、纯洁的象征。然而，作为浪漫主义艺术时代的一颗明珠，这个关于天鹅的故事，在欧洲并不新鲜，无非是王子配公主终成佳缘美眷。这一类故事对标宫廷和贵族的心情，也引领普天下文艺青年的美学向往。

我差不多也有过这种向往，用小提琴学习演奏《小天鹅舞曲》时，后来在彼得堡观演现场热烈鼓掌时，都不无某种精神身份的临时代入感。我们都风雅兮兮的，都为天鹅牵肠挂肚，但并不了解，甚至没打算去了解那种生命体。艺术嘛，与现实毕竟是两码事，怎么梦与怎么活没必要一一对应——那种雁形目鸭科的大鸟真的很重要吗？在那一刻，在那种令人屏息的艺术仙境里，我们就把舞台当作生活的全部好了。

生活终究比舞台要大很多，要芜杂也要艰难很多。直到遇见徐亚平，我才知道更大的"天鹅湖"其实一直在自己身边，在庸常的日子里。他是省报的一个外派驻站记者，这种跑腿的活儿一干几十年，有时头发乱糟糟的，似乎是缺乏上进心的那种油腻男——倒是折腾了一个民间组织，岳阳市江豚保护协会。这一次，鱼友们也成了鸟友，因一只小天鹅的跟踪器信号异常，他们前往现场救助，一路上翻山越岭、雨中迷路、车辆陷坑、队友病倒、涉水沼泽，最终只在 GPS 信号静止的位置，找到一只跟踪器，显然是被哪个猎手丢弃的。满地的血迹和散落的羽毛，还有一圈儿又一圈儿肢体挣扎的痕迹……说到这里，他哽咽了。

他可能并不懂柴可夫斯基，不懂巴甫洛娃，也从未见过《天鹅湖》中的仙境。但谁能说他不是一位真正的"王子"，一位为保护人间美好而一再受伤的隐名义侠？

从他嘴里，我才知道，尽管天鹅已成为西方诗歌、音乐、舞蹈的一个经典符号,但天鹅的故乡并不限于欧洲,不限于将其奉为国鸟的丹麦与芬兰。每当冬寒逼近,它们悉数南迁,远离北极圈,飞越西伯利亚和蒙古草原,换名为中文里的"鸿鹄"(或更精简的"鹄"),也兼名人们泛指的"雁",直抵它们熟悉的大河上下大江南北,直抵洞庭湖、鄱阳湖这两个最南的越冬区——它们的另一片家园。数十次南来北往,它们在这种长旅中要应对的,岂止一个恶魔"罗斯巴特",还有千百年来沿途防不胜防的罗网、猛兽、恶禽、暴风雨……

正是这漫长的苦难旅程,激动了另一位"王子"。同亚平一样,周自然也是湖乡子弟,有点家传的内向和诗癖,中年时在外地商圈创业有成,之后重返洞庭故土,再续多年前的旧梦,不惜倾其家产也要当一个"鸟人"。因其创意,他仅用几条微博,就使"跟着大雁去迁徙"的网上活动一鸣惊人,应者纷起,千万张博友的涉雁照片顷刻间哗啦啦贴上来,差点挤爆网站。散兵游击的状态,借助互联网这种新工具,一举转型为八方联手、广域监护、高效协同的大事件,成为热浪迭起的社会运动。不少理工男女受其邀请或激励,也自带干粮加入进来,投入他们自嘲为"神经病"式的狂热中。这里还得说说周立波和周明辉。这两位博士差不多是从零开始,啃下芯片、传感、电源、天线、封装等难题,一步步把跟踪器的性能做上去,把重量、能耗、价格做下来。到最后,研发团队硬是把法国那种 40 克重的背负式跟踪器,做到了 20 克以下,最轻的一款仅重 2.3 克,如一片鸿毛。

于是,再一次借助高科技,广域监护升级为"广域+全程"的监护。如有必要,眼下每一只天鹅,几乎都可以有编号,有昵称,有档案,都能在电脑上显示航迹、落点、身体状态。人们这才惊讶地发现,天鹅竟是这样飞的啊:屏幕上一个光点可一口气跨越一两千公里,若喘口气,在某地盘桓和磨蹭数日（想必是在狂吃蓄膘），该光点还可再次一口气抛出四五千公里，划过整个辽阔的西伯利亚——它们最后累得可能只剩下皮包骨，其意志，其体能，是何等惊人！人们还发现，屏幕上两个光点可一辈子形影相随，即便有过一段分离（也许是其中一方贪玩、赌气、别恋、崇尚自由），但最可能的下文，是它们再聚如昨，隔山隔海也能准确地找回来，不能不让人类感慨万端。当然，爱鸟者们最不愿意看到的，是屏幕上两个光点久久静止，直至熄灭（是一同遭遇不测？还是有过拼死相救或以命殉情？）——想想吧，比比吧，这些爱侣生同衾，死同穴，相遇随缘，归去有约，其一颗颗鸟心令人类动容。

如此等等，一个神秘的鸟世界在这里渐次揭开，一部鸟类史有待重写。一个民间护鸟运动不仅助推了各地野保机构，不仅汇聚了政府、媒体、警方、青少年、社团、企业家、摄影发烧友、农民渔民牧民的力量，还释放出新异的学术价值，迅速吸引了高等院校和科研单位的人力资源。

一种全新的组织方式也应运而生，让人不容易看懂。这些"王子"们和"鸟人"们，来自看似十三不搭的各地各业各层级，无领导，无财政，无薪资，连业余社团都算不上，却无处不在，如太空尘时有时无，却总能一呼百应，召之即来，各尽所能，协同有序，低摩擦运转。他们设立一个个候鸟迁移标志，推动国家和地方的有关立法，连俄罗斯、蒙古、日本、澳大利亚等国也同道蜂起，形成规模越来越大的跨国情怀圈。他们在地图上标绘出一条条"鸟道"，导向穿越山脉所需的峡谷和隘口；发现和维护一个个"鸟港"，即候鸟采食和栖息所需的大湿地，相当于旅途中的休息区。依据卫星信号的异常，他们还能及时发现一个个可能发生惨剧的风险点，一次次紧急出动。这样做的时候，他们并无执法权，哪怕心头滴血也不可越权动粗，但他们至少能实现网上定向动员，迅速征召风险区附近数以十计或百计的鸟友，投入现场的宣传、劝阻、取证举报，形成强大的民意浪潮和行政反应，最大限度地遏阻灾难。

有一次，他们从吉林一个厂区成功解救了一只触电致伤的白尾海雕——其时监护范围已从天鹅扩展至所有珍稀野生鸟类。他们给这只"巍鹏8号"做了全国首例猛禽接爪手术，并在随后的四年多里，捕捉到它九次越境迁徙的卫星信号，包括在白城某地一个农家院一再出入，颇有些形迹可疑。这家伙，想必是吃鸡上瘾啊！妥妥的贪嘴吃货一个，是不是与人争食太过分了？小分队事后忍不住去提醒粗心的事主。不料，那位农妇得知院里那些剩骨残羽的谜底后，哈哈一笑："算个啥，俺今年多留几只给它吃呗。"作为种粮大户，她是富得不在乎几十只鸡了，还是一时找不到别的方式，来感激这些远道而来的好心人？

  鸿雁，在天上，
  对对排成行。
  江水长，秋草黄，
  草原上琴声忧伤……

这首歌徐亚平在车上总是唱不完，鸟友们也常在线上此起彼伏地云合唱。这次，受全国爱鸟人所托，一支由这些中国草根"王子"拼凑的车队，带着镜头、电脑、望远镜、宣传品，真的"跟着大雁去迁徙"了。他们从洞庭湖的01号迁徙碑出发，越千山，过万水，历时十天，辗转长驱两千多公里，最终抵达内蒙古甘其毛都边境口岸，难舍难分地目送一批又一批鸿鹄北迁。

长亭接短亭，落霞继星斗。车轮追赶雁翅，鸟鸣呼应歌潮。天上的

"一"字和"人"字在泪眼中模糊了又清晰，清晰了又模糊，一会儿被高山隔断，一会儿又落下云端。这是动物界乃至生物界多么欢欣而忧伤的再别离，是人间一个多么奇特的最新节日。也许，回雁峰、黄鹤楼、白鹤寺、雁鸣湖、雁门关、雁栖湖、大雁塔、雁荡山，这一长串古老地名，将因此而纷纷苏醒，一个个开始萌动、舒展、绽放，重现容颜与光泽，再续它们各自无声的故事，无声的千年沧桑与浪漫。

　　这一年的3月27日深夜11点，月亮从乌拉山口升起。亚平告诉我，这个时候，他们几个追风送鸟的汉子仍久久守候在乌梁素海岸边，遥望深远无际的北方夜空，一个个忍不住泪流满面。他们多想在这里待下去，一直待到天上的"一"字和"人"字在秋后南归的那一刻。

选自《光明日报》2022年9月9日

羌人六

秘密生涯

羌人六

1987年5月生,四川平武人。2004年开始文学创作,著有诗集《太阳神鸟》《羊图腾》,散文集《食鼠之家》《绿皮火车》,中短篇小说集《伊拉克的石头》《1997,南瓜消失在风里》。现供职于《四川文学》杂志社。

我再也不想割菜籽了

已经好多年没割菜籽了。那些年，菜籽都是我妈让我帮她割的，我抱着助人为乐的态度，帮我妈割了多少菜籽啊。

如果不帮我妈割菜籽，她就会骂我："砍脑袋的。"

我爸在街上打牌输了钱，我妈也是这样骂。

我和院子里的伙伴在别人家的菜籽地里"洗澡""挖隧道""藏猫猫"；我们把别人家刚刚种在地里的花生挖出来一粒粒吃掉。别人，也是这样骂我们。就好像，我妈长到他们身上去了一样。

今年五月份，我才意识到，我已经好多年没割菜籽了，我突然就想割菜籽了，我需要一块菜籽地，需要一把镰刀，需要一点好心情，甚至需要关掉手机。好多年没能割上菜籽不是我的错误，而是镰刀的错误，割菜籽的镰刀在我的生活里睡着了似的，我已经很多年没有见过镰刀了。真是叫我大吃一惊，沉睡的镰刀在冥冥之中，似乎显示了，我已经在错误的道路上坚持了多久，走了多远。

遗憾都是可以弥补的，媳妇就高高兴兴开车带我回她娘家了。每次都是一样，这次到她娘家，天已经黑了。总是晚上才拢屋。她妈的比喻很形象："每次回家，都跟做贼一样！"

媳妇八十多岁的婆婆不知道我是专门回来割菜籽的，她指着镇上的灯火神神秘秘地跟我们说："你们看到了没有？镇上那些灯半夜三更都亮到起的！"

我们一头雾水。

隔了半分钟，婆婆终于难过地说道："好费电呀！"

第二天睡到中午，又吃了午饭，又磨磨蹭蹭到下午两三点，我才想起，我是来割菜籽的，不是来度假的。我找了一把镰刀，就去地里割菜籽了。

割菜籽的时候，我想起我妈的话，我已经好多年没帮她割菜籽了，我很难过。于是，我一边割菜籽，一边自责："砍脑袋的，家懒外头勤！"

盐亭的菜籽和平武的菜籽不一样。我老家的菜籽长得"精致"，像是浓缩过的一般，又细又矮，这儿的菜籽都是大个子，长得跟树差不多；我们那儿割菜籽是一把一把地割，这儿是一棵一棵地割。尽管这样，我还是割得很快，毕竟手艺还在。割到地中间，意外发生，我碰到一个鸟窝，鸟窝里有四只刚刚出壳的小鸟，看到它们，感觉这个世界仿佛也没有诞生多久。但似乎有点晚了，因为我已经把那棵菜籽割倒了。鸟窝像一只惊呆了的嘴巴，看着我。我只是来割菜籽的，没想到会这样，我连续退了几步，想让时间退后一点。

我把鸟窝高高搁在已经躺下的菜籽身上，但一切都晚了，她们说，它们的家长不会来了。

过了几天，帮媳妇爷爷家割菜籽的时候，类似的错误，我又犯了一次，那鸟窝里，也是四只幼鸟。这些鸟，被她爷爷家的鸡吃掉了。

我吃肉，但活到现在，我连一只鸡都不曾杀过。割了巴掌大块地的菜籽，就破坏了两个家庭，让八只鸟儿失去性命。那八只鸟儿还没有长大，没有在这个世界飞过，就死了。那八只鸟儿今后会变成多少鸟儿啊，如果天空死了，我想我也是要负责任的。

真的，我很抱歉，我很自责，我再也不想割菜籽了。

红嘴巴鱼

一切，似乎必须从头说起，从我长势惊人的头发说起。

在绵阳，我每月都要从园艺山徒步或开车到山下的三里村理发，少则两次，多则三次。葡萄牙小说家萨拉马戈在一部小说里提到："基于神创万物皆有联系这一整体感，甚至有人说人类是用大象的尾料做成的，同时也由于这动物的象征、内在和世俗意义。"即便如此，我对我的头发仍然怀有敌意，直白点儿说，我不喜欢我的头发。原因是，我的头发长得实在太快了，感觉它们总在不停地长，如此随意、放纵，有失矜持，完全没点儿底线。

说到我的头发，不能不说到我的身高。小时候起，我就饱受个儿高的困扰。读书上学那些年，在教室上课，或在坑坑洼洼的水泥操场上做广播操、参加升旗仪式，为了照顾班上那些"矮鸡蛋"，不挡住他们向生命四周探索、猎奇的视线，我自然成了排挤对象，总是永远站在那些社会主义接班人的尾巴上，感觉看起来就像一面世界上最不挡风的围墙。我爸妈身高差不多，两个都是一米七多点儿，加起来三米四。在那些已经十分遥远的日子里，我不担心我长到三米四，我担心的是，以后我哪里去找那么合适的衣裳，那么长的裤子；后来，我在南坝镇当老师，一群小学一年级学生，在我面前小青蛙那样蹦蹦跳跳地问："刘老师，刘老师，你有一百岁了吗？"他们以为，身高和年龄挂钩，个子越高，年纪越大。好在如今，我的身高不再是个问题，终于踩死刹车，定格在一米八三这个高度，不再增长，不再喧声辚辚地朝上任性疯长。此去经年，麻烦没有丝毫减免，我发现，虽然我生命里那些用来长个子的力气和速度都用完了，但是，我长头发的力气和速度，又在一条没有前途的道路上，显示出了与众不同的天分。这种天分，还很惊人，有一天，媳妇说她一年多没有去过理发店了，我才意识到，我的头发长得实在太快了。

我的头发长得实在太快了，我怀疑它们一遍遍抵达我身体上的这个高原地带，要么是抄小路，要么是走高速。

我的头发长得实在太快了，我甚至怀疑耳朵里那些蚊子似的嗡嗡声，是它们集体生长时带出的轰鸣。那密密匝匝的声音，就像我们眼皮底下的日子，就像我们悄悄来临又悄悄流走的生命，片刻不停。

我的头发长得实在太快了，稍不留神，我就会变成野人。为了头上这片微不足道的庄稼地，我必须放下手里的所有事情，听从理发店的召唤，去三里村理发，花钱给脑袋"锄草"。

园艺山，我家小区外，有好几家理发店，我到其中一家理过一次，三十六块钱，抵得上我一包半烟钱。我觉得贵了，不是贵得吓人的那种贵，是贵得咬人的那种贵。三十六块钱要是买成三十六袋盐，要吃多少年？！所以，我还是愿意到三里村理发，当然，三里村现在也不便宜，从原来的十五块涨到了现在的二十一块。毕竟是形象工程，头发还是要剪的，不是钱不钱的问题。话说回来，正是因为有了"比较"，每次，去三里村理发，我都有种占便宜的感觉，感觉自己是走在节约了十五块钱的路上。去理发的路上，我总是想着哪天才能把这十五块钱取出来，给自己赚点零花钱。

媳妇几次跟我商量，物价这么高，我帮你剪，可好？

我想了想，觉得还是算了。儿时，我亲爱的外婆曾拿着剪子给我剪过一次"锅盖子头"，这种发型虽然不要钱，但是要命，不好看就算了，关键是还很难看。从那以后，我死死记住那句老话——天下没有免费的午餐——绝不让人免费在我脑袋上胡作非为。事实证明，天下没有免费的午餐。理发这样的事情，我宁愿相信别人，也不相信自己人。尽管，我对发型要求不高，短发就行，我只是担心媳妇剪不出别人给我剪的那种味道，所以，我要到三里村理发。

到三里村理发，其实，还有一个重要背景，那就是，最开始来绵阳那几年，我一直在三里村租房子住。这里的标志性建筑，就是那座鹤立鸡群的天主教堂，也叫露德圣母堂，我原来租住的房子，就在教堂后面。置身三里村，我最大的印象就是这些密密麻麻、挨挨挤挤、参差不齐的水泥楼房，感觉起来，就像一群迷路的人，彼此都不约而同地走错了地方。

就是这么个像是彼此都不约而同地走错了地方的地方，那几年，我不但住出了感情，也住出了惯性。搬到园艺山定居，现在已三年有余，但我还是会选择去三里村理发。一个人，总是会在不经意间重复着他过去的某些部分。

那天上午出门理发，实际上是那天晚上的饭局决定的。以前的经验告诉我，一个人的过去往往也在某种程度上决定着一个人的未来，然而，那天，我才隐隐发现，其实一个人的未来也在影响着一个人的当下。我去三里村理发，就是最好的证明。

那天，我轻轻松松走完为我节约了十五块理发钱的那段路，从园艺山走到三里村那家我每月都去剪头发的理发店。奇怪的是，我已经在这里剪掉无数次头发，但我居然不知道这家理发店的名字。不光三里村的理发店没有名字，这里的菜摊、卤肉摊、水果摊、包子店，大多都没有名字。理发店的两个年轻人是我老家平武的，作为他们的老顾客，我们已经很熟。事实也证明，我们早就很熟，每次到店里，无论星期几，他们都会问我一个同样的问题："兄弟，学校又放假啦？！"

其实我已两三年没在学校教书了，他们每次总是喜欢这么问，每次都像从前一样。因此，每次我都要这样那样地解释一番。交流如此寡淡，或许是因为，我们之间除了头发，没有别的共同语言。

每次来理发，我都会跟理发师交代一件事，洗头不用洗发水，直接用水冲一下，然后开始剪头发，即可。或许在他们看来，创造那样烦琐的一套理发程序势在必行，毕竟要收二十一块钱，刨去这二十一块钱里面所有必需、合理的成分，对我而言，实在是有点浪费时间。剪头发就剪头发，我讨厌麻烦，宁愿删繁就简。

那天上午，刚走到理发店，店里除了两个理发师，还有一位顾客正在理发。

看见我，理发师A立刻像往常那样问了一句："兄弟，学校又放假啦？！"

那个"又"字我听得不舒服，好像老师很闲似的。

我这样那样地解释了几句，然后，告诉理发师A："和上次一样。"

理发师B正在和那位穿着只能看见脑袋正在接受"锄草"仪式的顾客兴致勃勃地聊天。以前，或者现在，或者今后，我也这样，都是这样，一边理发，一边跟理发师说点什么。或许，人和人之间的缝隙，或者距离，通过说话才能填满，才能缩短。

看得出来，理发师两人都对这位顾客很熟悉，和我一样，他也是他们的老顾客。

理发师B跟顾客说："哥老倌，你现在潇洒哦！忙时做生意，闲时钓钓鱼，安逸！"

顾客说："嗨，就那样！"

理发师 B 问顾客:"你恐怕红嘴巴鱼钓的多哦?!"

顾客笑呵呵地回答:"不怕你笑话,我就爱钓红嘴巴鱼。红嘴巴鱼,呵呵,只要想钓,多的是哦!男人嘛,趁着年轻,多钓几条是几条,反正不亏!"

我从他们嘻嘻哈哈的谈话里捕捉到了"钓鱼""红嘴巴鱼"这样的字眼。说起钓鱼,我是急性子,对这种慢节奏生活很不欣赏,早年在老家门前那条河里我倒是经常去钓鱼,我已经很多年没有钓过鱼了。在三里村,在这家熟悉的理发店,我这辈子头一次听说"红嘴巴鱼"。我想,红嘴巴鱼是什么鱼?是野生鱼,还是那种鱼塘里的鱼?

我有心请教一番,问顾客:"兄弟,你说的红嘴巴鱼,是不是黄辣丁?现在好多钱一斤?"

在我老家,有野生黄辣丁,好像要一两百块钱一斤,我想,他们说的"红嘴巴鱼",或许就是黄辣丁。毕竟,红和黄,有时候,不那么分明。

空气沉默足足十秒钟。两个理发师和顾客似乎想笑,又没有笑。

理发师 B 撕破沉默,说:"我们说的红嘴巴鱼,跟黄辣丁没有关系。"

理发师 A 说:"呵呵,这红嘴巴鱼啊,可比那黄辣丁贵得多!"

顾客在他们说完,补充道:"我们说的红嘴巴鱼,它的另一个名字叫美人鱼。"

红嘴巴鱼就叫美人鱼,我恍然大悟,心里连连"哦"了好几声!原来哦,他们聊的是风花雪月,跟我以为的黄辣丁,没有半毛钱关系。

在我自责见识短的沉默不语的空隙,顾客开始得意扬扬地分享他的风流韵事。他说自己经常以钓鱼的名义,去钓红嘴巴鱼……十多分钟的理发时间,基本是顾客一个人在说话,一直在说话。间或穿插着理发师的只言片语和心猿意马。

"今天这个时代,没哪个男人不坏,没哪个男的不喜欢红嘴巴鱼!兄弟们,你们敢不敢承认,我们男人没得一个好东西,只是坏的程度不同而已!"

顾客赤裸裸的"总结"振聋发聩。

花二十一块钱,在水泥楼房就像彼此都不约而同走错了地方似的三里村理发的顾客,和两个年轻的理发师,在剪头发的咔嚓声中间,免费为我奉送了一个叫人面红耳赤的秘密:在成年人的世界里,有一种鱼,叫红嘴巴鱼。红嘴巴鱼不是黄辣丁,虽然,红和黄,有时候,不那么分明。

老家有句口头禅:"头发长、见识短。"

我在三里村理发,镜子里,我的头发变短了,但我一点儿也不觉得轻松,甚至还有些沉重。

石头上的树

我原本只是一粒小小的种子,和我的兄弟姐妹无忧无虑地生活在一棵枝繁叶茂的大树上。我们有一个美丽善良的母亲,她很爱我们。

我和我的兄弟姐妹住在一间小小的房子里面,房子里黑咕隆咚的,什么也看不见,但我们并不感到寂寞,母亲大人总是跟我们讲许多外面的东西,有时候,我们觉得,母亲大人就是我们的眼睛呢。说起来,我们也都想用自己的眼睛看看自己的母亲。

那时候,寂静是我们的夜晚,声音是我们的白天。

每天,除了跟母亲絮絮叨叨,我们总能听到许许多多别的声音。开始觉得挺奇怪的,后来我们就不以为然了,风的声音,雨点落下的声音,开花的声音,叶子生长的声音,鸟儿唱歌的声音……

就这样,我们度过了许多宁静而欢乐的日子。然而,有一天,这些日子却被打上死结,永远一去不返了。

记得那是个凛冽的冬夜,外面忽然狂风大作,传来许多"嘎吱、嘎吱"的奇怪声响,我们害怕极了。母亲大人也顾不上安慰我们,"哎哎哟哟"痛苦地呻唤着,我们都感觉到了母亲大人的恐惧,她浑身颤抖得十分厉害。但风丝毫没有减弱,平日里她可是温柔极了,我们不约而同地扯着嗓子喊:"姐姐,不要再吹啦,我们害怕!"

却一点儿效果也没有,风听不见我们的叫喊,她似乎成了怪物。这个怪物在我们的耳朵里膨胀着,越来越大。突然,我们的房子爆炸了!一股巨大的力量把我们卷向空中,我们如同生出了翅膀一样,鸟儿般飞着。

"我的孩子们啊!"母亲大人哀号着。

"妈呀!"我们尖叫着。

不知飞了多长时间,我重重摔落在一块硬邦邦的东西上面,昏迷过去,什么也不知道了。

当我睁开眼睛醒来的时候,身边没有了兄弟姐妹,感觉不到母亲大人的存在,我仿佛置身于一个完全陌生的世界。我真是吓得要死。"救命呀!"我喊了一句,然后,又一次昏迷过去。等我再次醒来,我不得不接受这个令我倍感难过和沮丧的事实,我永远地失去了避风港,从今往后,我必须独自活下去。

可能是因为摔得重,我屁股很痛,本想挪挪身子,可是,我发现自己压根儿就不能动弹。没有腿的话,至少可以爬;没有手的话,至少可以走。而我既没有手,也没有脚,我只是一粒种子。

"这可真是要一粒种子的命啊!"

我绝望极了,不知该怎么办?

终于,我冷静下来,开始打量目前的处境,我发现我坠落在了一块前不着村后不着店的巨大山岩上,山岩上连一株草都没有!记得母亲大人说,只要有泥巴的地方,我们就能活下去。可是,这地儿如此贫瘠,没有食物也没有水,草都不愿住在这里,更不要说一粒小小的、可怜的种子。就是说,在这里,我只能等死,可是……

冬天,真是残酷!我又冷又饿,脑袋昏昏沉沉,只好趴在石头上睡觉。

不知熬了多少日子。有一天,我睡得迷迷糊糊,耳畔忽然传来一些似曾相识的声音,我醒了过来,也听出来了,那是草发芽的声音,叶子重新冒出枝头的声音,开花的声音,鸟儿唱歌的声音……是大地开始返青的声音,是春天的声音。温暖的阳光穿过林间的缝隙,一束束落在我身上,舔着我的脸蛋蛋,我知道,春天回来了。

春天回来了,我既高兴又失落,不知为什么,我的身体开始有了些变化,下半身沉甸甸的,低头一看,我吓了一跳,天啊,我居然长出来一只脚啦!不过,我很快意识到,这并不是一只脚,而是我的根。要活下去,只能在这块巨石上生根;只有扎根于此,我才能活下去呀。

已经无处可去,听天由命吧。我做了最坏的打算,大不了就是个死。做最坏的打算,也是因为,我几乎不抱幻想,毕竟,这是在荒凉而又贫瘠的巨石上,不是在肥沃的土壤之中扎根。在我的印象里,我们家族里,包括我的那些兄弟姐妹,都没有这样的遭遇吧?这几乎就是一件前无古人后无来者的事。我觉得自己的命,真是苦到了骨头里。

下了几场雨，我有了些精神，我的根长得更快了，已经触到了岩石的皮肤，还是那种感觉，硬邦邦的，冷冰冰的。巨石，是个古怪沉默的老头，我主动跟他搭讪了好几回，他却一个字也舍不得跟我说，爱搭不理，似乎在为我在他的地盘上撒野和冒犯生气。

说实话，我还不想在这里待呢，要不是命……巨石不理我，我也挺生气，我一粒种子也不是好惹的，我想，我偏偏要跟你较劲儿，看你也奈何不了我！

我为自己编了一首歌，唱了起来：

"我是一粒种子，巨石是我的故乡，我要在这里生长，我要长成一棵大树，看别样的远方……"

唯一的一次，我身子下面的巨石的肚子里传来一阵狂笑，然后我听见一个声音说："这真是我听过的最搞笑的白日梦……"

我懒得理它，这个讨厌的老头。

我的根把巨石撕开了一条微不足道的裂缝，已经能吸收到一些营养，吃不饱也饿不死，不算好也不算坏。

就这样煎熬了好几年，我已经是一棵小小的树了，有了自己小小的衣服，它们由几片弱不禁风只有指甲盖大小的叶子组成。为此，周围花枝招展的草姑娘们经常笑话我，叫我"小可怜"，有时候，也叫我"丑八怪"。我知道我形单影只的样貌极丑，不如她们好看，心头很自卑。

自卑久了，又没有个朋友，我就格外寂寞，也多愁善感起来。

树林在半山腰上，山脚下有一排青瓦房，青瓦房下面，是一条哗啦啦流淌的河。它们的存在让我激动不已。寂寞的时候，我就常常望着巨石下面的那条蜿蜒的小路发呆。在这样寂寞的树林里，这条小路大多时候，也是寂寞的。偶尔，会有一些山里人在这儿过路，背着沉甸甸的柴火或者猪草。是些生活在这大山里的人们，不知为什么，望着他们脸上的皱纹或者汗水，我总能清晰地感到一种苦涩的东西。与我在巨石里吃到的那些东西类似。他们从巨石下面经过，虽然从未注意过我，却总能让我感到一丝丝欢喜，莫名的欢喜。但仅限于此。直到我看见那个年纪小小的、身形瘦瘦的、个子高高的男孩，我产生了一种异样的感觉，我觉得这个住在山下的男孩就是另一个我。男孩穿得很寒酸，一看，就知道出身贫苦。这更让我心疼不已。

后来，我渐渐知道，男孩的外婆家，在巨石后面的高山上。他去山上外婆家，从山上外婆家回自己的家，都要在我面前路过。我秘密关注着这个跟我一样看似营养不良的男孩，尽管他未曾注意过我。是的，我好像已经爱上了这个男孩，我觉得他就是世界上的另一个我……

小男孩一年年长大，变成了少年，又变成了青年，有了自己的事业，在城里有了家，又成了一个孩子的父亲，日子幸福美满。

这些年，我也没有忘记自己是一棵树，我怎能像小草一样弱不禁风呢？我也一年年长高了，越来越强壮，骨子里，也越来越坚韧，为了生长，我的根把巨石钻出了一条长长的拇指宽的裂缝。

脾气古怪的巨石虽然看似顽固，牢不可破，寸步不让，其实并不完全是那样，在我的意志下，它终于屈服了，让步了。穿过那条道路，我就可以抵达肥沃的土壤，得到真正的滋润，像我美丽的母亲大人那样，长成一棵真正的大树。

当然，潜意识里，我也盼望自己长成一道风景，能够引起那个我看着长大的男孩的注意。我相信，这一天迟早会到来。

这一天终于来了。

那个原本走路一阵风似的男孩，居然慢吞吞地出现在了我的视线中！不过，他已经成熟了，是个大人了，个子高高的，有些胖，下巴上还留着一堆可爱的胡子。他走得很慢，像在散步，又像在思考着什么问题，却不时左顾右盼，像在寻找着什么？！

山里的路多了，这条林间的小路已经荒芜，杂草丛生。他有些失落的样子，估计是在想，这条路再怎么走，也走不回童年的感觉了吧！这么一想，我忍不住偷偷地笑了起来。我这样自作聪明，我都想给自己打个一百分呢。

奇迹真的出现了。

他在我身边停了下来，久久地望着我，望着我身下的那块被我劈成两半的巨石，望着我荒凉的扎根之所，像是，在望着他的另一个自己，望着望着，他躲藏在一副框架眼镜后面的眼睛湿润了。他喘着气，似乎有些激动。我听见他在自言自语，他用赞美的语气说："你这棵树啊，为何选择在这里扎根……"过了一会儿，他又突然感叹："我们怎么那么像，那么像……"

说实在的，这句话我像是等了好多年。他自己说出来，我反而有点不好意思，也不知道如何跟他说话。不如保持沉默吧，我想。

过了好长时间，他终于掏出一个不知名的玩意儿，对着我"咔嚓、咔嚓"了几下。我开始以为是斧子之类的东西，吓了一跳，身体差点像面条似的瘫软在地。结果不是，他是在为我拍照呢。

他一边拍照，一边说："等回去了，我一定要把你写下来，为你立传，不，是为我们立传。"

这时候，我才知道，他是个作家。

作为一棵树，我这条命不容易，毕竟是在岩石里扎根啊。

而他，一个作家，作家就是在纸上扎根啊，更不容易。大概是所谓的同病相怜吧，说真的，这一刻，我突然有点心疼他。

笨女人的诗篇

去年，因为准备写我的"丘陵系列"小说，为储备创作素材，我随手写了篇千把字的草稿备忘，篇名叫《封口胶》，写的是我在媳妇老家偶然遇见的一个传奇妇女的故事，信马由缰，即兴为之，写得一般，散文不像散文，小说不似小说。

人物原型是位中年妇女，叫"索蓉子"，媳妇娘家的父老乡亲们都这样称呼她。

从未打听过索蓉子的本名，但我肯定，"索蓉子"不是她的本名。人如草芥，一个人的名字又有什么关系？不过是个符号而已。

媳妇老家和索蓉子家一个村，又在一个丘陵上，距离说近不近，说远不远。每次，只要我们回去，我们就是脚不沾地地回去，索蓉子总比凡人多了几双眼睛似的，都会知道，并且总是一阵风似的跑来串门。

"欢娃子回……回……回来啦？！"索蓉子欢欢喜喜地招呼，仿佛回来的是自家亲戚。

媳妇答应："我回来啦！"

招呼完，又继续喜气洋洋地招呼："刘勇回……回……回来啦？！"

我客客气气地回答："就是！"

说完，索蓉子又继续招呼："小石头回……回……回来啦？！"

小石头听了，望着笑得合不拢嘴的索蓉子，啥都没说，一个劲儿往我们怀里躲。

"小石头都这么大了哦！娃儿个子好……好……好高哦，跟他爸爸一样哦！"

岳母说："喊你女子也赶快嘛！"

索蓉子笑眯眯地说："要得！"

从人们口中，我开始断断续续了解索蓉子。这个索蓉子，其实是个普通得不能再普通的乡下女人。普通乡下女人的命运索蓉子一样不缺，男人，庄稼，女儿，连绵不断的家务活，甚至还有寂寞。看得出来，索蓉子是个寂寞的女人，至少，我没有见过像她那么爱串门的女人。据了解，索蓉子出生前打过引产针，准备流产的，结果命大活了下来，只不过身体上却留下了永远的"后患"——小儿麻痹症。索蓉子的残疾不是妈妈生的，也相当于妈妈生的。这导致索蓉子说话不利索，脑子不太灵活，大多时候性格像小孩，贪玩。

索蓉子的家事像风一样钻进耳朵。

索蓉子有个女儿，人很漂亮，大学毕业了在城里当护士，因为嫌弃，平时都不爱回老家。就是因为了解到这个，我才心情复杂地写了篇《封口胶》。

索蓉子的男人爱打牌。索蓉子二话不说冲到镇上掀了桌子，把男人赶回家！

索蓉子的男人夜里不跟索蓉子睡觉。索蓉子力气大，就把男人抱到自己床上，坚决不同意分床。

人们喜欢拿索蓉子开玩笑，索蓉子却从不生气，她几乎不知道生气是什么样子吧。那些不正经事好像变得正经了，那些正经的事反而又有些不正经。按照世俗的标准，索蓉子是个笨女人。可是，有时，我也忍不住怀疑，比如那篇《封口胶》发表之后，又天上掉馅饼似的得了一个小奖，领了几千块稿费，我暗自许诺给索蓉子买点水果，毕竟，这里面也有她的功劳。于是,我真的买了水果拿给索蓉子,从她收下礼物的那份庄严和利索,就能看出来,这个女人,其实一点儿不笨。

在白鹤村,人们说起索蓉子,总是一致地交口称赞,说这个不幸的女人"旺家",是个"带福气""带财"的女人。人人几乎都能作证的例子,就是索蓉子家里养的牛羊总比别人家的肥壮,一般人家在牛羊地里认认真真放养一年,还不如索蓉子懒懒散散放养半年的效果明显。

人们似乎对此并不感到神奇,而是觉得不可思议。原因是乡下土地辽阔,畜生吃草地方多,很多人家都把牛羊整天整天地搁在外面,也不拴绳子,任其自由发挥,天亮时出门,天黑时回家。索蓉子也要放牛羊,索蓉子却不一样,索蓉子喜欢偷懒,索蓉子喜欢玩,索蓉子每天最爱做的就是把牛羊赶到地里,找块地,只要有草的地方就行——然后把牛羊一头头分散地拴在某棵树上,然后满村子游荡、串门,玩够了天黑了这才把拴在树上的牛羊赶回家。

从人们说得咬牙切齿那个样子上看,我相信他们真的没有说谎。

一度,我也为老天有眼、上苍是公平的、索蓉子与生俱来的某种魔力这一类想法而暗暗热泪盈眶。因为这个事实,索蓉子似乎不普通了,成了神话般的人物;因为这个事实,我甚至理解了村里人因此愤愤不平地说索蓉子是个笨女人这样完全不符合事实的评价——对呀,那么多吃草的好地方,聪明人哪会那样把牛羊用绳子拴在一棵树上整天整天地"折磨"!通过那些可恨的绳子,索蓉子家的牛羊,整天整天地关在了地球上!关键是,还比别人家的牛羊肥壮!

偶尔,索蓉子家里那些牛羊,被拴在一棵棵树上吃草的身影,会在我脑袋里闪烁。

直到最近,我终于想透了一个道理,也破解了索蓉子身上的"玄机"。同样的土地，同样的吃草，牛羊旗鼓相当，为何别人家自由自在的牛羊不如索蓉子——一个看似懒散愚笨的乡村妇女喂养的肥壮？答案很简单，就是因为那一根绳子，那一棵树，那无论是站着、躺着、睡着哪儿都去不了的整天整天的时间里边，那些牛羊始终心系一处，老老实实地待在它们的生命附近：

安静地吃草。

李约热

朗月在天

李约热

壮族,《广西文学》副主编,广西作协副主席。曾获第十二届全国少数民族文学创作骏马奖,2003—2006年《小说选刊》全国优秀小说奖,《民族文学》2015年度小说奖等。主要作品有长篇小说《我是恶人》,小说集《涂满油漆的村庄》等。

二十年前,我在北京一家电视台打工。那个时候,电视台还是香饽饽,进出这里的人们,衣着光鲜,步履匆忙。怎么说呢,那个时候,在电视台工作,非常风光,每个人的脸上或多或少都挂着优越感,我自然也不例外。这是我一生中最高调的时期,虽然当时我在一个不起眼的栏目组打工,也足以使我走起路来目中无人、脚底生风,是二十年后我讨厌的模样——我经常拿着一部诺基亚5110手机,四处跟人联络,"好好好,不错不错不错,你知道吗,你知道吗"。工作上的事情弄得我晕头转向,很多工作之外的事也都七绕八绕绕到我这里来了,熟人朋友,熟人朋友的熟人朋友,都想方设法找到我,让我帮忙"解决问题"。我一般能躲就躲,躲不掉就敷衍。我就是一个小人物,攀上电视台这个高枝,在别人眼里母鸡变凤凰。我能解决什么问题?根本不能。

二十年前,离中秋还有十几天,在北京,我先后接待了两拨人马。

第一拨是表哥陈。

接到他的电话时,我还以为他这是和朋友来北京旅游,如果那样的话,我最多请他们吃顿饭,然后他们去观光,我去干活儿。一直以来,这是我接待老家来人的"规定动作"。

我在电视台东门见到表哥陈。他来北京,并不是"一拨",而是只身一人。

他下身的牛仔裤泛着油光,上身灰色的对襟中式粗布衣裳空空荡荡,很抗脏的那种灰;胡子拉碴,头发灰白,跟东门电视台接待室里那些忧伤的上访者没有什么差别。我上次见他是两年前,在广西老家,他回来扫墓,西装笔挺,头发光亮,俨然家族里的成功人士。短短两年,他变了模样。我心想,他是来告状的?

没错,他就是来告状的。

一见到我，就握着我的手，问电视台信访接待室里有没有熟人，让我想办法赶紧帮他递材料解决问题。我翻开厚厚的上访材料，密密麻麻，盖有很多人鲜红的手印（手印密密麻麻地盖在告状信上，表哥陈的身后，站着一支队伍，所以表哥陈和告状信上密密麻麻盖着手印的邻居，算是中秋节前我接待的两拨人马中的第一拨）。那段时间，因为电视台有一个曝光性栏目风靡全国，各地上访者蜂拥而至，自己遭遇的不公都想让电视台干预，使自己的问题很快得到解决。表哥陈来北京的目的跟他们一样：因为旧城改造，整条街都被拆掉了，街坊们对赔偿条件不满意，知道表哥陈有一个表弟在电视台，所以就推举他来京告状。后来我请他吃饭，表哥陈跟我说他已经跟街坊们说了，他们的问题，中秋节的时候，肯定能解决。他身上，有他们凑的份子钱，大概一万块。在东门，表哥陈对我说，如果需要请客吃饭，就尽管请，不要心疼钱。

他们的问题我可解决不了，因为我知道，海量的上访材料，最后成为栏目组选题的，寥寥无几。表哥陈来错地方了。但是看到他饥渴的、放手一搏、志在必得的样子，我就心慌，是因为电视台有他的一位表弟吗？他想得太天真了，在电视台有表弟的人成百上千，如果每个人都能"解决问题"，那电视台就乱套了。我跟他说我们还是按规矩去排队递材料，有没有熟人都一样要排队。我带他到东门旁边的接待室，跟他一起排队，排了很久，才把厚厚的材料交给接待人员。表哥陈多嘴，递材料的那一刻，他指着我对接待人员说，他是我表弟，也在电视台上班。接待人员瞟了我一眼，朝我点点头，这让我无地自容。

晚上我请他吃饭，我们喝燕京啤酒，每人喝了三瓶，他就失控了，在小酒馆，抱着我哭，他太委屈了，白天的饥渴、放手一搏、志在必得完全被希望死马能变成活马的哭号所代替，其实他很清楚他此次来京告状成功的概率，从失控前的言谈中，我知道确实是因为有我这个表弟，稻草一样的存在，才让他动了进京的念头。

我这才明白自己责任重大。

但是我又有什么办法，三瓶啤酒下肚，面对情绪失控的表哥陈，我也变得情绪化起来，我恨自己混得不好，我为什么不是一个手握重权的强人？！如果是那样，谁敢欺负我表哥，我就收拾他。我被自己的想法吓了一跳，如果有机会我也可以变成一个狠人呀。再想想无力的自己，唉，变成一个狠人，这辈子恐怕是没有机会了。我突然有片刻的幻觉，似乎某种魔法上身，面对三瓶啤酒下肚就失控哭号醉态尽显的表哥陈，我拍胸脯说，我帮你找人，我帮你找人，争取在中秋节，解决你的问题！

表哥陈停住号啕，整个夜晚，他等的就是我这句话。你要说话算话啊，他说。

我一下子就清醒了。我觉得我闯祸了，接了一个烫手的山芋。我脑子虚空，身子虚脱，大话说过之后，一般就是这样的一种状况。这事怎么办，我也不认识什么人啊。也就清醒片刻，酒劲又涌上来了，先别管这些吧，我想尽快结束这个夜晚。结束这个夜晚最有效的办法，就是往死里喝，喝醉了，夜晚就溜过去了。

从第二天开始，我的手机每天都接到表哥陈的电话，上午一个，下午一个，有时上午两个，下午两个，他在催"办事"的进度。

既然说了大话，那些天，我只好厚着脸皮在台里四处找人，结果可想而知。后来，表哥陈干脆不打电话，而是每天都来电视台东门等我，我一下班，他就攒上来，怎么样，有消息了没有？离中秋节没有几天了啊。天天如此，我心烦意乱，就有了怎么样才能躲开他的想法。这个时候，朋友介绍一个"私活儿"，去西部某地拍一个"风光片"，刚好我也想躲我表哥，就答应了，于是，中秋节前的一个星期，我又见了第二拨人。

还是在东门，这一拨人有六七个，领头的中年人是个瘦高个儿，西服的垫肩用得太狠，肩膀几乎要起飞——也不是每个人都适合穿西服，比如说我，比如说他，穿了难免就会产生喜剧效果。中年人跟我握手，介绍他身后的几个人，谁谁谁，谁谁谁，介绍完之后，带我到电视台西门对面科技情报所的咖啡厅，边喝咖啡，边商量怎么样去拍"风光片"。

他的老家，西部一个小镇，搞旅游开发，要拍一个十分钟左右的片子。这样的"私活儿"以前我做了好几个，轻车熟路，来回也就四五天时间，不影响台里的工作。没什么废话可说，我一上来就问什么时候出发，有什么样的要求，什么时候交片子。他们也没有讲很多的废话，一一回应之后，把定金给了，一杯咖啡都没喝完我们就散了。

刚出科技情报所的咖啡厅，表哥陈就在门口堵住我，迫不及待地问，他们答应帮我解决问题啦？我一怔，原来他把我跟这些人商量拍"风光片"的情形当成商量怎么帮他解决问题了。我哪有这么神。他也没问我，他们是些什么人。我说，表哥，我们这是在商量工作上的事。他很失望地"哦"了一声。我又跟他说，表哥，我要出差几天。我没有在他那件棘手的事情上停留，我是个软弱分子，我只想逃离。我的表哥毫不气馁，他问，你去多少天，是不是中秋节都不回来。我说是。表哥表情落寞了，说，我的事，中秋节解决不了，中秋节以后也可以，我等你。

中秋节前三天，我和摄像"刘欢"跟那个中年人一起坐火车前往目的地。"刘欢"是电视台技术部的工作人员，有一回老家来朋友吃饭，我邀他参加，朋友们一见他，就觉得他像刘欢，纷纷跟他合影。"刘欢"长头发，扎马尾，在台里，我们并不觉得他长得像歌唱家刘欢，因为歌唱家刘欢经常在台里出现，已经深深刻在脑子里了。我那些远方的朋友，隔山隔水，难得来一回北京，一看到长头发、扎马尾的技术员"刘欢"，就扑上去跟他合影，真是距离产生幻觉啊。写这篇文章的时候，"刘欢"的真名我已经想不起来了。只记得当年他跟我一起到西部小镇干这个"私活儿"的情形。

我和"刘欢"坐软卧，中年男人和他的"那一拨"做硬座。由此可见这个摄制组经费有多紧张。从北京到那个西部小镇，坐火车要两天一夜，中年男人只是在该吃饭的时候到软卧车厢来，招呼我们去餐车吃饭。跟那天在科技情报所的咖啡厅不一样，在科技情报所的咖啡厅，他畏畏缩缩，不敢多说话，大概是怕我不接这个活儿；在餐车里，他大放光芒，神气活现。他给我们介绍即将见到的山乡景色，如何如何漂亮，如何如何美丽。他还是穿那件肩膀要起飞的西装，时而左肩高耸，时而右肩高耸——他的话如此之多，他的肢体语言如此丰富，真是让我大开眼界，他的表现，可以用上蹿下跳来形容。开始我们是相信他的，因为北京那两年沙尘暴频频出现，全国人民开始编关于北京污染的段子，从山清水秀的地方来的人，经常在北京人面前展现优越感。可是我们渐渐就有了疑虑，我们到过的地方不可谓不多，见到的美景也数不胜数，都已经麻木了，哪里还有什么景色能把我们镇住？像他这种"自杀性"的推介，我们还是第一次遇到。什么叫"自杀性"推介，就是他拍着胸脯打包票，如果他们那里的景色打动不了全国人民，他就从山上跳下来。这就让我产生疑虑，觉得他有点像卖狗皮膏药的江湖术士。看着他兴高采烈的样子，我没有阻止他胡说八道，装着饶有兴味地听着，也没有让他觉察对他的不信任。就这样我们从北京一路颠簸来到那个西部村镇。

我们在夜晚到达。月色清凉，一排排房子横着、竖着，灯光从窗口和门缝透出来，打在街道上，把街道衬托得格外蒙眬。电视机、收音机、大人小孩儿说话的声音若隐若现。这些光影和声音，汇成这个西部小镇最基本的底色——这几乎是被世界遗忘的地方。

　　先是吃饭。在一户农家，大概是中年男人的什么亲戚，七八碗菜摆在桌子上，我和"刘欢"没有太多的客套，埋头扒饭，匆匆打发了晚餐。然后睡觉。我们被安排到另一户农家，分睡不同的房间。一座瓦房，有阁楼，有天井，透过房间的窗口能看到天上的月亮。还有两天就是中秋节，月亮还没圆透，但也不算残缺，我突然想起，自己已经许久没有留意头上的月亮了。这些年我匆匆忙忙，搭车赶路，都在忙些什么呀。关了灯，打开窗，让月色铺在房间里，闭上眼，还能感觉到那片清凉。我突然对第二天的拍摄充满期待。

　　但是第二天我们就失望了。这里根本就没有什么美景。我们坐在一辆吉普车上，被中年男人带到水边，带到山间，带到树林里，带到破旧的庙宇前。所有的景致都不会让人想到"旅游"两个字，倒是"贫困"两个字常常跃上脑际。那个中年男人，如果像他说的，这里的美景镇不住全国人民，那他就从山上跳下来的话，他至少要在我们面前死上五回。在水边，中年男人指着那片水域，对我们说，这里要把两座山之间的豁口用水泥堵住，这样一来，这里就变成可以在上面泛舟的平湖。你说，是不是很美？在树林里，他说，这里以前是个古战场，以后要变成野战游乐场，人们将在这里玩打仗的游戏。在那座古庙前，他说，投资一个亿，建成西部最大的庙宇，最少养五十个和尚……一种被骗的感觉涌上心头。"刘欢"的摄像机在中年男人的指点下扫了一遍之后，再也没有兴趣扫上第二遍。我们大老远从北京来到这里，就是为了拍这些破景致？

中年男人到底想干什么？当天晚上，吃过晚饭，回到夜宿的农家，我和"刘欢"聊了起来，"刘欢"很厉害，一下子就猜出中年男人请我们来的用意。其实"刘欢"在火车上就猜出来了，他一直没有说破，拍摄的时候也是很配合。"刘欢"说，他花钱请我们来，就是为了显摆，利用我们电视台人的身份，在这个地方抬高他自己的身价，有可能想利用我们来这里赚地方的钱。我想起来了，在我们"拍摄"的时候，就有当地的官员在陪同，他们对中年男人恭恭敬敬，像对待财神爷一样。

"刘欢"的猜测得到应验。第三天是中秋节，中年男人没有再带我们去看山看水，而是在镇上走，指指画画，街上的人全都围了过来。"刘欢"很配合，从始至终都在拍摄，而我，像吃了一只苍蝇，恶心得想吐。我想早点儿结束这出闹剧，但是又不好发作。街上所有的人都对我们投以羡慕和期盼的眼光，我们这个"摄制组"，在中秋节这一天，被这个小镇寄予多大的希望啊。后来我看到大名鼎鼎的朱塞佩·托纳多雷的一部电影《新天堂星探》，一个假摄制组带着一台摄影机来到西西里，骗钱骗女人，我们无形中是不是也跟他们一样？

当天晚上，朗月在天，我和"刘欢"泡在镇旁边的水渠里，水渠弯弯曲曲，全是月亮的光辉，干净、清亮。四周的野地，野草丰盛，野鸟鸣唱，这样的景致，确实把我们镇住了。"刘欢"说，得了，这一趟，就当中秋野游。我知道他这话的意思。他说得很轻松，但是，这个"片子"我们怎么完成？毕竟是我接的"私活儿"。"片子怎么办？"，我说。"刘欢"说，放心，我们的任务已经完成，那人不会再催你交片子了，你就安心享用这天上的月亮和水里的月亮吧，这样的情形以后不会再有了。"刘欢"比我有经验。我突然想到表哥陈，这些天他都没有跟我联系，是不是已经绝望回家了？

正如"刘欢"所说的那样，中年男人送我们上火车后，再也没跟我们联系，好像这一切，从来没有发生过。回到北京，我又见到表哥陈，他依然对我抱以热望，直到最终的失望。

　　关于中秋，我不会抒情。月亮清朗，人间辛苦，正是因为有这样的"平衡"，才让我们安之若素。那一年的中秋，我和电视台技术员"刘欢"泡在西部小镇的水渠里，看着头顶的朗月，我忧心忡忡，以致把两张毫不相干的脸庞投射到月亮上面。一晃二十年过去，表哥陈和中年男人与我再无交集。现在我突发奇想，我们不是很快就能登月吗？我们英勇的登月勇士，当你们在月亮上面进行科学实验的时候，能否替我问候曾经被我投射到月亮上面的两张脸庞？谢谢！

选自《民族文学》2022年第9期

潘向黎

她们都
不爱贾宝玉

潘向黎
_____
小说家，文学博士。上海作家协会副主席。出版长篇小说《穿心莲》、小说集《白水青菜》等，随笔集《梅边消息：潘向黎读古诗》《古典的春水：潘向黎古诗词十二讲》等，共三十余种。获第四届鲁迅文学奖等奖项。

作为类型的"贾宝玉",包含的意思很多,但一定有"多情地喜欢很多女性、也被很多女性所喜欢"这一层,也有在家族里"三千宠爱在一身"这一层吧。

若说《红楼梦》里,也有女子不喜欢宝玉,你会想起谁呢?

一定有人会想起龄官。第三十回,宝玉遇见龄官在蔷薇花下用簪子在地上划"蔷"字,写了一个又一个,写了几千个,她早已经痴了,宝玉不觉也看痴了,所以这半回叫"龄官划蔷痴及局外"。这时候,宝玉还不知道这个女孩子是谁、在做什么,更不知道"蔷"的含义,但是他很快就"识分定情悟梨香院"。他并没有去打听那个女孩子是谁,而是上天安排这个女孩子给他上了一课。这一天,他"因各处游的烦腻,便想起《牡丹亭》曲来。自己看了两遍,犹不惬怀,因闻得梨香院的十二个女孩子中有小旦龄官最是唱的好,因着意出角门来找时……",谁知龄官不但对他十分冷淡,而且以"嗓子哑了"为由拒绝他赔笑央求的点唱,随后,他认出眼前的龄官就是那天在蔷薇花下痴痴地划"蔷"的女孩子,宝玉"从来未经过这番被人厌弃",偏偏接着贾蔷一来,两个人就把宝玉当成透明的,当着他的面把儿女私情的症候暴露无遗,"宝玉见了这般景况,不觉痴了,这才领会了划'蔷'的深意"。这一课上完,宝玉受到了教育:

> 那宝玉一心裁夺盘算,痴痴地回至怡红院中,正值林黛玉和袭人坐着说话儿呢。宝玉一进来,就和袭人长叹,说道:"我昨晚上的话竟说错了,怪道老爷说我是'管窥蠡测'。昨夜说你们的眼泪单葬我,这就错了。我竟不能全得了。从此后只是各人各得眼泪罢了。"……宝玉……自此深悟人生情缘,各有分定……

"各人各得眼泪"是《红楼梦》里极深刻的一句话,因为这是人生最确凿的真相之一。而给宝玉如此强烈刺激和清明启迪的,是一个身份低微的小人物,他们家买来的小戏子——龄官。为什么龄官能给宝玉上"人生情缘,各有分定"这么珍贵的一课?或者说,为什么是她而不是别人能够成为宝玉的老师?因为她丝毫不爱宝玉,也不喜欢宝玉,所以对宝玉高傲地保持距离,还有点厌烦他。而对贾蔷,她立即袒露内心,包括内心的委屈和痛苦。龄官在贾蔷面前的表现,有点儿类似黛玉在宝玉面前完全不讲道理,甚至是一副不打算讲道理的样子,是有恃无恐、恃爱而骄,但其实也将自己对对方的在意和内心的脆弱暴露无遗,是恋爱中的女子典型的样子。爱情这东西,就是专门和理性、道理作对的。当一个女子在一个男子面前始终讲道理、守礼数、有分寸,她肯定不爱他。

在龄官面前,无论宝玉的身份,还是宝玉的地位(他们其实是松散的主仆关系),抑或是宝玉的个人魅力,一概失去效用。所以,不爱宝玉的女性,龄官肯定算一个。

其他的,可能有人会想到鸳鸯,应该也算一个。有人猜测鸳鸯可能暗暗喜欢贾琏,这个还真不好说,但她应该是不爱宝玉的。

不过,要说不爱宝玉的人,我会第一个想到他的母亲王夫人。

第三十三回,宝玉挨打,贾政父子、贾政和王夫人、贾母和贾政母子的剧烈冲突,情节如疾风暴雨,以至于里面王夫人有几句话,初读往往不那么引人注意。

王夫人看到宝玉被打得很惨,忍不住失声大哭:"苦命的儿啊!"一说"苦命儿",突然想起了另一个苦命儿,就是她早夭的长子贾珠,于是她叫着贾珠的名字,哭道:"若有你活着,便死一百个我也不管了。"有人认为此处"慈母如画",我却大吃一惊,觉得这个母亲怎么冷血到这个地步？她不担心宝玉已经被打得半死，听了这句话，一口气上不来就直接死了吗？

这是急痛攻心一时失言吗？不是。后来贾母来救下了宝玉，抬到自己房中，王夫人怎么样呢？只见她"儿"一声，"肉"一声，"你替珠儿早死了，留着珠儿，免你父亲生气，我也不白操这半世的心了。这会子你倘或有个好歹，丢下我，叫我靠那一个！"

即使是气话，也非常奇怪，与诅咒也就一步之遥了。这种话出自母亲之口，实在够无情的。宝玉当时想必已经半昏迷了，没有听见母亲这样的话，所以后来没有伤心，甚至没有一句埋怨和悲叹。

千真万确，王夫人是爱儿子的。但是她爱的是儿子，而不是宝玉。她的人生不可缺少的，是一个可以让她在大家族里地位稳固、母以子贵、一辈子依靠的儿子，这个儿子是不是宝玉"这一个"，她并不在意。甚至，她生命中必不可少的儿子偏偏是宝玉"这一个"，她还很不满意，成了她烦恼的主要根源。她在乎、紧张宝玉，主要是因为她只剩这一个儿子了。贾珠已经死了，而她已经快五十岁了，早就不可能再生另一个儿子了。王夫人的母爱，本来自私的占比就非常大，这时候又气又急，一时昏乱就说了出来，这种"呐喊"，自我暴露得很彻底。

可以比较一下贾母，她是尽人皆知偏疼宝玉的，但她的疼爱里面，自私的占比就比王夫人小多了。即使贾珠早夭，宝玉仍不是她唯一的孙子，贾母是有得选的，这一点和王夫人的"没得选"不一样。贾母明显偏爱宝玉，其中有他长得像老太太的国公爷丈夫的原因，但不是主要的。在第五十六回中，贾母在江南甄家的客人面前明确说了疼爱宝玉的理由："生的得人意"（肯定其外貌），"见人礼数竟比大人行出来的不错，使人见了可爱可怜"——在家淘气任性，但在外人面前还是有教养、懂礼数、守规矩的（肯定其素质），另外，贾母也夸过宝玉有孝心（肯定其为人），她也认为宝玉聪慧灵透、知情识趣——这个没明说，但贾母不喜欢木头木脑的人，喜欢宝玉的性格，则是无疑的。这样看似平常的"老祖母的溺爱"里面，其实包含了对"这一个"宝玉其人的认可和欣赏，比例还不小。贾母做人有格局，眼光不俗，常常重视具体的人多过人的身份，比如她不怎么重视孙子贾琏，却很欣赏贾琏的妻子、她的孙媳妇凤姐。

宝玉挨打，王夫人急痛攻心当然是真的，她唯一的儿子不但被打个半死，而且这样的一个儿子眼看不成器，无法让她安心地依靠、体面地老去，这种痛苦和忧虑是强烈的。无情的人只是对别人无情，他们还是爱自己的，因此也会痛苦，尤其当他们的算计落空或者眼看要落空的时候。

王夫人哭喊贾珠，李纨禁不住也放声哭了。李纨是应该哭的，若不是怕最后一个儿子也失去，痛感已经失去了另一个"备份"，婆婆平时并没有那么思念亲生儿子贾珠，在贾府里，李纨的待遇虽然很好，但长子贾珠并没有经常被提起、被追忆，倒似乎被淡忘了。其实，对于逝者，亲人朋友经常的追忆是最好的供奉，被淡忘就是真的死了。

王夫人不懂宝玉，也不想懂。即使真的懂了，她也不会欣赏这样一个人。所以，她不爱宝玉。只不过读者经常会被她"爱儿子"的表象哄骗过去。她是被命运安排和这样一个灵气与邪气集于一身的儿子相遇，对于一个只想在常规的道路上安稳前行的人而言，这并不是一个好的安排。

亲情看似与生俱来、无条件，爱的能量级也似乎最大（很多为人父母者，不顾事实，认为自己的孩子是全天下最好看、最聪明、最可爱的），其实并非如此。在王夫人和宝玉这种模式中，那被宠爱的孩子早晚会明白（至少隐隐约约感觉到）：这份感情，是冲着独子、独女这个身份而来的，和自己这个人关系不一定很大。原本亲情里面就包含了功利性的和非功利性的两部分，前者往往比外人的功利性更伤人，后者又令人无法获得对自己独有价值的肯定（儿女也知道父母之爱的盲目），所以，非理性的亲情之爱是不能真正肯定被爱者的，功利性太强的亲情又往往有明显或潜在的目的，这是否定被爱者价值的，会给被爱者的内心造成一个缺口。这个缺口需要真正的爱情来补足。人之所以会有动力脱离原生家庭，去和一个陌生人建立亲密关系，其中有一个很大的原因就是：爱情给人的肯定，是亲情给不了的。

黛玉对宝玉的爱，和王夫人正相反，黛玉爱的是宝玉这个人，不是荣国府贵公子。她爱宝玉，与宝玉是不是荣国府最受宠爱的官四代、是不是皇妃的弟弟无关，她就是爱"这一个"宝玉。而且，除了要求他专一爱她，她对他别无要求，她不想改变他，她支持他做所有真心想做的事，她爱他本来的样子。

另一个不爱宝玉的女人，就在他身边，而且和他关系非常亲密——袭人。这个名字一出，有些人会不同意，因为觉得她是爱宝玉的。

袭人在《红楼梦》里的重要性常常被低估。仔细想一想，《红楼梦》里明显脱胎于《风月宝鉴》的那部分，都在主要人物搬进大观园之前结束了：癞蛤蟆想吃天鹅肉的贾瑞，被凤姐收拾得卧病在床，然后"正照风月鉴"而死。秦可卿不明不白地病了，又突然死了，死后其公公贾珍的悲痛和其丈夫贾蓉的无所谓都超出常理，这个成了疑案，但总之，年轻貌美的秦可卿很突然就去世了。秦可卿的弟弟秦钟因为和小尼姑智能儿的恋爱，生理和精神双重失调，也一病而亡。贾瑞、秦可卿、秦钟，这三个人，在很短的时间里相继死亡，而且都死于大观园时代之前，他们都没有踏进大观园一步。这三个人都是好年华，而且秦可卿、秦钟姐弟都容貌出众，但他们都是欲望的化身，曹公不许他们进大观园。尤其秦可卿不是普通人，她是金陵十二钗正册上的人物，但也许是她太过沉溺于"孽海情天"了，所以也失去了出入大观园的资格。大观园是美、爱与自由的乐园，它芬芳洁净，是精神性（灵）远远高于物质性（肉）的所在，所以，世俗的身体的欲望被挡在大观园的门外。

但大观园里除了清白洁净的女孩儿们，还有一个男子——宝玉。宝玉身边有许多服侍他的丫鬟，这些人中明确和他有云雨之事的，只有一个人。谁？是袭人。袭人什么时候和宝玉发生肉体关系的呢？第六回。大观园什么时候建成的呢？第十七回。宝玉、黛玉、宝钗等人何时搬进大观园的呢？第二十三回。袭人是宝玉身边"欲望"的化身，这个欲望的化身，早就非常确凿地存在，而且好好地活到了大观园时代，进了大观园，在本来刻意摒弃情欲的大观园里春风得意，还活出了人生巅峰。

许多人对袭人之于宝玉的意义，理解得太简单、太浅显了，认为她就是一个尽心尽责、对主人百依百顺、提供全方位二十四小时服务的大丫头兼身份没有挑明的妾。其实，袭人虽然是奴婢且不貌美，为人并不有趣灵透，也和风雅不沾边，但宝玉对她是有感情的。这对一些女读者可能构成某种伤害——那样的宝玉，居然对这样的袭人有感情。

虽然不是爱情，但宝玉对袭人，确实既依恋又依赖。而袭人呢，无微不至的照顾和低眉顺眼的谦卑都不成问题，内心却并不爱宝玉。这和她梦寐以求要成为宝玉的姨娘，并没有任何矛盾。

袭人第一次亮相，曹公这样写道：

> 原来这袭人亦是贾母之婢，本名珍珠。贾母因溺爱宝玉，生恐

宝玉之婢无竭力尽忠之人，素喜袭人心地纯良，克尽职任，遂与了宝玉。宝玉因知他本姓花，又曾见旧人诗句上有"花气袭人"之句，遂回明贾母，更名袭人。这袭人亦有些痴处：服侍贾母时，心中眼中只有一个贾母；如今服侍宝玉，心中眼中又只有一个宝玉。只因宝玉性情乖僻，每每规谏，宝玉不听，心中着实忧郁。

袭人的"痴处"实在是一个理想的下人的莫大优点，但是这一点往往让人忽略了她不爱宝玉的事实，在她眼里，宝玉"性情乖僻"——三观有问题，性格不好，甚至有心理疾病，需要她"每每规谏"，而且看来效果不佳，因此她"心中着实忧郁"。这里面透露出来好几层信息，既有将自己的终身与宝玉相联系的意识，又有对宝玉进行规劝和约束的选择（晴雯就没有选这条路），还有对宝玉进行坚韧不拔的调教、从而实现自己人生理想的心思。

这几年看到很多人在说袭人是最称职的大丫鬟，甚至认为她是富有职业道德的职业白领、职场楷模，正如认为晴雯是分不清职场和家庭的失败的典型一样。其实，作为一个下人，袭人一上来就是自我定位与自身位置不符的，她的那几层心思，哪一层不是僭越？管教宝玉，难道宝玉在家没有父母、没有其他长辈、没有皇妃姐姐、没有兄弟姐妹，在外没有老师、没有朋友吗？怎么轮得到他身边的大丫鬟来调教呢？这种僭越，表明袭人选中了宝玉来进行人生最大的押宝。这种押宝，与她对宝玉是否欣赏、是否尊敬、是否爱慕，都不相关。

"情切切良宵花解语"，根本是袭人耍心眼，整整半回，完全是一个大丫鬟企图控制主人的心机攻略。明明在自己家说"权当我死了，再不必起赎我的念头"和"哭闹了一阵"，断了母亲和哥哥赎自己的念头，回到怡红院却骗宝玉说自己要回去了,好对他提要求。

  袭人自幼见宝玉性格异常,其淘气憨顽自是出于众小儿之外,更有几件千奇百怪口不能言的毛病儿。近来仗着祖母溺爱,父母亦不能十分严紧拘管,更觉放荡弛纵,任性恣情,最不喜务正。每欲劝时,料不能听,今日可巧有赎身之论,故先用骗词,以探其情,以压其气,然后好下箴规。

看看对宝玉的这评价,是好评价吗?再看看这心眼,不可谓不冷静不狠辣,不是朝夕相处的人,还想不出来呢。

宝玉如何反应?宝玉忙笑道:"你说,那几件?我都依你。好姐姐,好亲姐姐,别说两三件,就是两三百件,我也依。"宝玉不能想象失去这位又依赖又依恋的人。对于袭人是不是爱自己,宝玉大概率认定是爱的,也可能没有想清楚过。于是袭人大大规劝了一番,宝玉满口答应"都改,都改"。大概这样的心理战实在太劳神了,第二天袭人就病了,医生说是偶感风寒,其实应该是劳神太过,再加上同自己家人和宝玉两头作战之后,放松下来的疲倦吧。

"情切切良宵花解语"这一节,初读便觉恶心,后来觉得可厌,再读渐渐觉得可怕,温柔细致其表,步步算计其里,一本正经的功架端得很好,满口大道理,"嘴上全是主义,心里全是生意",其实全是控制人的企图,这样的人全天候贴身照顾,难道不是全天候贴身控制吗?真可怕。

对终身事业,袭人真是执着。才过了几天,便又"贤袭人娇嗔箴宝玉",因为宝玉一早就到黛玉和湘云那里去,并且在那里梳洗好了才回来,袭人很不高兴,还对来到怡红院的宝钗说:"姊妹们和气,也有个分寸礼节,也没个黑家白日闹的!凭人怎么劝,都是耳旁风。"对外人抱怨主人,而且上纲上线,还隐隐牵扯到两个姑娘,这就是贾母所信任的"竭力尽忠"吗?这真的是模范下人应有的态度吗?这里面真的没有占有欲和控制欲吗?

有时候,袭人颇像一个为应试教育而"鸡娃"的小妈妈,以"为你好"为理由,一直操心,一直引导,一直管束,一直鞭策,一直期待。

但袭人当然不是母亲。母亲对孩子再失望也不会舍弃或无法舍弃,母子之间是命运的永恒联结,而袭人,在宝玉身上做的,是一场类似于赌博的人生选择。她非常清楚自己要什么,以及如何获取。既然是选择,那她就可以选择留在宝玉身边,也可以选择断然离开。

宝玉挨打之后,袭人孤注一掷地决定投靠王夫人(请注意,她本来是贾母的人,就连她和宝玉偷试云雨情的理由都是贾母曾将她给了宝玉),她去王夫人那里,可谓找准角度一击而中,得到了王夫人"我就把他交给你了""我自然不辜负你"的口头承诺,随后还得到从王夫人分例上匀出的每月二两银子一吊钱和与赵姨娘、周姨娘平齐的姨娘待遇。袭人的这番升职,女眷中人人皆知,凤姐、薛姨妈当场就表示赞同,宝钗特地到怡红院向袭人报喜,黛玉和湘云也一起来向袭人道喜,宝玉反倒是到了这天夜深人静,才由袭人悄悄告诉他的。

宝玉喜不自禁,又向她笑道:"我可看你回家去不去了!那一回往家里走了一趟,回来就说你哥哥要赎你,又说在这里没着落,终久算什么,说了那么些无情无义的生分话唬我。从今以后,我可看谁来敢叫你去。"袭人听了,便冷笑道:"你倒别这么说。从此以后我是太太的人了,我要走连你也不必告诉,只回了太太就走。"宝玉笑道:"就便算我不好,你回了太太竟去了,叫别人听见说我不好,你去了你也没意思。"袭人笑道:"有什么没意思,难道作了强盗贼,我也跟着罢。再不然,还有一个死呢。人活百岁,横竖要死,这一口气不在,听不见看不见就罢了。"

难道你做了强盗、贼,我还要跟着吗?袭人这样反问。袭人的答案是:当然不,而且应该不。男人做了强盗、做了贼,这假设仍然占据着价值观高地,如果这样问袭人:假如府里败落,宝玉又不能科举成功,成了穷人、成了乞丐,你还跟着吗?不知道她会如何作答。无论她嘴上如何作答,心里的答案肯定与众人眼中她"服侍谁心里就只有谁"的"痴",以及平时顾全大局、默默付出的"贤"颇有距离。

第一百二十回写袭人离开贾府,嫁了蒋玉菡,"从此又是一番天地"。这个应该是符合曹公原意的。外面的情势在变,而袭人内在的人生逻辑没有变过:抓住一切机会去获取更高、更稳定的地位,出人头地,争荣夸耀。她是这样的人,现实之中现实的人,这样的人不值得赞美,但不难理解,也很难去苛责。非日常的、自由的、诗性的、审美的世界在遥远的对岸,袭人属于此岸,这样一点儿不优美,但这不是她的错。曹公对袭人是真的体谅,所以在"千红一哭""万艳同悲"之际,依然给了她一个不错的归宿。

在《红楼梦》中,袭人始终是一个欲望的化身,起初是情欲,后来更多的是世俗欲望——阶层突破、荣华富贵。目标明确,动力强劲,头脑清楚,善于审时度势,豁得出去,耐得住等待,这样"现实主义"的人在现实世界中最可能成功,所以袭人在大观园中如鱼得水,在贾家败落之后,还能笑到最后。

只是,如果说袭人爱宝玉,肯定有误解。不是对袭人有误解,就是对爱情有误解。

那些喜欢袭人、认为袭人是完美妻子的男士,我起初非常不理解,甚至有些成见，后来似乎理解了——对他们来说，女性的爱就是柔顺恭谨、体贴入微加仰望自己，长得不美、没文化、无趣，等于安全、不复杂、不烦人、不费力。如果有人对他们力证这不是爱，我猜他们会说：我感觉好就行，爱不爱的，不重要。对这样的男士而言，自己放手之后，对方立即转向他人，不但没问题，也许还更好。所以钗黛之争还没争明白，袭人已经暗暗夺走了不少赞成票。

这就说到了宝钗，宝钗爱宝玉吗？这也是一个公案。宝钗这个人不容易说清楚，她爱不爱宝玉，是一个闺秀的内心隐秘，更不容易说清楚。

若说她不喜欢宝玉，那她为什么对暗示金玉良缘的"沉甸甸的"金锁那么重视，"天天戴着"？为什么将元春赏的、和宝玉一样的红麝串子马上戴在腕上？她为什么总往怡红院去？为什么宝玉挨打她会失态？为什么端方矜持的宝姑娘会在宝玉睡着的时候一不留心就坐在他身旁为他绣起了兜肚？……

她对宝玉，大概有丝丝缕缕的喜欢吧。一方面是豆蔻年华青春情愫的自然萌动——即使吃冷香丸也不能完全压制，宝姑娘毕竟也是人；另一方面是她遇到了一个珍稀的机缘：和一个年貌相当的异性长时间地相处和相对自由地来往。这样的男子，对她来说，应该并没有第二个。而且，她和他还共处于一个养尊处优、远离尘嚣、诗情画意的环境里，这样的环境，实在是适合少男少女想点儿心事的。

但，喜欢不是爱。看看两人的三观差异、性格差异就知道了。宝玉接受不了宝钗的主流和正经，宝钗更接受不了宝玉的非主流和不正经。爱情发生必不可少的欣赏、敬意，爱的过程中的相投、默契，对他们来说都是很难发生的事情。

宝钗理性，经历的事情也多，在很多方面都比宝玉成熟。如果说袭人有点像宝玉的小保姆,无所不知、进退有度的宝钗则更像他的家庭教师——虽然高贵冷艳,常常激发起他对异性的兴趣,但却是他的家庭教师。记得在哪里读过一句话:宝钗根本看不上宝玉。想一想,应该是。宝钗有如此资质,多半会觉得宝玉太不争气。看她对宝玉的苦口婆心,这位家庭教师要不是自己没有机会,早就冲出去自己参加科考,蟾宫折桂,光宗耀祖,世事洞明,人情练达,一切做得行云流水功德圆满。她也隐隐明白宝玉劝不醒,所以她劝宝玉,说不定只有几分是不忍其荒废,另有几分是闲着也是闲着,随便聊聊天而已。但宝姑娘聊天也必须在规矩方圆之内,偏宝玉对这些特别过敏,所以就显得宝钗也经常在劝宝玉、约束宝玉。其实可能就是聊天罢了。若把这些当成未来二奶奶的算计,则未免把宝钗想得太锋利、太局促也太实用了。宝钗不至于那么土。

宝姑娘的痛苦,应该并不在于宝玉不爱她,而在于她没得选——她的终身大事,不由她自己决定,她有头脑、有眼光,却没有机会去鉴别和选择;如果要找一个人寄托一下隐秘的青春情愫,除了宝玉根本没有第二个人选。

不说容貌与家庭出身,宝钗是这样一种人,她是一整套规范的优等生:她平和娴雅、随和周全的做派,滴水不漏,毫不费力,可以打满分;她的文化修养、世俗经营和生存头脑,也是所有人里的冠军;她对人性的洞察、她处理事情的张弛有度和对人的绵里藏针,一旦作为当家少奶奶,也会身手不凡,把一切打理得井井有条,而且她肯定不会像凤姐那样因为待下人苛刻而落人话柄、遭人诟病。这样的一个宝姑娘,在一定层次之上,可嫁的范围之内,她无论嫁给谁都会是一个好妻子。倒是黛玉,除了嫁给宝玉,嫁给谁都是一场灾难。黛玉成为好妻子的可能,只有一个,就是嫁给宝玉。她不可能嫁给宝玉以外的任何一个人而不给自己和对方带来灾难。而宝钗，有很多其他可能性，对她来说，有的可能性应该比嫁给宝玉好。同样是不爱，但她说不定能找到一个让她心悦诚服或至少尊敬得起来的丈夫，这一点对其实也心高气傲的宝姑娘来说应该是重要的吧。

但无论如何，宝钗最后应该是成了宝玉的妻子。在他们成婚之后，袭人的姨娘身份也应该会"过了明路"。所以在曹公原来的后四十回或者他的构想中，宝玉应该是有过一段世俗的"幸福时光"的：宝钗为妻，袭人为妾。多么圆满的幸福，多么可笑的圆满。

宝玉不是世俗中人，这样的时光留他不住，所以他还是悬崖撒手了。

这时候，大观园已经荒废，满眼的繁花已经谢了，连叶子也飘零净尽，大雪已经在路上。这位见证了繁华、温柔、痴情和幻灭的人，终于向空无走去。他一举步，大雪就飘下来了。世界渐渐成了一片空无，而他走着，走着，和空无混为一体。爱过，没爱过，在一片白茫茫中，了无痕迹。

选自《雨花》2022 年第 9 期

穆涛

旧文献里的种子，
以及优质土壤

穆涛

《美文》杂志常务副主编。西北大学教授、博士研究生导师。中国散文学会副会长，中国作家协会散文专委会委员。享受国务院特殊津贴专家。著有《先前的风气》等多部作品。获第六届鲁迅文学奖、第十九届百花文学奖。

言者无罪：中国早期的民意调查

周代的采诗官，是中国最早的职业民调人员。春天到了，农耕在望，百事待兴，又一个轮回的忙忙碌碌即将启动。在这个节骨眼儿上，各诸侯国的采诗官们开始了他们的工作，这些人"衣官衣"，手持木铎，铎是古代政府发布号令的响器，分为两种，"以木为舌则曰木铎，以金为舌则曰金铎"。宣布政令以木铎，发布军令以金铎，"文事奋木铎，武事奋金铎"，"天下之无道也久矣，天将以夫子（孔子）为木铎"。深入民间，沿途征集抒写民情民愿的诗，之后由专门的音律官员整理，配上音乐，由诗而歌，晋京唱给周天子，中国人称诗为"诗歌"由此开始。唱给周天子的诗有一个标准，"采诗，采取怨刺之诗也"，怨刺诗，即以民怨、民伤、刺政为主要内容。这样的诗中，可能有过头的话，却是真实的心底声音，周代的政治高层据此洞察民心动向。国家如没有重大的政德和军功事件发生，泛泛的歌功颂德作品被视为"下作"，不在征集采撷之列。古代的中国人，判断一件事情的是非曲直，首先考察"初心"，即做事情的动机。无端或没来由的恭维奉承他人，被认为是动机不纯。孔子编选《诗经》的时候，在艺术标准之外，还有一个道德人心标准，"诗三百，一言以蔽之，思无邪"，《诗经》三百零五首诗，用一句话概括，写作的初心都在人间正道上，不旁逸邪出，不走小道，也不抄近路。这也是周代初年实行的"采诗制度"的基本原则。周代的老政府，重视倾听民间的真实声音，不禁言，这是特别了不起的。采诗，后人衍为采风，取义《诗经》中的"国风"，指意更加具体明确，是关注民情，采集人间疾苦。《汉书·食货志》对采风制度的记载是，"孟春三月，群居者将散"，（周代的历法，以冬至所在月份为一年的岁首正月，即今天的农历十一月。孟春三月,是今天历法的农历正月)。冬天的闲聚生活即将结束,人们要各自忙碌去了。"行人(采诗官)振木铎徇于路以采诗,献之大师(音律官员),比其音律,以闻于天子,故曰王者不窥牖户而知天下",这个制度的核心是最后一句话,"故曰王者不窥牖户而知天下",周天子不用出宫廷而悉知天下事态。采诗官由年长者担任,中央及地方均有此职位,"男年六十,女年五十无子者官衣食之",官衣,指着政府官员制服。食之,是享受官员待遇,但不是正式官员,用今天的话讲,是比照公务员待遇。"使之民间求诗,乡移于邑,邑移于国(诸侯国),国以闻于天子"。采诗官由无子者担任,是防范民调人员的挟私之心。古人重男轻女,有女儿也视为无子。大时代是由大人物开创的,并由一系列不平凡的制度构成的。在国家制度上有突破、有建立,是大时代的标识。孔子终生念念不忘的"克己复礼","礼"就是指规矩和制度,旨在重返西周的制度时代。孟子在《离娄》中对采诗制度的兴衰做了总结,并透彻地指出了孔子超凡超常的智慧所在。"王者之迹熄而诗亡,诗亡然后《春秋》作"。诸侯国(地方势力)做大做强之后,周天子对国家局面失去控制(指东周之后),支流漫过主流,采诗制度就终结了,之后《春秋》问世。孔子在写作《春秋》的同时,从三千多首采诗作品中,十中取一,精选出一部《诗经》,初名为《诗》,汉代之后称《诗经》。思想家的孔子,做了一回编辑家,应该理解为是圣人对采诗制度的致敬和缅怀。司马迁在《史记》中对此也做了记载,"古者诗三千余篇,及至孔子,去其重,取可施于礼义……三百五篇孔子皆弦歌之,以求合韶、武、雅、颂之音,礼乐自此可得而述"。《诗经》在秦始皇时期,经历过"焚书"浩劫,《焚书令》规定:"天下敢有藏诗书(《诗经》《尚书》),百家语者(诸子百家著作),悉诣守尉杂烧之。敢有偶语(私下谈论)诗书者,弃市（斩首示众）。"到了汉代,《诗经》成为治世之书,位列"五经"之首,并且开创了一个官员选拔制度（察举制）,饱读"五经"的人才可以做官,这个制度到后来完善为科举制。秦始皇焚书,《诗经》和《尚书》列为首禁之书,是禁思想。而汉代奉立"五经",使之作为治国之书,也在于其中的思想之重,这是汉代之所以成为大时代的一个重要根基所在。白居易在唐代对采诗制度曾发出遥远的感慨,"采诗官,采诗听歌导人言。言者无罪闻者诫,下流上通上下泰。周灭秦兴至隋氏,十代采诗官不置。……君不见厉王（周厉王）胡亥（秦二世）之末年,群臣有利君无利。君兮君兮愿听此,欲开壅蔽达人情,先向歌诗求讽刺。"天下有道中的道,与克己复礼的礼,在内涵上是一致的。

《诗经》里的风声

《诗经》位在"五经"之首,这是司马迁的排序,《诗经》《尚书》《礼记》《易经》《春秋》。一本诗集能够承受如此之重,在于孔子编选《诗经》的眼光和出发点,既存文心,但更多的是史家态度。《诗经》的要义在世道人心,在醒时醒世。"以言时政之得失""以知其国之兴衰"。采诗制度是自周成王开始的文化政策,是当时的一项重要国策。采集民间创作的诗歌,旨在民意调查,"命大师陈诗,以观民风"。因为《诗经》中有"国风",后世改"采诗"为"采风"。今天也讲采风,着力点不再是民意和民情的采撷。

南宋时的学人杨甲绘有一幅《十五国风之地理图》,这张地图融地理、文学及文化于一炉,开启了"文化地理学"的先河。十五国风的区域,在地图中是一目了然的,基本覆盖了当时的国家文化大体,沿黄河流域,自甘肃、陕西、山西、河南、河北,至山东。长江流域在孔子时代是文化僻壤,"楚吴诸国无诗"。十五国风存诗一百六十篇,《周南》《召南》《豳风》,是西周时期的诗作,止于周幽王,其余的十二国风,均为周平王东迁洛阳之后,属东周,具体说是春秋时期。

《周南》诗十一篇,《召南》诗十四篇,排序在《国风》之首,不称国名,而以周公旦召公奭冠之,是对周召二公执政力的敬仰,"得二公之德教,风化尤最纯絜,故独取其诗"。南,意为教化之地。"不直称周召,而连言南者,欲见行教化之地。""文王之化,被于南国,而北鄙杀伐之声,文王不能化也。"

《豳风》七篇,排在《国风》最后,唱着压场的大戏。豳国在陕西的旬邑、彬县一带,是周人的发祥地,是周代立国的本源。这样的编辑次序,是孔子的特别用心。《豳风》中的七首诗,有六首与周公直接相关,《鸱鸮》是周公所作,《东山》《破斧》《伐柯》《九罭》《狼跋》写周公当年平复东部叛乱的功绩,以及东部人民对周公的敬仰。周公姬旦先被封周地,后再封鲁国,史称鲁国公。周武王去世之后,殷商旧贵族发动叛乱,东部一些诸侯国群起响应。周公坐镇鲁国,力克叛乱。周公是孔子心目中最高大上的人物,《豳风》中的《七月》,虽与周公无具体联系,但是写周氏部族祖脉生活方式的。这样的排序,且以《豳风》为题,既是表达对周公的敬爱,也是强调鲁国是周人发源地的直接传承者。孔子是鲁国人,他用这样的方式,把周与鲁密切地联系在一起。

《邶风》《鄘风》《卫风》共三十九篇,邶国、鄘国、卫国,是殷商旧地,在河南安阳、新乡一线。在周公摄政时,由于发生"三监之乱",迁邶鄘的国民至洛邑(洛阳),其封地合于卫。孔子编选《诗经》时,这两个诸侯国早已经不存在了。清代学问家顾炎武先生认为,此为汉儒重新整理《诗经》时有意为之。"分而为三者,汉儒之误。"秦朝"焚书",在全国范围内搞"书禁",重点禁毁《诗经》和《尚书》,这两本书在民间几乎是绝迹了的。汉代立国后,不是口头上讲继承传统文化,而是具体去做,依靠文化老人的记忆才得以复原。仍以邶鄘旧国之名冠之,意图是拓延历史的沧桑空间。

《王风》十篇,采于东都洛阳一带。"惟周王抚万邦,巡侯甸","其采于东都者,则系之王"。

《郑风》二十一篇,《齐风》十篇。郑国最初封于陕西的凤翔,后东迁华县,周平王东迁洛邑之后再迁至河南的新郑一带。《齐风》在山东北部与河北西南,东连海,北界燕,西接赵。《郑风》《齐风》多录男女之情事,后人诟病"不当录于圣人之经""郑音好滥淫志,齐音敖辟乔(矫)志",被顾炎武讥为"不得诗人之趣"。

《魏风》八篇,魏国都邑原在山西夏县,后迁至河南开封。《唐风》十二篇,录自唐尧旧都临汾一带。《秦风》十篇,源自甘肃天水,沿诸渭河流域。《陈风》十篇,陈国辖域在河南周口左右,旧都淮阳。《曹风》四篇,曹国在山东西南,菏泽,曹县范围。

《周南》《召南》《豳风》,是《诗经》里的"正经",是西周之诗。东周之后,"王者之迹熄而诗亡",王室弱,诸侯兴,诗亡而史著,"诗亡然后《春秋》作",进入这个节骨眼儿,不再以诗"言时政""知兴衰",史书写作开始兴起,这一时期,诸侯国开始通行著国史,多以"春秋"做史书名称,"吾见百国春秋"(墨子)。其中晋国的史书叫《乘》,楚国的史书叫《梼杌》。孔子在鲁史《春秋》的基础上,又兼容一百二十个诸侯国的史料,修撰而成大《春秋》。修撰《春秋》的同时,编辑出《诗经》,诗与史就是这么衔接而成的。后世通称史为"春秋",而不称"乘"或

"梼杌",在于《春秋》笔法的大器,以及孔子卓越的历史判断眼光。

古代的中国,没有一部小说或散文能够呈现如此广大区域里人们的精神风貌,只有《诗经》做到了,而且是沿黄河流域,循当时国家精神的主线。《诗经》是文学作品集成,但内核是史心,孔子以史家的出发点编辑而成这部诗集。冷静醒世是《诗经》的核心内存,一个人冷静清醒地活着,不会做糊涂事。一个时代以清醒为基调,则是夯实了大时代的基础。

史和诗,被一双巨人之手掌握之后

从源头上讲,中国人文化观念中的"诗意",是接地气的,既有社会观照,也包含着对社会趋势与民心民向的清醒认识力。孔子删定《诗经》的落脚点和出发点,在于西周初年的那个"民意调查"制度。"诗意"不是空穴来风,不是虚无缥缈的所谓"艺术境界",更不是一轮闲月、两壶烧酒。孔子对诗的基本判断,是"不读诗,无以言",不读《诗经》,不知道如何深入地表达自己。

我们中国人还有一句老话,"文史不分家",指的也不是笔法,而是用心和立意。这样的认知由来已久,但经由孔子之后,才成为一脉相续的传统。

《尚书》和《诗经》,是《春秋》的副产品。孔子在修著《春秋》的同时,编辑了这两部书。

"昔孔子受端门之命,制《春秋》大义,使子夏等十四人求诸史记,得百二十国宝书,九月经立。"《春秋公羊传注疏》中的这个记载,讲了孔子著《春秋》的基本经过。这一段话,有三个要点:一、孔子以周王室之名修著《春秋》,不是私撰。二、以鲁国国史为线索,覆盖当时一百二十个诸侯国,不是诸侯国地方史,而是"天下史"。三、孔子用九个月时间著成《春秋》。

孔子以周王室之名,在鲁国国史的基础上修撰《春秋》,以鲁国十二位君主为线索,起于鲁隐公元年(公元前722年),止于鲁哀公十四年(公元前481年),计二百四十二年间历史。《春秋》涵及一百二十个诸侯国的历史,基本涵盖了当时的国家大体,因此孟子有言,"《春秋》,天下事也"。

《春秋》以鲁国十二位君主为全书的结构大线索,也是有特别用心的。鲁国是周公的封邑之地,史书称周公为"鲁周公"。鲁国国君均为周公之后,姬姓,是周王室的嫡正血脉。以鲁隐公元年为《春秋》纪事的起点,史家有两种看法:一是孔子掌握的鲁国国史资料即是如此;还有一种是推测,鲁隐公是鲁国第十四任君主,但不是严格意义上的一国之君,是摄政王。《史记·鲁周公世家》对此事是这样记载的:"四十六年(公元前723年),惠公卒,长庶子息摄当国,行君事,是为隐公","及惠公卒,为允少故,鲁人共令息摄政,不言即位"。鲁惠公在位四十六年,去世时,太子允(鲁恒公)年少,鲁国大臣公议,由长子息摄政。息虽是长子,却是庶出,谥号为"隐公",即含着无国君名分的意思。鲁隐公在位十一年,被大臣弑杀而亡。史家据此推测,孔子以鲁隐公元年为《春秋》编年起点,寓意春秋时代之乱的开始。

司马迁是这样解读《春秋》的:

拨乱世反之正,莫近于《春秋》。

夫《春秋》,上明三王之道,下辨人事之纪,别嫌疑,明是非,定犹豫,善善恶恶,贤贤贱不肖,存亡国,继绝世,补弊起废,王道之大者也。

《春秋》之中，弑君三十六，亡国五十二，诸侯奔走不得保其社稷者，不可胜数。

至于为《春秋》，笔则笔，削则削。

《春秋》采善贬恶，推三代之德，褒周室，非独讽刺而已也。

《春秋》是一部拨乱反正之书。

春秋时代，头小身子大。中央权力衰弱，地方势力做大做强，纲纪失调，国将不国。孔子于礼崩乐坏之中，思考重建西周的秩序时代。拨乱反正，是《春秋》的宏旨。

《春秋》着力构建大国之道的规范和标准。"别嫌疑，明是非，定犹豫，善善恶恶，贤贤贱不肖，存亡国，继绝世，补弊起废，王道之大者也。"

一部《春秋》之中，三十六位君主被弑杀，五十二个诸侯国灭亡，其中君不君与臣不臣的症结在哪里？一个好端端的国家，是怎样走下坡路，直至灭亡的？记写"衰人衰世"，是《春秋》的特别用力之处。孔子以史家的透彻眼光，警醒后世与后人，并以此成就了"不知来，视诸往"的中国史书写作原则。

"笔则笔，削则削"，是《春秋》笔法的闪光之处。孔子写历史，不粉饰太平，不把历史当化妆品，不做社会美容师。书写国家历史，于颂扬处颂扬，于抨击处抨击。

孔子著《春秋》，乱臣贼子惧。但孔子不做"意见领袖"，不自我标榜"高人姿态"，"非独刺讥而已也"，而是微言彰显大义，"推三代之德，褒周室"。孔子心心念念的是中国文化传统，与西周政治的大国之道，并以之为根本原则。

"五经"的排序，司马迁和班固有区别。

《史记》是《诗经》《尚书》《礼记》《易经》《春秋》，《汉书》是《易经》《尚书》《诗经》《礼记》《春秋》，两位史学大家，一位在西汉，一位在东汉，既代表个人的学术观，也昭示着不同朝代的文化认知。"五经"是汉代认定的五部经典著作，汉代设立的"五经博士"代表着当时的国家学术水平。这五部著作，既文法卓越，同时均以史学为根基。《尚书》《春秋》是史学范畴；《诗经》是文学，但内核是史存与史思；《礼记》是社会原则与行为规矩的研究著作，基础也是史学，是对历史细节进行梳理，并做出规范和鉴别；《易经》集哲学、天文学、社会学、文学之大成，同样是在历史记忆的土壤中长成的苍劲之树。中国人讲的"文史不分家"，即是源此而出。

　　经由孔子这双巨手编辑而成的《尚书》和《诗经》，把史和诗密切联系在了一起。我们中国人讲的"史诗"，与西方的认知不同，不是文体的概念，也不在"宏大叙事"那个层面，中国人的"史诗"，也不是"神话"，而是"人话"，是直指世道与人心的冷静意识与文化情怀。"五经"中所包含的东西，尤其是《尚书》和《诗经》，在秦始皇时代是砍头之书，而在汉代是治国之书。我们今天的文学和历史学，在这些领域的思考欠缺得太多。承续中国文化传统、汲取典籍中的智慧重要，认知典籍之所以成为典籍的方法，包括典籍所植根的历史土壤以及人文生态同样重要。

节选自《作家》2022 年第 9 期

李青松

秦岭
抱南北

李青松

生态文学作家。长期从事生态文学研究与创作,主要代表作品有《开国林垦部长》《北京的山》《相信自然》等。曾获徐迟报告文学奖、北京文学奖、百花文学奖、呀诺达生态文学奖。

一张地图

秦岭是南方的北方,秦岭是北方的南方。

在这里,北方转身抱住了南方,南方回头抱住了北方。

梁爽赠送我一张地图。——不是示意图,而是一张带有比例尺的精确到毛孔的秦岭此行路线图。我手捧地图阅览之,有一种别样的感觉。纸张也奇异,不怕撕不怕拽不怕折不怕水,野外用时不用小心翼翼,不用顾及会不会损坏地图。在一般人眼里,地图是平面的,可是在制图人眼里却是立体的。

地图,原来也是活着的东西呀!

当车窗外的山岭和森林呼呼地闪过的时候,我分明看到来了闪过的一切,又长了翅膀呼呼地落到了地图上。倏忽间,时间和空间并置了——这是一张充满生命律动的地图啊!在地图上,汉江流出秦岭闪着白光;在地图上,大熊猫抱着翠竹吃相贪婪;在地图上,朱鹮迎着黄昏前的落日振翅飞翔;在地图上,金毛扭角羚怒目圆睁野性生猛;在地图上,金丝猴呕呕呕地乱叫搅动着山林。

"哇,果然是搞制图的,太专业了!"我对梁爽说。

梁爽是我的朋友,现任自然资源部第一地理信息制图院副院长。梁爽毕业于武汉大学地理专业,是测绘与制图方面的专家。梁爽告诉我,秦岭的每一座山岭,每一道沟壑,每一条河流,每一棵草木都有地理信息记录在案。测绘制图工作者,就是用脚步丈量大地的人,就是用科技手段描绘山河的人。

秦岭北缘太白山庞大高耸的山体,如同一道坚固的屏障,阻挡了北方南侵的寒流。而南坡的气候却温暖宜人,林木繁盛,生物多样性丰富,是大熊猫、金丝猴、朱鹮和金毛扭角羚最理想的栖息地。

梁爽指指地图说，秦岭以太白山体为分界线，以南为长江流域，属于南方；以北为黄河流域，属于北方。

唉，在地图上，北方与南方是如此的直观。如今，秦岭的广大地域都划入了国家公园保护范围。我们所生活的世界，并非只是我们的世界。一切活着的生命，都在为求食而生存，为传种而繁衍。人是例外的，在危机和灾难面前，人类除了拯救自己之外，还承担着拯救世界的使命。

秦岭，山连着山，水接着水，森林叠着森林。

对于中国来说，秦岭意味着什么呢？

牛背梁

柞者，木也。

秦岭以柞树为主的森林分布在牛背梁。

当地人把"柞"字读作"炸"。起初，我疑为读错了。可是，错了的是我。事实上，柞树即为橡树。在东北林区，此树唤作蒙古栎，也称之柞树、橡子树。秋天，柞树林里常有野猪出没。野猪最喜食柞树上掉下来的果实（橡实）。

柞果粒粒饱满。

嘎嘣嘎嘣！嘎嘣嘎嘣！——野猪嘴巴嚼着柞果，嘴里发出脆裂的响声。或许，野猪嚼柞果，不单单是充饥，有时可能也是为了嚼出柞果在口腔里碎裂的那种感觉。

然而，野猪总是粗心得很，取食潦草，大大咧咧，而且随意排粪，现场被它糟蹋得混乱不堪。当它用嘴巴拱食腐殖质层或者土壤中的柞果的时候，也就给另一些柞果培了土，施了肥。

次年春天，柞苗就眨巴着眼睛呼呼地长出来了。

我在牛背梁没有看到野猪，却看到了野猪拱食的痕迹。也许，它听到了响动，远远地躲起来了。

野猪在森林生态系统中具有不可替代的作用。它能用嘴巴拱出土坑，雨天蓄水，供各种小动物饮之。它能掀翻石头，拱开坚硬的地面，拱出土壤为柞树播种。当然了，它也能给柞树松土透气，让地下的根舒展起来，尽情呼吸。

当地一位野生动物专家告诉我，野猪有三大特性：一则，虽然是食草类动物，但也杂食，草根、树根、鲜果、浆果、坚果、花茎，基本上不挑食，啥都吃，食物种类丰富；二则，适应能力极强，无论是高山，还是草地、灌丛、荒漠，随遇而安，随处可栖；三则，繁殖能力惊人，一胎数崽，年年产崽，崽又产崽，种群数量成倍增长。

生态系统的平衡是一个动态变化的过程。

在某段时间，即便野猪数量出现了爆发式增长现象，也不必大惊小怪。某些物种的局部丧失或减少，增多或爆发，都会导致生态系统失衡，或者病虫害发生，或者某种疾病发生。然而，动物与动物之间自有相处的法则。如果人类过多干预，往往会破坏了自然之道。所有的物种皆为生态系统的组成部分，相互制约，在动态中取得平衡。

森林里，植物、动物、菌类及其微生物各处于自己的位置，新与旧，小与老，更迭不歇，周而复始，生生不息。

即便倒木和朽木，也并不意味着生命的完结。

在森林里，从来就没有多余的东西。直立的干枯柞木上长出一串一串的木耳，倒木和朽木及其腐殖质层上生出一朵一朵的蘑菇。偶尔，啄木鸟光顾枯木枝干,快速地搜寻一番,"当当当,当当当",一顿猛烈的敲击,震晕了树皮里的虫子,然后用带钩子的长嘴把虫子取出来吃掉。

呃,牛背梁的早晨,在啄木鸟的敲击声中醒来了。

朱鹮与白鹭

秦岭腹地的宁陕县渔湾村,恰好处在南北分界线上。人称离南方最近的北方,离北方最近的南方。

汉江支流之一——长安河流经这里,并在此处回头转弯,虚晃一下,然后埋头开掘出多个漩涡。也许是一块一块的巨石有意要制造一些麻烦吧,搞得河水飞浪喷雪。

长安河充溢着野性,生猛滔天,它日日倾诉着遇到的委屈与愤懑、快乐与欢喜。岁岁年年,渔湾村从来都是能包容有耐心的倾听者的,它把有关长安河的故事和传奇,转化成一片一片的稻田,转化成起起伏伏的蛙鸣。

渔湾村周边的山林、沼泽和稻田是朱鹮的重要栖息地及活动区域。这里播种的水稻是供朱鹮觅食之用的,村民从不指望收获多少稻谷。稻田里的泥鳅、黄鳝、青蛙、螃蟹、青虾、河蚌及一些昆虫是朱鹮的主要食物。在渔湾村,村民做任何事情都要考虑朱鹮的因素。山林不得樵采、不得放牧,农作物不能打农药、不能施化肥,河流禁止开渠、挖沙、采石。

早年,有人提出这样的问题——为了几只鸟,如此如此,这般这般,值得吗?如今,这已经不是问题了。村民已经习惯了与朱鹮共生共存,共存共荣。固守传统的农事法则,向对朱鹮觅食和繁衍生存构成威胁和带来隐患的一切生产方式和生活方式说不。

然而，作为珍稀物种，朱鹮并非随处可见的。

驻村干部小张说："我从三月份进驻村里，到今天总共看到朱鹮三次。"

"都什么情况呢？"

"头一次看到的，是两只。一前一后从村庄的上空飞过。"

"怎么知道那就是朱鹮呢？"

"朱鹮的头上有彩色翎羽。"

"第二次呢？"

"第二次看到的只有一只。"

"在哪里看到的？"

"喏！"她用手指指前面那片稻田，"就是那里，当时那只朱鹮很孤独，在水田里呆立着，心事重重的样子。"

"第三次呢？"

"第三次是两只。"她停顿了一下，"呃，确切地说，是一只朱鹮一只白鹭。"

"嗯，白鹭是朱鹮的好友。"

"朱鹮是抓泥鳅的高手，但它做事太过专注，眼睛只看猎物，常常忽略周围危险的存在。白鹭跟着它，白鹭给它放哨。朱鹮抓到泥鳅后往往先送给白鹭吃。"

因之朱鹮，河湾村闻名遐迩了。

近年来，来河湾村旅游的游客渐渐多起来了。许多农家搞起了农家乐和民宿。一些有眼光的企业家也瞄准了这里。长安河的河湾上有一座废弃的水电站，蜘蛛网纵横，荒草连天。一位有文化情怀的企业家斥资，把它改造成书店和咖啡馆，使山色河景与书香咖啡香融为一体。让那些来河湾村寻找诗和远方的人，获得温暖和慰藉。

书店曰之"天空下的自然书店"。

咖啡馆曰之"鹿柴咖啡馆"。

书店和咖啡馆有着浓浓的文学气息——名字有什么寓意吗？不得而知。自然书店书架上有上千册书，均为自然、人文、美学和历史方面的书。

在咖啡馆里，我没有喝咖啡，倒是喝了一杯当地产的绿茶。呷之，清香满口，舒坦极了。

金丝猴

"呕呕呕——！呕呕呕——！"

秦岭深处，数只金丝猴在高大的乔木上嗖嗖嗖地"飞腾"和"悠荡"，森林里充满喧嚣。

若干年前，潘文石跟我谈到秦岭时，就涉及那里的金丝猴。他说，秦岭金丝猴长相特征为朝天鼻，也就是两个外露的鼻孔是朝天仰起的。毛色金灿灿的，长发披肩，很有富贵之气。他说，同其他地方的金丝猴相比，秦岭金丝猴更干净，更漂亮。

秦岭金丝猴是一个大的种群，种群里又分数个家庭。家庭和个体数量有多少呢？我没有具体问过潘文石。这次来秦岭，宁陕秦岭办副主任张力文告诉我，在秦岭，仅皇冠镇的山林中就有三百余只金丝猴。

一处旅游景区为了吸引游客，一度投掷香蕉和苹果等食物将一群金丝猴引下山。然而，此举却遭到野生动物学家的反对。专家认为，金丝猴是属于森林、属于高山、属于自然的。它们不该在地面上爬行，而应该在森林中"飞腾"和"悠荡"。一旦靠人提供食物，金丝猴会产生依赖心理，生存能力降低，失去风餐露宿和与天敌抗争的本能。人类过度照顾和过度关爱，可能"好心办了坏事。"

况且，金丝猴同游客近距离接触也会带来安全隐患——猴子不怕人了，不免干出抢夺食物及一些惹是生非的勾当。

在一定意义上说，人类对金丝猴生活的强行干预是错误的。通过投食行为，让金丝猴变得绵羊一般，对周围失去警惕性，没有了生存的压力，也就丧失了生命的魅力和竞争的能力。野生动物需要时刻保持对外部的警觉。

繁衍是每一个物种的本能和生存目的，它们要繁殖更多的后代，就需要选择更强大的基因，才会有最大限度的可能保证后代存活，继而确保种群兴旺。

错误很快得到纠正——有关方面审慎做出决定，再进行反向投食，把金丝猴重新引入山里，引回了森林。

就母爱而言，没有什么野生动物能超过金丝猴。母猴从来不抛弃自己的孩子。一只母猴一胎只生一只婴猴，一生只生三四只。婴猴的出生都是在夜晚。——为什么不是在白天呢？这个问题没人能回答。我想，自然问题未解之前只能敬畏了。

每只小猴，母猴都无比珍爱。当婴猴因某种原因在母猴的怀里死亡了，母猴还会紧紧抱住而不扔掉它，母猴还经常下意识地抚摸婴猴的头部，或者为它梳理体毛。直到有一天，婴猴的尸体腐烂了，四肢已经脱落，肚皮溃烂奇臭无比，甚至体内爬出了蛆虫，母猴才把它安置在山洞里，留下悲痛的眼泪。甚至，多日不吃不喝，守着婴猴已经溃烂不成样子的尸体不肯离去。

失去婴猴的母猴，会用脚掌拍击树干、拍击石头，甚至会抄起树棍，表达自己的哀痛。也有的母猴，仰天发出粗鄙而凌厉的吼声。"呕呕呕——！呕呕呕！——"那吼声震撼着森林，令其他野生动物恐慌。

在森林中取食或活动时，金丝猴的"飞腾"和"悠荡"，传播了种子，对维护秦岭生态平衡发挥了重要作用。然而，它的生物进化过程、它的生活习性、它的免疫能力等方面的情况，我们几乎毫不了解。比如，通过观察发现，金丝猴不畏寒冷，但却惧怕邪风。邪风吹之，必生病。邪风者，害虫也。害虫者，毒也。——而毒邪之物是通过风作恶的吗？

"呕呕呕——！呕呕呕——！"金丝猴，你内心装的是痛苦，还是困惑，还是焦虑？我知道你有话要说，你要告诉我什么？

逻辑总是悖谬——我们越是渴望破解自然中更多的秘密，越是感到我们对自然的所知是如此之少。

秦岭雨声

喔，秦岭的雨说来就来了。

森林在雨中发出独特的声音，那声音难以形容，是那么清亮又那么有弹性。雨滴在叶片上滚动，滚落之后，叶片突突抖动，余音不绝。在森林里，雨声令一切生命睁开了眼睛，即使是一排一排的蘑菇，也放声歌唱了，即使是蛰伏在树干的苔藓，也焕发出以往从未有过的激情，让我们看到了卑微之物所具有的坚韧和能量。

置身秦岭，凝望细雨中的森林，我感受到了一种奇异的气息。我的潜意识中充盈着这种气息，它让我想起最本质的一些东西，忘记了城市，忘记了困惑，忘记了那些失意、挫折和种种烦恼。

我们是这个星球的一部分，因此我们不能孤立地看待我们自己的事情。而如何看待秦岭呢？

雨停了，空气湿漉漉的。我驻足一棵巨松之下，观流云匆匆从树隙穿过，闻鸟鸣一滴一滴从云间飘落。如果说云是山的使者，那么鸟该是森林中的什么角色呢？我想叫住云，云却头也不回，隐了。而鸟鸣真是奇怪的声音，鸟愈叫，山愈幽，林愈静。

告别秦岭的那个早晨，我拿出梁爽赠送给我的秦岭地图，把那些已经置于我心底的山岭、河流和森林一一在图上做了标注。我知道，无论何时，只要看到那些标注，我就会想起秦岭的人和事，想起秦岭的大熊猫、金丝猴、朱鹮和金毛扭角羚。

是的，就生态系统而言，秦岭是独立的个体，又是完整的整体——我从我的观察中感受到了一种不可言喻而又美妙的快乐。

选自《中国校园文学》2022 年第 9 期，有删节

王晓莉

细毛与茶

王晓莉

武汉大学中文系毕业。江西省作家协会副主席。出版有散文集《不语似无愁》、绘本《大旅社》等。曾获《散文选刊》年度华文最佳散文奖等。作品入选《新中国70年文学丛书·散文卷》等数百个国家级选本。

家旁边新开了一家小茶楼。来了朋友,自然是个方便的去处。这样喝了几次后,发现店里的茶好喝,价格也公道,环境也很清幽,我就常常去。就算有时一个人,也会慢慢走去,要杯茶慢慢喝着,找个理由看看"人"的风景。

茶楼老板三十几岁,看上去倔头倔脑的,眼神倒是有点沧桑。没事的时候,手里总拿着一杯茶咕噜咕噜地喝,喝完还总要很满足地吸一口气,好像他不是老板,就只是一个茶客。

只有一个女招待,估计是他的妻子。和他相反,是个灵光得很的人。哪个客人来,她三言两语就可以把人安顿得好好的,八面玲珑。

起初我去店里并没想认识他们,因为没必要嘛。

有一天,我正一个人喝茶。因为坐得离收银台很近,就听见有顾客跟老板讨价还价。

"你这普洱,98块一壶。真不真哦?"

"当然真。"

"太贵了。给我和我朋友来一壶,算80块吧?"

"贵?你再说贵就加收9块钱。"老板眉毛一挑说。

"为什么?"客人不解。连坐在一边的我也疑惑,不加8块不加10块,为什么单单加9块钱?

"你去数数,贵字是多少笔画?"

我在自己掌心里默写了一遍"贵"字:原来"贵"字,一共是9画。

接着又听他说:"我这还是按简体字算。要按繁体,加收你12块。"

我差点儿笑得喷出来,带出嘴里的那口茶。在这里看了这么久的茶客,原来最有趣的是这个茶老板。

我决定多这一句嘴。就跟客人说:"你别还价了。他们家茶很好喝的,我是常客呢。"

客人倒也没啰唆,点了单就回座位了。

"还是你这样喝茶的好,一点都不麻烦,到了这里,就只是安安静静喝茶、聊天或者看书。不会像有的客人,要么要找扑克牌打通宵,要么要唱歌唱得四邻不安。还不敢得罪他们。"那个灵光的女人说。这也算是一种委婉表达的谢意吧。

"有什么怕得罪的!本来就应该像她这样嘛。茶楼又不是酒吧和KTV。"老板又来了这么倔头倔脑的一句。

就这样,认识了老板细毛和他老婆。从细毛老婆的嘴里知道了细毛特别爱喝茶,来喝茶的人,和他比全是小巫见大巫。每天早上,他一定要泡一杯很浓很酽的茶喝,就算早晨五点要出门,也会忍耐着浓厚的睡意,提前起床,留出可以喝茶的时间。别人是以天光表示一天开始,细毛却是以喝一大杯茶为标志。如果是去外地,他更要精心筹划。收拾行李时,第一件事就是要用信封包好足够的茶叶——旅馆或接待方提供的茶叶再好,他也是喝得非常无味的——这才底气十足地出门。

细毛有一肚子茶经,而我恰好对此有点儿兴趣,这样我们就慢慢熟悉了起来。有一天,和细毛聊龙井、普洱这些名贵茶叶和江西茶叶的区别。细毛就说,江西好山好水,出品的茶叶比如婺源"大鄣山"、遂川"狗牯脑",都不会比杭州或者云南茶叶差。

那你自己喝的是不是江西茶呢?我看看细毛的茶杯说。他杯子里黑乎乎的,酱油一样——我早就对一个茶楼老板喝什么样的茶感兴趣了。绿茶清澈见底,红茶色泽明艳诱人,我却看不出细毛杯子里是什么茶。

"他呀,喝的是这里最便宜的那种。"细毛老婆指着招牌单上最末一行给我看。上面写着:"茉莉香片,8元一壶。"

我的确没想到，就笑着说："肯定里头是有故事的。"

没想到这一问，使我与细毛的友谊加深了起来。我知道细毛的故事，也是这样开始的。

细毛的成长，与一般的孩子稍有不同。在细毛的印象里，母亲是从农村改嫁过来的，因此父亲内心总有一点看不起这个二婚的妻子。虽然这种隐秘而长久的歧视并未波及细毛——他是他俩亲生的孩子，但儿子捍卫母亲却如母亲保护儿子一样，都是天性。细毛因此总在父母争执时自动站在母亲一边，也因此总与父亲隔了一层。

细毛15岁那年，开始叛逆。母亲贤淑，却无多少文化，因此总是父亲出头来指责与教训细毛。17岁快要高中毕业时，有一天，为了学业上的一点小事，细毛竟与父亲大吵一架，离家出走了。

他跑到另一个城市，跑到一直疼他的外祖母那里，从此就在那里住了下来，找工作、娶妻、生子。母亲时常来电话要他回家，试图劝说父子和解，却从没有一次成功过。

细毛想念家里的时候，就打电话回去，但是一听到电话那头是父亲的声音，就"啪"地扔下听筒。要不了半天，母亲准要偷偷打电话来，说父亲如何吃不下饭，只坐在那里喝茶，一言不发。

"我一看见你爸爸闷头喝茶，饭也不吃，人也不理，就知道你又气你爸爸了。"母亲说。

但是谁也不肯先妥协。而且人与人之间的疙瘩，结得越久，越是解不开。

有一天，母亲来探望细毛和外祖母，住了些天。临到要走，又提到父子间这场持续多年的"战争"，希望细毛跟她一起回去。

细毛只捧着茶杯，咕噜咕噜地喝，始终不吭声。

母亲实在逼急了，突然恨不成声地说："你看看你喝茶的样子，和你爸爸一模一样啊。"

细毛愣住了。他走了那么远，就是要逃开与父亲有关的一切，怎么可能会像他？他随即分辩道："谁会像他！"

"还不像？"母亲说，"我在这里住了这么多天，我不知道谁知道！你们两爷崽，连喜欢用大茶缸子喝茶都一样！"

夜里，细毛想着母亲的话，怎么也睡不着。他爱喝茶，但从没往遗传学上想。现在母亲一挑明，他知道，事实就是如此。

父亲是个嗜茶如命的人，也可以称得上方圆几里的"喝茶冠军"。这是细毛从小就明白的。从他记事起，父亲的茶汤就一直浓得匪夷所思，不知道的人会以为他是在喝酱油。但他根本不以为苦，反而觉得喝这样的茶才过瘾。一大早起来，第一件事总是去烧开水。而且从母亲嘴里得知，即使父亲现在已经70岁了，还是要在临睡前喝一碗浓茶——完全不影响他酣畅淋漓地一觉睡到天亮。

而且，确如母亲所言，连装茶的杯子也像。

细毛的杯子大得要用双手才能捧住杯身。好在有茶杯柄手，否则单手是握不住的——他在杂货店里淘了几年，才碰到一次这么大的，当时立即买了一对回来——防备着摔坏一只，还有一只。老婆看他喝茶的样子总觉得滑稽：什么茶杯子没有，偏爱用这么大、这么粗糙的，真不知怎么回事。

现在细毛自己也明白，这也得自父亲遗传。父亲最喜欢用巨大的杯子喝茶。有一阵子他甚至端着搪瓷缸子喝。那是家里从前用来熬汤的缸，后来父亲嫌茶杯小不过瘾，就把它清洗干净用来煮茶，煮开之后晾一晾，他就直接拿着这"升级版"的茶杯喝了。

细毛逐渐开始沉默。喝茶的时候仿佛茶水会照见自己的影子似的，不看杯底。有一天，母亲来电话，说："你爸爸病重，回来吧。"

　　母亲以前也这样说过几次，每次细毛都执拗着不理。这一次，他却仿佛感应到什么，拔腿就去了车站。

　　到了家，才知道父亲已不怎么行了。他到了床前，叫一声"爸"，父亲嘴角努力做出一个微笑的动作，却很难看。父子俩都没有流泪，却完全体会到了"相逢一笑泯恩仇"的感动。

　　他服侍了父亲几个月。医生说不要喝茶，父亲仍坚持要喝。他于是泡一杯浓酽的茉莉香片。他在床尾喝大杯，父亲则在床头，一小口一小口啜饮。

　　——他以为自己走得离父亲越来越远，其实走了一大圈，又回到了原点；他以为自己是一条无名的河流，其实逆流而上，远远看见的，正是父亲。

　　——他一下子明白了父亲很多。

　　后来细毛就开了这家茶楼，觉得每卖出一杯茶给人喝，心里都很舒坦；又觉得如果父亲在世，也会来这里喝茶。

　　"我虽然给父亲送了终，却没有尽到孝。"细毛慢慢地说。他喝一口茶之后，总要习惯性地、满足地吸一口气。

　　细毛又掏出钱包，透明卡位嵌着张三代全家福。在他家老式祖屋前，一家子挤挤挨挨在一起。前排有个人，脚边放了只巨大的搪瓷茶缸子。

　　"这是你父亲……"

　　我没有见过细毛父亲，但我一眼就认了出来。老实说，他们的长相并不怎么相似，但是那只盛着茉莉香片的大茶缸子，是怎么也回避不过去的。

节选自王晓莉《恍惚三章》，《福建文学》2022年第9期

菡萏

少年
游

菡萏
————————————————————

原名崔迎春，中国作家协会会员。文字散见《文艺报》《作品》《清明》《散文海外版》《四川文学》《广西文学》《草原》等几十家省刊。著有《空翅》《红楼漫谈》《菡萏说红楼》《养一朵雪花》。

绿房子静悄悄的，窗外阳光一动不动。

低头翻微信时，看见儿时同学，晒出春日图景。其中一张，一眼认出是处机关食堂。三十多年了，它还活着，杂草丛生的院落，有棵硕大的泡桐。每到四月，一朵朵开放，再一朵朵凋零。校园里如是，繁茂的花阴遮过走廊，伸手便可以摘到，朴素的花，朴素的香。

那时住校，十一二岁，在食堂打饭吃。机关食堂，一份排骨两毛钱，一名条件好的女生一买买三份，吃不完用炉子炼，在《片片梨花白》里，我写过。那年读初一，觉得食堂特别大，现今看来门脸竟如此之小。两级水泥台阶，红瓦红砖，木头门窗，晒得颜色不能再淡的淡蓝油漆，什么都没改变。

清整的房舍，依旧很有看相。

每次打饭排好长的队，后面的同学在我背上写字，几乎都能猜到。惊讶，不信，再写再猜。伙食真的不错，馅饼、粽子、麻花、油条、米饭。菜，翻着花样，流水牌写着菜名菜价。黑木牌，彩色粉笔字，开饭时往窗口一挂，有熘肉段、蚂蚁上树、什锦菜、酥白肉、豆腐脑。豆腐脑是咸的，不像沙市的豆腐脑以甜为主。师傅白衣白帽，油迹斑斑的工装泛着厨师特有的油腻味。舀一瓢，放饭盒里，浇上剁碎的榨菜码子。旁边摆着酱油醋，各色调料随意添加。长方形铝制饭盒，有些男生进来时，拿着勺子，迈着八字步，边走边敲，喇叭裤扫在地面；打好饭，边走边吃，一副倜傥风流、玩世不恭的样子。也有穿吊腿裤，揪揪着短上衣，小平头的老实男生。

有次打完饭，出食堂，碰见大弟拿着饭盒上台阶，穿了一件大翻领、束腰带的黑皮大衣，不由得眼前一亮，有点像瓦尔特保卫萨拉热窝的场景。大弟绰号英俊少年，大衣不知穿的谁的，是援助伊拉克的工作人员从国外免税店带回来的，折合人民币40元钱，校园里不少学生穿。援助伊拉克的人员很苦，50多度的高温，灰扑扑的路，短裤搓烂，没得穿。

家里每月给我们10至15元生活费，大多家庭如此。不乱花，足够吃。铁路食堂，不赚钱，有补贴。

饭票有红色、绿色、黄色，薄薄的长条纸，印着一两二两、一角贰角的面值。用一张撕一张，一般塞在塑料小钱包里，有时夹进词典，然后忘掉。发现时，会惊喜。

那时，爸每月工资70多元，妈拿得多，计件，200多元。妈矮小、秀气，能吃苦，不分昼夜地做，所以我们能过得较宽裕。现在回想，妈都是最好的，因她的勤劳，又总是轻描淡写自己的付出。

妈干的活，一般男人做不了，倒预制板、卸火车皮、拉架子车。我曾说，如果长大了，做她那样的工作，不如去死。说这话时，是20世纪80年代初，不知当时以何种语调，轻而易举就说出了口。那日的余晖，把家属院染得通红，仓房的油毛毡顶，晒着妈用牛皮纸包好的大酱坯，还有给我们纳鞋底打的袼褙。妈迎着光无言地站着，像尊雕像。刚洗完的头发，干净地沥着水。

朋友把照片裁剪放大，说："远处是学校，还记得吗？那栋矮一点的红房子是咱们上课的位置，两排树还是原来的。"在她说之前，我已看到，学校已更名。

H形楼房，两排树当年很细，还是树苗。不知是什么树，有别于乌黑遒曲的泡桐。笔直的小树围了圈红砖，呈锯齿状。

阴凉的过道有黑板，我出过很多期，字并不好，总是斜斜地往上飘。一位语文老师站那儿看半天，说我喜欢画倒笔。自己并不知晓，包括自信，都是一件迷茫空洞之事。

星期一，学校也会升国旗，旗手掌握不好节奏，没有一次顺顺当当到顶的，不是快，就是慢。有时音乐停了，还差一大截，不得不"嗖嗖嗖"地往上拉。众目睽睽，难免尴尬，幸好有人做伴，四人升旗，两人配合，两人拉。

星期天起风，黄沙漫漫，地动天摇，吹得对面的人都看不清。是龙卷风，每年春天来那么一两次。寝室的床上蒙了一层塑料布，塑料布上落了层黄沙。心里记挂着国旗，和几个同学跑去，连拉带扯，迎着风拖回宿舍，塞在床下。国旗很大，像行李。

初三时，流行"神秘链"，不知哪个学校发起的，总之在校园里风行。下课后，大家急急地写。一封信，抄六份，寄给六个朋友。每个朋友给寄信人的上线两元钱，再写六份发出去，等下面的下下线给自己两元钱。如此循环，正常的话，每人能得益76元，只需2元成本。与现在的传销类似，一种空手套白狼的金字塔融资方式。2元钱对一个小孩来说不算小数目，同学们纷纷往学校收发室跑，有信便迫不及待地拆开。收到过钱，也寄出去过。天南海北挖空心思寻觅能写信的人，最远的寄到了松花江。也可以寄给本地朋友，班上同学你给我，我给你，最后不了了之。信里说，若不传下去，家里会遭殃，被汽车撞死云云。总之，钱在作祟，那是1983年。

也有不少学生集邮，集邮的钱，多半是从口里省下来的。放学后，几个人蜂拥至校外的小邮局。我有一本很大的集邮册，里面的邮票，有往来信件上的，也有同学给的，还有妈从出国工作的邻居家要来的。故有许多外国邮票，可能面值不值钱，一长串一长串的。大部分是自己买的，有领袖头像、山水花鸟、开国大典等。翻检时，戴上白手套，用镊子一张张拈。从信封上取邮票，要先剪下来，放在水里荡一荡，慢慢把邮票和纸分开。再晾干，插进集邮册。也和同学交换，一张换一张，一张换两张等。弟弟比我集得多，饿得小腰精细。

两本集邮册一直由我保管。后来不集邮了，遇到夫家一名聋哑孩子喜欢，便给了他。20世纪90年代，偶然得知被丈夫的哥哥拿出去随便换了两千元钱。那些邮票若保留至今，一张都不止这个数目。听到时，很沉默，怅惘是有的，我们曾满怀着爱，极认真去做一件事，并非为了利益，那是青春年少的日子。且对弟弟有着深深的歉意。谁都有拮据的时候。

寝室里有个女生叫小宁，短发，齐刷刷的刘海搭到眉毛。眉心有颗痣，头发柔顺，贴着精致的小脸。她不算好看，眼睛细长，皮色白净，平日里轻手轻脚。放学后，喜欢抱着纸盒看她养的蚕宝宝。几条白蚕在绿叶间沙沙蠕动，叶子是在学校院墙外沟边的桑树上采的。

我们两家住一起，关系不错。她妈很胖，生了四个姑娘，她是老二。可能是想有个弟弟，始终没生出来。邻里间有龃龉，常骂他们家"绝户"。儿女双全的，是像我妈这样的人，哪家有喜事，会被请去缝被子。

最后一次见小宁，我已结婚，回娘家，碰见小宁也在。她从另一个城市来机关办事，好像要开一个证明。那几年，爸妈家像转运站，接待天南地北一拨又一拨旧时熟人。妈人好，亲切，身上散发着本质上的热情与温和。晚上我和小宁睡大屋的床，她脱衣服时，露出雪白的肌肤，饱满的胸，有种让人不敢直视的美。好像她还没有正式工作，才结婚，准备去丈夫单位。我们聊到很晚，说了些啥，已忘记。第二天一早，我送她去火车站，在早春蒙蒙的细雨中分的手。

后来听说她生了一个男孩，再后来听说她跳了水库，是自杀。那水库清亮亮的，她的尸体漂浮在水面上。

影集里，至今有她一张斜身黑白照，两个小拳头支撑在腮帮子底下，模样清秀。很多年，我想着她头发散开，漂浮在水面的情景，以及她孤独苦闷、视死如归的决心和温柔可怜不张扬的个性。她比我低一届，死在20世纪90年代，一个充满欲望、浮躁的年代。我甚至不知道她因何而死，对人世背负着怎样的绝望。

她姐与我同届，也住同寝室。长得有点丰腴，穿喇叭裤，绷在大腿上。晚上睡前，喜欢用夹子把刘海卷起，第二天打开，成波浪形。也有女生用烧热的铁钳子烫发的。不知道谁回去说她变坏了，传进她妈的耳朵。星期天她回来，在寝室里骂。

寝室里，冬天烧蜂窝煤炉子，有的同学偷偷用电炉子取暖，烤馒头片。不用时，藏在铺下，用鞋子挡起。一千瓦的电量，常常造成电线短路，舍监常来查。宿舍的门平时不锁，只晚间插起。星期天，谁第一个回来，去舍监那拿钥匙，黝黑铮亮的圆形木牌，转圈的孔洞里挂满叮叮当当的钥匙，上面贴着医用胶布，用蓝圆珠笔标着几栋几门。

晚上排队到锅炉房灌热水袋，开最小的水流，水"咕嘟咕嘟"地往下流。水淋淋的地面雾腾腾。夏天，寝室外的黑白电视，滋啦啦地闪着雪花，看得最多的是山口百惠演的《血疑》。教室里有暖气，一到冬天"呲呲"地冒着白气。玻璃黑板，写字发出落叶般好听的沙沙声。

铁路子弟学校，免学费。

20世纪80年代，港风吹拂，为了共产主义好，还是资本主义好，在寝室里与同学有过争论。我认为资本主义每个毛孔都沾满鲜血，说："你们去资本主义国家好了，不做包身工，便当妓女。"听说邓丽君演唱的《何日君再来》有关某国，便不再喜欢。这首歌最早源于周璇，后被李香君演绎成中日两版，再后来成为邓丽君的专利。

想一想，真是一段铿锵的岁月，幸好漫长的时间河流让自己柔软下来，重新审视一些事物。

高一时办报，每个人都要办，写上自己的作文，然后上交。

我的题目是《文明古国的美德》，写了洋洋洒洒一大篇，画上报头刊花。里面拉扯上谭嗣同、文天祥等人，用了许多排比句。我与另一名低年级男生到市里演讲，一位河南口音的语文老师带我们坐公交车去的。挺大的礼堂，乌压压坐满了人，我的腿打没打抖已忘记。

紫红帷幕徐徐拉开，人站在刺眼的、晃晃悠悠的灯光下，时不时打着手势，实在渺小孤单。侧面和后台有穿白衬衣，来回踱步温稿的学生。

去之前，班主任让把稿拿到语文教研室给教研组长看。一直记得他的名讳，姓奔，大脑门，有点像马克思，曾与父亲是同事。他在稿纸上划掉一句我引用的话："宁做社会主义的草，不做资本主义的花"。沙哑着声音不知说了句什么，让我很惭愧。似一个高声讲话之人，一下子遇见了一位极有教养的低语者，我站那窘半天，一句话都没得。后来听过他的朗诵，声音绕过几道溪水，枯竭时又缓缓流出。似幽谷，一排排荡漾的林木；秋风，闭目的海，抑或淋湿的往事，总之带入遥远的无人之境，又在语言艺术的掌控之中。不激情澎湃，也不抑扬顿挫，骨髓里的好。方知道文学或者说文艺可以如此温柔，磁石般演绎着。

前年，听说他去世了，是癌症。

我得了二等奖，是一个书包。后来局领导来视察，又叫我去演讲，和一些文工团的演员一起汇报演出。在处机关俱乐部，本单位的礼堂，能容纳许多人，平时放电影、开会两用。那些女演员很时髦，烫发，裤线笔挺，身上喷着香水。他们在后台化妆，上油彩；也给我化妆，上油彩。演的是新疆歌曲《达坂城的姑娘》，"嫁人不要嫁给别人，一定要嫁给我"。再是《天仙配》，一个人唱双声，一会儿男一会儿女。

现在对演讲、表演、朗诵，已没多大兴趣。暗，其实是一种很华贵的东西,宝石样闪烁于黑夜,是对思想最好的尊重与礼赞。后来在学校大会上演讲,竟然卡了壳,脑袋一片空白。良久,学生会主席过来移话筒,算遮了过去。丢了一大段,因尴尬,便记得。

还参加过全市的作文比赛,得过奖,题目是《我的老师》。写的初三的班主任,开头便用了"风度翩翩"四个字。老师姓柴,外号叫柴大官,抑或柴大官人,真的不清楚,也不知道为何男生给起了一个这样的绰号。或许觉得他不太符合劳动人民的审美,有点鹤立鸡群、气宇不凡的清高味道。柴老师是很板的一位老师,骨子里有硬的部分,用"风度翩翩"这个词实在不准确。这样的人不随和,像个概念,身段放不下来。吝啬笑,笑起来似假的,却发自内心。

有一回,从教室的窗口望见老师踮着脚,扯着腰带上的钥匙,开教研室的门。咋都够不到,一次次失败,便有点扎心,这样的动作实在亵渎了老师。

老师待我不错。晚自习布置作文,来来回回巡视,走到我身后停下,说:"好!"抬手想拍我的肩,可能意识到我是个女生,便戛然停在半空。本子上,第一句便是"教室的白炽灯下……"正是当时之景。

高一时,柴老师继续教我们语文,课讲得生动。讲《孔乙己》时,画出曲尺形柜台。阔时,拍出大钱;落魄时,用手爬进来,垫个蒲包,盘着腿。

很多年后,我在菜市场看见他蹲在一个摊位前选土豆。依旧是大背头,一尘不染的衣裤。后来分了楼房,曾住我家楼下,鲜有来往。父母的家,也是一搬再搬。

高中时,教历史的老师姓蒋,个高,魁梧,南方口音,常穿一件洗旧了的灰色中山装。两个指头夹着粉笔不用回身,便在黑板上弯弯曲曲地画出全世界任何一个国家、任何一座城市的版图。莱茵河、尼罗河、阿尔卑斯山脉,同样弯曲的河流与三角形小山呈现在粉笔之下。他的南方口音并不好懂,但课好懂,简洁明了,人名地名,起因、发生、发展、结果,几个重点一串便完事。

清晨的校园,许多人陷在薄雾里嘟嘟囔囔地背书。我不大背,每次考试,大多用自己的语言,"衣不蔽体""食不果腹"两个词用得最多。历史在一个框架里循环,打破,进步;再打破,再进步。淘汰不合理,从矛盾产生到爆发的一个过程,思想亦是。

100分的卷子常考98分或95分。记忆里,没和蒋老师说过话,也没去过他的教研室。他在二楼办公,斜对着我们教室。考完试,许多同学跑去,围着他的办公桌看分数。回来后发感慨,说蒋老师拿着我的试卷,掸着说,看看人家的卷子。

蒋老师16岁上的大学,中年后调入我们学校,年年参加高考阅卷。我离开学校后,再也不曾见他。他的女儿是我的微信好友,很优秀,有自己的一方天地,身材颀长,每天迎着朝霞跑步。我去深圳时,她在微信里说,能否出来喝杯咖啡。很遗憾,我正忙乱,未能赴约。

后来得知蒋老师已不在人世,一个立在讲台上像塔一样的人。从他嘴里,我知道了什么是历史。历史是活的,在时间里构筑着人性,尽量往良善的道路上靠,它的前方是文明的曙光,而非一本薄薄的书。

一部历史便是一部战争史、反抗史、发展史、思想史。他教的是历史,更多让我们感悟到的是认知和眼光,人类一直处在艰辛蠕动中。

教物理的老师姓张,很幽默的一个人。吹口哨,拉手风琴,弹钢琴,粉笔头能准确地弹出去,落在开小差同学的额头上,在大家没被那道美丽弧线吸引前,继续轻松授课。每次正式上课前,出一道题,再进行新的知识点。每个同学把答案写在一张小纸条上,组长收上去,第二次上课再发下来。不是什么难题，只是概念，例如什么叫抛物线运动之类。每次我信心满满答好，往往只得七八十分。概念，便是概念，严谨，不能有一字之误，这是在这位老师手里知道的。我的物理不错。他夫人教我们英语，很白，尖尖的脸，不爱笑，是个美人。也许自己英语不好的缘故，觉其不够亲切。因频繁转学，英语发不好音，窘迫而不自信，后来整个放弃。在我的记忆里，她总是杵着教鞭，皱着眉，站在那儿。

教化学的女老师有点老，温和白净，走路慢，烫着短发，标准的知识分子形象。浙江人，住在校园里。她的先生很瘦，棱角分明的长方脸，凸颧骨、黄黑皮色，戴副黑边眼镜。每至九月，他们家的水泥外墙，爬满漂亮的紫粉色牵牛花。他们家很凌乱，不大收拾；吃食堂，一筐筐买馒头。太阳好时，晾出的被子满是地图，大圈套小圈。

高一的班主任是那种矮小，爆发力却很强的人。走路带劲，课讲得有力，子集、并集、交集、奇函数、偶函数，且会作诗。名牌大学毕业。学校组织诗歌比赛，他写，让我们朗诵。女生问，什么是幸福？男生答，不是餐桌上的杯盘狼藉，残羹冷炙；男生说，什么是幸福？女生答，不是身上的绫罗绸缎，华服美饰。

我自己散漫，并没有活成老师想要的模样。但想一想，我很多年是爱他们的。一个老师，便是学生心中的丰碑，才华智慧幽默的代表和体现。他们曾参与我的生命，给予我父母身上欠缺的东西，算是社会意义上更广博的家长。

小时候，看书随意，抓一本是一本，不求甚解，读字读半边。带字的都喜欢，一张报纸看半天。弟弟有个小木箱，里面攒了许多小人书。每次坐火车返校，车站外也有小人书摊。一个寂寞的小站，很高的木头架子，一排排，封面朝外竖放着。用小绳一拦。两分钱一阅，摊前有个小杌子。

《红楼梦》属早期读物,十二三岁开始看。白皮黑字,有注释。20世纪80年代初,较为平静单纯的岁月。书是爸的,记忆里较深的一部书。

看到黛玉的《唐多令》"粉堕百花洲,香残燕子楼"便觉得好,少时喜欢明艳悱恻之句。那个暑假,在淅沥沥的雨声中,辗转于这本书。室内幽暗,家属院的房子一家挨一家淹没在苍茫的烟雨里,像一艘艘湿漉漉的小船。那样的船载着我的年少时光。

那时刚硬,小小的心灵露出齐刷刷的锋芒。看到"好风凭借力,送我上青云",便觉得宝钗做作,有野心。言为心声,想到哪儿,写哪儿,也是一种思想反馈。"韶华休笑本无根"这句,现在看来,也符合薛家,无根的飞絮,从头至尾寄居贾府。

同一时期,还看《东方列车上的谋杀案》,人名冗长,恐怖,害怕,坐在屋子中间,面对着门。边看边警觉地环顾四周,好像四面八方都会出现坏人。

夜晚,吓得不敢睡觉,搬个小凳子坐在爸妈房中。妈半夜醒来,惊觉地问:"谁?"黑暗中,我答:"我。"妈欠身说道:"坐那干啥,咋不睡觉?"

看《一双绣花鞋》时,直接把书扔了。不甘心,捡起来再读。窗帘后总有一双隐隐的脚,脚上穿着绣花鞋,那是女特务,阴森恐怖的象征。更夫一梆子一梆子敲着寂静凄惨的夜,似在自己的窗外,吓到惊魂。

高一时,读《三言二拍》和晚清文学家李伯元的长篇小说《官场现形记》。

有次清晨五点多去食堂打饭,天还没亮,端着粥往回走。操场上,影影绰绰有晨跑的学生。快至寝室时,脚边有一长条粉色饭票,捡起来,数了数,大概两块钱。想起"莫把金枷套颈,休将玉锁缠身",便弃之不取,端着粥直直地走了。真有"富贵五更春梦,功名一片浮云"的潇洒想法。多年后，一直记得那个微薄的早晨。放到现在，是要捡的。

读《官场现形记》，有云水看遍、世道人心不过如此的感觉。一个人的一生，除原生态家庭给予的，余者多半来自书籍。书是个好东西，教坏的可能性并不大。后来，看《张爱玲文集》，太太们千篇一律的生活方式，秀旗袍、打小牌、嗑瓜子、涂红指甲、嚼耳根，消磨无尽的时光，在爬满褶皱的光阴里苍然老去，都是自己暗暗要远离的。那些水面的花，太令人惆怅和浪费。跳出来，方属于自己。

一本书给读者一种想法。这种想法是拒绝，而非接受，这是我一直认为的。人生是个拒绝的过程，所有的接受都在为拒绝做铺垫。对不属于己之物的拒绝，对一种生活方式的拒绝，对来自别人伤害的拒绝和自己不去伤害别人的拒绝。

而写者，一定是觉醒的，只有这样写出来的作品才有社会价值。《猎人笔记》《红楼梦》《官场现形记》均如此，站在自身领域反思，醒在黎明之前。而非处于压迫方的自觉反抗，这是它全部的意义和高明之处。像屠格涅夫，本就是农奴主家庭出身，却反对这种制度。当其动笔时，一只脚已迈出那个不合理的畸形怪圈，朝人类文明蠕动了一小步。

一个不读书思考之人，拥有再多的财富，都是当初父母思想的翻版。只有穿上认知的外衣，才会生出更广博的爱和自律。这些也是我多年后想到的。

儿时朋友见我感慨，又拍来处机关大楼的图片。夕阳把整个楼宇涂上忧伤的红，我从来不知道它如此之美。咖啡色墙体，粗大的圆柱，伟岸、坚固、肃穆，比现在的豪华场所所差无几。

那时抓腐败，哪个贪污，判了刑，在机关门口张贴告示。路过之人七嘴八舌，边看边议论。犯罪之人挂个牌子，站在敞篷车上游街。同学的父亲，被关进某监狱喂蚊子，睡草袋子。家被抄，一床毛毯到处藏。

爸因修桥梁去了另外的项目，上亿的资金从他手里过。办公室的黑板上每天有流水。放假时，我常去爸的办公室，在黑板上写古诗词。回寝室，给爸写信，若贪污，便断绝父女关系。写好后，贴上八分钱邮票，跑到球场边的小邮局，找个绿色邮筒寄出去。

有年寒假回家，有人找爸办事，推来一辆飞鸽牌女式自行车。在那个年代，算值钱之物。我推到马路上扔了。妈赶出去，推回来，向别人道歉，让赶紧推走。

现在，妈还对弟说，你姐多革命，别人送的烟酒，当着客人的面，就让提回去。妈说这话时，并无责怪之意。反而说，一家人好过赖过，有饭吃，平平安安就好。

家里的钱，几乎都是妈挣的。爸只拿那点死工资，都知道他认真，一颗钉子都不往家里带。我们三姊妹结婚，家里没花什么钱，婚后也是靠自己的勤劳，没用过爸妈的钱，倒常给他们。

少年意气，迷茫、刚硬也脆弱。

机关大楼临着马路，围着一圈儿黑色铁艺雕花栅栏，对面是灯光球场。球场一侧是一级一级的石头看台，每到球赛，围得水泄不通。

多年后，一个比我低一届，长得非常漂亮、一说话就脸红的女生，讲起她的初恋。读初中时，夏日常一个人坐在灯光球场的石凳上，挂着下巴，呆呆地看一个男青年打球。她暗恋别人好多年，但连对方姓名都不知道。她说时，已结婚，美得依旧像巴伦博伊姆演奏的《月光奏鸣曲》。

岁月是个好东西，粗粝地扎着人心，又绵软如绸。

选自《朔方》2022 年第 9 期

谢冕

一曲康桥
便成永远

谢冕

1932年生，福建福州人。曾用笔名谢鱼梁。北京作家协会副主席，中国当代文学研究会副会长，《诗探索》杂志主编。长期从事中国现当代文学研究以及诗歌理论批评。著有《湖岸诗评》《文学的绿色革命》等学术专著。

我参加过许许多多的诗歌朗诵会，每一次朗诵会必有李白的《将进酒》。与气势磅礴的"君不见，黄河之水天上来，奔流到海不复回"同台出现的，往往会是徐志摩《再别康桥》婉约温柔的"轻轻的我走了，正如我轻轻的来；我轻轻的招手，作别西天的云彩"。一首千年名篇与一首现代名篇互为掩映，构成一道令人难忘的美丽风景，诉说着古国伟大的诗歌传统。感谢徐志摩，感谢他为中国新诗赢得了殊荣。举世闻名的英国的剑桥，被他译为"康桥"。一别康桥，再别康桥，便这样地叫起来了。从此，剑桥是剑桥，到了他这里，便是习惯的、不再改动的"康桥"！这位诗人是命名大家，除了康桥，还有著名的"翡冷翠"，也是他美丽的创造。就这样，作为经典的《再别康桥》，便成了一般不会缺席的、朗诵会上的"传统节目"。

能与中国的诗仙李白千载呼应，这足以令写作新诗的人羡慕一生。大家都知道，新诗因为它先天的缺陷一般不宜于朗诵。能成为朗诵会上的传统节目，往往有它的特殊之处。徐志摩是新诗诞生之后锐意改革的先锋。他在白话自由诗中竭力维护并重建诗的音乐性，他的诗中保留了浓郁的韵律之美。重叠，复沓，回旋……如："我是在梦中，她的温存，我的迷醉；我是在梦中，甜美是梦里的光辉"，"但我不能放歌，悄悄是别离的笙箫；夏虫也为我沉默，沉默是今晚的康桥"。这足可说明，徐志摩的诗能在千年之后与诗仙"同台演出"，并非无因！

经典的形成绝非偶然。经典是在众多的平庸中因维护诗歌的品质脱颖而出者。许多新诗人不明白这一点，他们往往忘了这一点，他们成了白话甚至滥用口语的痴迷者。他们忘却的是诗歌最本质的音乐美、韵律美、节奏美，他们的诗很难进入大众欣赏的会场。当然，他们也无缘与李白等古典诗人在诗歌的天空相聚。

我认识并理解徐志摩有一个复杂的过程。在盛行文学和诗歌阶级性的年代,徐志摩被判定为资产阶级的甚至是反动的,他的诗是"反面教材"。记得那时,文艺理论老师讲文学的阶级性,举的就是徐志摩的《残诗》《我不知道风——》等例子。那时时兴的是断章摘句,无须也不引导读文本。风向早已定了,他怎么"不知"?他鼓吹和向往的不是"东风",而是"西风",他是可疑的!无辜的他,就这样和许多天才的、杰出的诗人消失于当年的诗歌史。时代在进步。人们开始用公平客观的艺术眼光审视作家和作品。人们为所有真诚的艺术创造者恢复了名誉,徐志摩是其中一位。

在我的诗歌研究中,我终于能够判定,他是一位富于创造性的、为中国新诗的创立和变革做出杰出贡献的先驱者。中国新诗一百年,能列名于前十名甚至前五名的有他,他成了新诗历史的一道丰碑,无论怎么书写,他总是诗歌史绕不过去的名字!我对徐志摩充满了敬意,我为当年曾经对他的鲁莽深深内疚。

那年北京一家出版社约我写《徐志摩传》,我准备不足,不敢答应。但是心有余憾,我总觉得应当为徐志摩做些什么。后来另一家出版社要出一套名家名作欣赏,徐志摩列名其中,邀稿于我,我接受了。我熟悉他的作品,我约了许多朋友共襄盛举。我不仅喜欢他的诗,喜欢他的"浓得化不开"的散文,我喜欢他的所有作品,包括他的情书——《爱眉小札》全选!选读《爱眉小札》的人,我选定了与徐志摩性情相近的同窗好友孙绍振。

我总找机会去看看他生前走过、生活过的场所。有一年到他的家乡海宁观潮,我特地拜访了海宁城里他家的小洋楼。小楼寂静安详,诗人此刻远游未归,也许是在霞飞路边的某家咖啡馆,也许是流连于康桥的那一树垂柳。在当年贫穷的中国，徐家客厅的地砖是从德国进口的，可见他的家道殷实，出身富贵。又有一年，朋友们取道鲁中去为他的遇难处立碑留念，牛汉先生去了，我因事未去。但我的内心总是念着、想着，想着他自由的灵魂、惊人的才华、浪漫的一生，以及美丽的恋爱。

　　我多次拜访康桥，康桥小镇的面包房和咖啡店也是我的最爱。第一次是虹影陪我去的，后来几次，都是自己前往。桥边纪念他的诗碑是后来立的，我在边上留影了。悄悄的他是去了，他不曾带走一片云彩！悄悄的他是去了，他带走的是我们无边的思念！志摩生前有许多朋友，志摩身后人们怀念他。他为我们留下了美丽的诗篇，还有美丽的人生和动人的爱情故事。志摩不朽，志摩永存。这永存，这永念，如今都化成了永远的"康桥"，也许还有永远的"翡冷翠"！

选自《文汇报》2022 年 10 月 24 日

黄风

野水的
季节

黄风
——————————————

山西代县人。山西作家协会副主席,《黄河》杂志主编。出版中篇小说集、散文集、长篇纪实多部。曾获《中国作家》鄂尔多斯文学奖、中国作家出版集团奖、山西出版奖、山西"五个一工程"奖、赵树理文学奖等奖项。

1

风窜着屋脊,扒在烟囱口上,又猫号了一夜。

屋顶下的人,早见怪不怪,听不到风号还叫春天吗?窗纸呼啦啦急了,风要破窗而入,也仅是翻个身将背掉给窗户,把钻进被窝的冷踢出去,把滚开的被角掖紧了,继续搂着头扎在怀里的梦入睡。

临明的时候,院里杨树上的一根胳膊粗的枝断了,嘎巴巴骨折似的,把夜幕扯个口子,带着一绺牵连的皮肉坠地。屋檐头的一片老瓦站起来,纵身跳到台阶下,溅落满地,有的滑溜得很远。碎碴儿新崭崭的,还是当年出窑时的蓝,日月仅锈黑了瓦皮。

眼睛被黑暗的四壁围堵着,蜘蛛似的在墙上爬来爬去,耳朵却看得屋外清清楚楚,每一声响都是形象的。耳朵反馈给主人,也就一根树枝一片瓦,算不上啥损失,只是虚惊一场。梦却又一次被搅了,是收拾好接着睡呢,还是天就要亮了,挨上一会儿起炕?

2

风卷起夜幕,像村庄在夜幕下曾经传说的马匪一样走了。

天按部就班,从东方亮起来,向西方亮去,爬出山的阳光,越过空旷的田野直入村中。鸡嗉了一夜,狗嗉了一夜,这时都叫起来了。鸡扇着翅膀,有的还跳上墙头,但叫声稀零寡落,响应者不多。狗叫声却很凶,你追我赶的,从地下蹿到天上,邻村的狗叫声也加入进来,一起咬着早已不见踪影的风。

鸡犬之声落定后,院门一声不吭地开了,一颗容貌不整的头从门缝探出来，石子似的抛几眼，然后将两扇春联还鲜艳的门响亮地开大了。背着手站在院门口，边朝街两头张望，边从喉咙深处清理一口唾沫，用舌头抟揉了，啪地丢到对面的墙根下，便转身回去收拾被风折腾得乱七八糟的院子。

趁院门打开之际，狗逮个空子溜出来，迎着大半条街的阳光跑出村，跑到村东的嘶云河上。整个春天是不会拴它的，如果拴住它，它会魂不守舍，终日呜呜地叫，把院中空闲啃得满是牙痕。它没有咬着大风，就到河边去找小风。春天常有开小差的风，像逃学的生小子在河上贪玩。狗找到小风后并不咬，而是满河作耍起来，汪汪声撵着呜儿声，呜儿声撵着汪汪声。

早起的，路过嘶云河的村人，在水泥大桥上驻足观看，狗河上河下，不知在跟什么东西玩闹着。那东西他看不见，只有狗看得见。但肯定不是不干净的东西，不干净的东西天一亮就跟着夜走了。河中蹿起一缕烟尘，狗就追着烟尘叫，河堤上的柳树摇晃了，狗就扑向柳树叫。或者掉转头，边跑边冲自己身后叫，好像那东西追上来了，就趴在它尾巴上。

早起的村人，眼睛天上地下溜了一圈儿，又与狗一同追逐半天，他很想看到狗眼里的东西，但就是看不到。能看到的话，也是狗眼里的他。他不能再消磨时间了，要去地里走走，看看啥时候能开墒。

可就在离开大桥的一刻，他脑中像钥匙插进锁孔转了一下：

春天来了，狗还能追逐什么？

3

冬天的风号冷，一寸一寸号到地下三尺深，春天的风号暖，将地下三尺深的冻一寸一寸号浅了。三尺之下的地气,便伸胳膊蹬腿,舒展憋屈已久的身子,将一冬天冻僵的土地暖过来。

干喇喇的嘶云河苏醒了,有冰的地方冰开始消融,没冰的地方渗出湿来。从冻在一起的沙石之间,湿围绕着石头渗出来,起初一根线似的不经意,慢慢地变粗变深了,承接着绵延的地气,像石头生出阴影一样扩展。湿气越来越重,把沙土黏糊糊地松软了,渐渐变成泥沼。某天风卷走夜幕,河上出现东一汪西一汪的水,像嘶云河渴望的梦,那渴望穿越了漫长的冬天。

在此之前,已经历了一场一场的风,包括那晚折断树枝、摔碎瓦片的风。但就整个春天来说,风还刮得远远不够,还得刮下去。在一场场的风中,河中梦一般的水,梦一般地变化着,有的扩大了,有的缩小了,有的甚至消失了。因为变化无定,还没有生出根来,所以叫野水。

狗依旧往河上跑,天一亮就蹲在窝边,一会儿盯着屋门,一会儿瞅着院门。在紧闭的两门之间,眼睛就像它的狗爪,把院中薄霜似的清静,来来回回地蹽下几道爪印。容它跑出去的机会就待在门后面,从拔缝挤扁了脑袋瞭它。但它跑出去追的不再是风,而是那野汪汪的水,水比风更骚。

4

野水沉浸的雁门关上残雪皑皑,那闪耀的光朵仿佛雁叫声。狗听到了那明亮的叫声,担在雁翅膀的两头,一扇一扇的。它在长空中寻找着雁的身影,可雁早就北上,到达更遥远的北方。

倒映的天空愈瞭愈深远,把阳光能穿透的水无限延伸了。狗没有瞭到雁的身影,却瞭到了还未落定的雁叫声。每年雁渡关山,一朵一朵的雁叫声,从丢下的那一刻起,就跟雪花似的,跟它掉下的羽毛似的,开始飘啊飘的。雁门关活了千年,雁叫声飘了千年。瞭到雁叫声的时候,狗还瞭到飘着的,一样没有落定的儿歌:

二月二,剜小蒜,狼一半,狗一半。

儿歌早此前就飘起来了。儿歌飘起的那天,在嘶云河畔的田野上,三五个牶小子手执小铁铲,一步一盯地寻觅着。他们剃过的"龙头",有的半毛不剩,有的仅留一撮后拽拽。小蒜是此时地里最早生出的绿色,孱弱得近乎于无,只有走到跟前才能看到。样子瑟瑟的,似乎想从你眼前逃走,却又力不从心;或一动不动,怯生生地注视着你,企图躲过你的视线,不被你发现。

那小蒜苗仅有两三根细叶,像《三毛流浪记》中三毛头上的毛,直到盛夏才会茁壮。可它能拱破初春硬邦邦的土地,经得起料峭春寒,经得起一场接一场的风,是想象不到的柔韧。风可以折断树枝,摔碎屋上的老瓦,却折不断毛一样的小蒜叶子。

牶小子们剜下小蒜后,便聚集到野水边,受旱一冬天了,他们很想像夏天那样跳进去,光不溜秋地玩个痛快。可大人们早警告过,这时的水还凶,下去会浸得腿抽筋,浸坏传宗接代的小祖宗,长大娶不下老婆。他们只好作罢,心又回到小蒜上。掐掉小蒜泥哄哄的根须,剥去蒜头的蕾衣,一棵一棵地清洗干净。两手通红了,做活的样子蛮大人的。

收拾好的小蒜,从头到尾的鲜嫩,那扑鼻的小蒜味儿,勾起他们无限食欲,喉咙里像长出第三只手来。母亲曾经用小蒜做过的饭菜,凡能记起的便涌现脑中。最奢侈的是小蒜炒鸡蛋，绿茵茵的蒜叶子，白珍珠似的蒜头，嫩黄嫩黄的鸡蛋，再俏上几片西红柿。最提味的是腌小蒜，切小葱一样切好了，炝上胡麻油，浇上老陈醋，吃什么都下饭。特别是吃面条，吃高粱面"鱼鱼"，撩上那么两三小勺，呼呼噜噜的能把舌头吞掉。或把卤猪头肉切得薄薄的，一片儿一片儿蘸上腌小蒜吃，一入口便粉皮似的滑溜到了肚里。

收拾小蒜的时候，他们对水仍念念不忘：

一个说，你说，这水像啥？

一个笑道，像你妈的奶子。

一个说，你骂人。奶子是鼓的，这水是鼓的吗？

一个笑道，不是鼓的，那你说像啥？

一个说，像你姐的桃花眼。

5

狗被牷小子们吸引着，目光一拢一拢的，把阳光弹成了雾。它很想蹭个热闹，却又不敢靠近他们，便隔着一片干涸的河床，在另一处野水边玩起来。

水中的一条狗也跑来，与它一同玩耍，一个水里一个水外，玩得情投意合。它举起尾巴摇一摇，对方也举起尾巴摇一摇，它直起身子人立了，对方也直起身子人立了。可玩着玩着翻脸了，隔着如镜的水面，两颗头凶相毕露地抵到一起。先前的欢洽变成恶咬，它龇牙咧嘴地咬一口，对方也龇牙咧嘴地咬一口，相互咬得面目全非。咬了半天才发现，它在跟自己的影子打架。

打得水世界天崩地裂，一块块飞溅起来。阳光乱纷纷的，像遭老鹰追逐的雁叫声。沉没水中的石头，有的乌龟一样露出水面，惊恐地张望着撕咬的狗。生小子们也停下手张望着，他们不知道狗在跟什么打架，或者怎么会跟水打架呢？他们想到了鱼，狗不是在打架，大概是在咬鱼。可这水中哪会有鱼呢？

狗与水的气氛感染了他们，像盛夏一片被风吹过的葵花地，感染了另一片葵花地，他们也手舞足蹈起来，把左腿朝后编到一起，一边用右腿弹跳着转圈，一边拍手歌唱：

编，编，编花篮，花篮里面有小孩，小孩的名字叫花篮……

在野水边转了一圈儿又一圈儿，花篮编了一个又一个，他们陶醉在游戏之中。眼前海阔天空，一个个花篮像彩气球升起，像孔明灯升起，歌声成了系在花篮上的飘带。花篮里的"小孩"，扒在花篮边上俯瞰到，离河畔的村庄越来越远，离环绕村庄的田野越来越远，他要想回到地下，就得生出一双翅膀。

6

风变得隔三岔五，被风刮走的夜幕，一幕撵着一幕，在白天那头翻卷。生小子们与狗的玩闹，在野水边仅留下杂乱无章的踪迹，还有石头上狗骗起后腿做的标记。

狗闻寻着自己黄渍渍的溲味，溲味一头黏在石上，一头发丝一样飘着。狗去撵一丝飘断了飘向水中的溲味时，发现雁门关上的残雪不见了。好像大前天还在,阳光照得刺目,今天却不见了,空余下一片湛蓝,一片能敲出铁响的山寂。那消失了的残雪,也是盘踞雁门关的最后一片残冬。

除了消失不见的残雪,狗还发现水面上蹽着三五只水蚊子,像多年后它蹲在电视机前,或在城市广场上的后代,看到的滑(旱)冰的人一样,滑来溜去。还有几片悄然而至的花瓣,晃悠悠地漂着。便有燕子扑下来,在水面上一闪而过,鸹走一只水蚊子,叼走一片花瓣,丢下一个不断扩大的水花。

水花将日子变成圈儿,一个日子一个圈儿,后一圈儿赶着前一圈儿,带来耕地的扬鞭声,带来播种的耧铃声,田野上一天比一天人欢马叫。田野上热闹的时候,水中也热闹起来。蛙鸣是从一个无风之夜开始的,走进云幕的月亮先听到一两声,过了一会儿又听到三四声,叫得小心翼翼。直到月亮重新走出云幕,与水中的月亮交相辉映,蛙才连续不断地叫起来。夜越深叫得越响,呱呱哇哇个不停,把野水变成了沸水。

蛙声像一串串水泡,带着一团团蛙卵,从水中间向四周扩散。在聚集了蛙声的水边,芦芽敛声静气地观望着,它看到浮现的蛙脑袋,一边叫一边保持警惕,随时准备躲到水下面。亮晃晃的水面,为芦芽展现出日后的光景,一如往年枝繁叶茂,长成绿汪汪的芦苇丛。小苇莺来了,大苇莺来了,别的鸟也来了,黑夜是蛙的世界,白天是它们的天堂,一样把野水变成沸水。

早在蛙现身之前,在踪迹杂乱无章的野水边,狗就发现多了新踪迹。从那些踪迹残余的气味中,它嗅出有虫有鸟有兽,它们来到水边的时候,有的小心翼翼,有的漫不经心,有的直奔了过来。这天狗嗅到的,最高大的是一头驴,这家伙它前几天就见过,在河堤上走来晃去,只因惧怕它和生小子们不敢靠近。

驴是一天中午收工后,在从地里回村的路上,瞭见野水边只有午闲眯了眼守着,得到主人的允许跑来的。主人卸下它背上的犁,给它摘掉笼头,朝它屁股上拍一巴掌,说去吧。它选择水边一个干净处,先四蹄朝天地打几个滚,把浑身的疲劳从毛孔赶走,然后埋头饱饮一通,把一上午积聚得满肚干渴,顺着肠道一股脑儿地浇灌掉,便照着水顾影自怜起来。

主人扛着犁回到村口,担心驴玩儿过了头,就遥望着驴吆喝,要上一会儿就回来,吃了饭歇一歇,还得下地去。主人吆喝的时候,其实连个驴影子也没瞭到,只是朝着驴大致的方向,把喊声放出去。驴压根儿就没听到,或者听到了,逛城门洞似的,东耳朵进,西耳朵出。

驴甩打着尾巴,没有像狗一样连自己都不认,打架打得天昏地暗,而是偏了头认真地欣赏自己。如此相貌堂堂,它还是第一次发现。驴一下子无法自已,周身的血液山呼海啸,渴望得到一头母驴的青睐。于是从胯下掏出枪,吼叫起来:

啊啃尔——!

啊啃尔——!

7

那天的驴叫声,是驴的魂在奔跑,奔过嘶云河,奔向炊烟已在烟囱上像松散的辫子盘起的村庄。在一片片屋顶之上,驴蹄铁闪耀着飞机的银亮,围绕村庄尥起一圈儿一圈儿烟尘。

除了耳浅的驴崽子,村里的驴都听到了,也听出是哪个家伙在撒野。这样的撒野,尤其是春天,时常会发生。公驴们不以为然,它们都声嘶力竭地干过。母驴们更是习以为常，早被这种叫声喊惯了，也追赶惯了。在这吃饱喝足，上午架过的车或犁卸在太阳下的午间，最美的事就是和屋里的主人一样歇上一会儿，站在驴棚里的驴槽前，或卧在墙根的阴凉处，边甩尾巴边打盹。因此回应声寥寥，抛到天上又掉下来。

野水边的驴，顺着叫声蹚下的路，直趔趔地瞭到，它遭受冷落的叫声变得纷纷扬扬，无精打采地落下。有的落在笼罩房屋的树上，像雪落到水中一样。嫩绿的树亮闪闪的，一副春雨洗过的样子，叶尖上挂着水珠。等到盛夏的时候，会在村子上空绿成潭，投奔的鸟们扎进去，激起嘭咚嘭咚的声响。

一如雁门关上残雪的消失，树绿得不知不觉，村中长嘴的都好好说不清它是何时绿的。似乎太不当回事了，感觉也就一夜之间，可回头一程一程地去瞭，又好像已经历了一个春天。

环绕村庄的树木，环绕田野的树木，早告别了冬天的枯瘦。与天相衔的山脉，圈起远远近近的绿色，还有一片一片已开始烟消云散的桃杏花。更广阔的，是此时的绿色还无法遮盖的黄土地，像怀孕的女人一样温存而安详。布谷鸟断断续续地叫着，叫得苦口婆心，无人听了，它还在叫。它从哪天起叫的，要叫到什么时候才作罢，只有埋下种子的黄土地知道。

"春风不刮地不开"，把地刮开了的风不再呼号，刮成了嘶云河畔的垂柳，那万千绿丝绦便是拂煦的风。倒映垂柳的野水，已在河中扎下根，与地下水串通了，不会再梦一般地变化，不会被夏天到来后的洪水冲走。水中除了圪小子的身影，又多了女人或肥或瘦的身影，她们八叉开腿坐在水边，双脚浸泡在水里。白胖胖的脚趾，被顽皮的蝌蚪当成虫，围绕着摇头摆尾。每人面前摆块洗衣石，一边说笑一边洗衣。

生小子们有时一丝不挂，做了母亲的便替做姑娘的驱赶，挥舞着手中的棒槌叫骂。被骂的生小子，害怕她隔着水把棒槌像弼马温的金箍棒呜呜地扔来，便水淋淋地抱上衣服就走。走远了却不甘心，于是在阳光下亮晃晃地朝女人耍小祖宗，笑嘻嘻地喊：

　　"我就不穿衣裳，我就不穿衣裳。"

　　姑娘脸赤了，赶紧并拢两腿，把头别向一侧，一只手轻掩在唇边，吐出几片柳叶似的笑，在水里浅浅地打转。女人的嗓门又大开了，能开出坦克来，忽颠着两个奶子，把话当棒槌扔出去：

　　"死娃子！回家叫你娘看去，跟你爹的比一比，尺寸不够揪一揪。"

　　每个人的衣物都不少，好像积攒下来，就等着这一天洗。衣物有新有旧，新的花花绿绿，旧的灰灰暗暗，"嘭嘭"地捣洗净了，晾晒在野花星星点点的河滩上。晾晒的时候，一个人双手拎着，或两个人叉开胳膊揪住四角，先要将衣物抖展划了，抖出能挂到眼睫毛上的七彩晕。

　　阳光也树一样丰茂起来，在白云苍狗的天空下，在日昼漫长了的村庄内外，长成参天大树，但不是浓荫匝地的树，而是轰轰烈烈的树，一树一树的金叶哗啦啦的。

　　村人像往年说，哎呀，夏天来了。

　　村人又像往年说，今年的春天，咋这么短促？

选自《山西文学》2022 年第 10 期

阿微木依萝

月亮咬住了
狗尾巴

阿微木依萝

彝族，1982年生于四川省凉山州。初中肄业。自由撰稿人。巴金文学院签约作家。出版小说集和散文集多部。曾获第十二届全国少数民族文学创作骏马奖等奖项。

喏，那"庞然大物"就是我爹的老年代步三轮车，它有个响亮的称呼：宝马。是我爹考虑了一个月定下来的名号。

我爹是个固执的老头，也是个幽默的老头。

是个脾气暴躁的老头，也是个冠心病患者。

是个上网积极分子，也是个有追求的吃货。他的追求是：每顿有肉，多少不限，一小片也行。他也是个有审美情致的人，喜欢房子周围种满花草和果木，六十多岁了还很天真，很自恋，很自信，很骄傲，很冲动，也很冷静，是个相当复杂的矛盾体，退役后，他的兴趣是改造任何可以改造的东西，改造不好的就扔出门去，比如我。

宝马刚买回来那会儿是原装货，按照设计师喜好打造的外观，算不上特别好看，但也不丑，现在嘛，您一定想亲眼瞧一瞧，用我爹的话说：整个镇找不出比它漂亮的。它经过一番改造，已经不是原来的它了。

我爹最先看中的就是这辆老年代步车的小巧，按照心理上"居高临下"的看法，这么小的车子就算想飞起来，他也能一把摁住，车子的体积正是他这种反应逐渐迟钝的老头能驾驭的。但毕竟现代化的东西不可小瞧，年轻时上过战场，学会了怎样保命，他便十分清醒地下了决定，不轻举妄动，改造的事暂放一边；因此，第一天，他并没有着手改造它，而是上车熟悉环境，就好比古时候买了马儿，要跑一跑才知道马儿的耐心和脚力；他上车试了几圈儿，都是开在最慢的挡位，摇摇晃晃速度恰好；到了第三天下午，他有儿点底气了，玩起了"飙车"，把它开在最快那个挡位，当然啦，只在直路上放开"缰绳"，拐弯处还是比较遵守交通规则，减速慢行。

我妈觉得这种小心翼翼的举动纯粹就是怕死，她会骑摩托车，我爹不会，这种技能是她在我爹面前永远的骄傲。有时为了炫技吵嘴，她会昂起脑袋:"老子骑摩托车,'呼'一下就过去了,你连灰尘都吃不到一粒,你信不信?"我爹也会昂起脑袋并摇着他的二郎腿:"如果翻车,你也'呼'一下就过去了,你信不信?"

吵架已经是他们两个一辈子的事业。像月亮咬住了狗尾巴,我爹我妈,他们的生活里大部分光阴都用在了吵架上。

我爹改造宝马车是在半个月以后,陆陆续续,网购的各种工具和材料也收到了。他首先给车子安装框架,四根空心不锈钢架子,就像四根开天辟地的顶天柱子,把一块遮风避雨的灰色顶盖罩在了车子上,等于给它弄了个吊顶。之后网购一些围帘,都是不透雨的材质,帘子的颜色很讲究,迷彩色——他一辈子的审美终结色,把帘子往四根柱子上一挂,厢式老年代步车的样子就出来了,也终于有了过去轿子的味道,如果把轮子取掉,"走嘞"一声,四个人就可以抬着"轿子"出门。车轮胎三个,每一个轮子都有自己的备胎,打气筒从手动到电动各一把,车子喇叭揪下来换了新的,因为战场上打聋了一只耳朵,他觉得自己听不到的声音别人都听不到。车头上的灯也都有备用的,就连车屁股上的两颗刹车灯都有备用。他在机械方面极有天赋,年轻时候会组装机械手表,修理电视机,各种家电类维修无师自通,对于老年代步车的简要维修,不在话下。这么一番下来,国家发给他的优抚补助,几乎都用在了宝马身上。我们有时候怂恿他发个红包在家人群里,让儿孙们试一试抢红包的手气,让大家都高兴高兴,他不肯,他说他不高兴,他要勤俭持家。

每日骑车到镇上是他一天中最快乐的时候,不管有事没事,没事创造一件事,也要去一趟。

他在镇上交了许多新朋友,当然也结下许多"仇家"。他过于维护宝马,就仿佛那是一匹汗血宝马,如果您从马儿跟前走过,马儿当场放个屁，那恐怕您要多花一点儿时间才能离开，他不会允许您马上离开，当然您也不会感到心里不舒服，您甚至一点儿也不感觉自己被人故意留下来了，他会随便找个话题跟您聊天，等到估摸着马屁已经消散，才礼貌地请人离开，因为您马上离开的话，他会觉得很失落，您把他宝马屁带走了似的。我只是打个比方表示他这种维护心爱之物的心情有多焦虑，同时也斗智斗勇，在不伤害别人的情况下满足愿望，他对很多喜欢的东西，爱护得就像身上的羽毛，我亲自试过，稍微伸手碰一下车灯，他都要立马制止。

您如果非要从他口中亲耳听到如何维护宝马与人产生矛盾，是不可能的，他不会承认，他只会告诉您，他是个多么慈祥多么彬彬有礼的老头儿，"与人为善"是他的生活准则。您只可以从别人那儿听到，他确实跟人吵架了，恐怕还不止一次。我对他跟人吵架从不抱什么信心，这件事他不擅长，基本以输告终，这一点我妈可以证明，不过，也许他真没觉得那是吵架，他只会坚信那是交通堵塞时的小摩擦。

他其实稍微有点儿路怒症，这个毛病是在他买了宝马不到半年就形成了，造成这个后果的原因，是我们居住的那片山路上，所有的骑手们都不太遵守交通规则，因为它不是主路，只是乡村公路罢了，拐弯不打喇叭、行驶抢道等等屡见不鲜，这些都让他生气，别人的车子过去很久他还在向着人家的屁股后面喊话："你哪怕张嘴吼一声不行吗？你差点儿把老头子的宝马吓死了晓得吗？"不过，不用想，他不会亲口承认他在路上唠唠叨叨，您只会在某个社交网络上看到他拍的自己的大头贴以及路上的美景。他是个有正义感但情绪管理能力基本为零的人，这一点我是可以肯定的，因为这个毛病我很好地继承了，也是因为这个毛病，他最终放弃改造我，一个人要改造和自己一模一样的人永不可能，他深知这个道理，他一开始发觉我就是他整个性格的翻版的时候，就决定把我扔出门去，从我离开家门以后，他背地里有时候称我"跑烂摊的"，有时候称我"小杂种"，即便我是他的女儿，他却从不客气，从不把我当女儿看，优秀的人没有性别，因为灵魂没有性别，他大概是要表达这个意思。从小到大，在他的眉眼和话语之中，我就能捕捉到，他期待我做的职业一直是偏雄性的，比如去当一名拳击手，也许这样他就可以名正言顺跟我打一架了？我说他最擅长的是忍不住脾气去亲自帮助警察叔叔指挥交通，确实，我没有说谎，车子们拥堵在一起的时候，他的车子也寸步难移，体积小，总受"欺负"，困在哪个角落根本挪不动。有一次他被彻底困住了，并且车子的"眼睛"还被前面的车屁股抵了一下，这可就坏了，脾气控制不了，他在那儿吼车子的主人，不是针对哪一个，而是，他要"大开杀戒"的样子，对着前面所有的车子一大片言语喊了出去，那都是一些和他一样上了年纪的老年代步车主人，女人居多，但是他不怕她们，他拉直了声音说——"你们家的路吗？都是木头做的人吗？堵成一麻袋一麻袋的啦，不会拐个弯绕到边上吗？"就是这样，他沉不住气，永远像个战场上的吹号兵，他说他其实最喜欢当一个吹号兵，要不是吹不准调子他就去申请了，可惜他试了一回，吹偏了，现在也一样，也吹偏了，她们都知道被这个狗日的（她们心里一定这么骂了，在我们这个地方，这是口头禅，骂架之前必须先来一句"狗日的"）老头吼了，就都把嘴巴对准了他，他呢，也不松口，挺直了腰杆站在宝马车旁边，听说那天下午，他跟她们吵了一架好的，最后大家都累了才散伙，交通也就终于不堵了。那应该是他这辈子吵架成就最高的一回，以一敌几十。

宝马车现在什么活都干，每日驮着我爹去赶集，还负责家里添补柴火的工作，它的主人虽然爱惜它，但主人是个怕冷的动物，冬天来临之前，它的车厢里可就塞满了柴疙瘩；长久的工作使它逐渐露出疲相，爬坡开始费劲了，每到快要死火（脱气）的时候，主人就给它打气：冲啊兄弟，快上去了，你可以的。

我爹是个遵从自然法则的人，周边如果有人去世，别人都在说可惜了，怎么怎么，他不一样，他搞不好抬起下巴就是一通大笑，他经常把谁的死亡称为"翘辫子"或"翘脚了"。总之，死亡从他的语气里流出来是一件平常事。

其实，我爹根本没有从战场上回来，当然他只会跟您说，他回来了，他多么幸运，在前线没有阵亡，退伍的那天走在月光下，走向了回家的路。我们的确跟他鲜活的生命生活在一起，可他的灵魂没有回来，至少没有全部回来。他年轻时候喜欢东奔西走，结婚了也很少在家，几乎是个有家的流浪汉，我觉得他就是在寻找一些自身散落的东西，当然您问他，他也说不出他丢了什么。这是我妈极不满意的，他们两个如今最大的遗憾就是，年轻时没有离婚。我爹的世界里有月亮，但月亮咬住了狗尾巴，我爹就是那只忧伤的狗。

世界上如果有一个鬼的话，那就是你妈。这是我爹说的。

世界上如果有一个恶鬼的话，那就是你爹。这是我妈说的。

世界上如果有两个鬼的话，那就是我爹妈。这是我说的。

忘记是在什么时间说的了。只记得我说完那句话，他们同心协力地跟我说了一个字：滚。

选自《散文》2022 年第 10 期

刘亮程

大白鹅的
冬天

刘亮程

1962 年生，新疆沙湾县人。中国作家协会散文委员会副主任、新疆作协主席。著有诗集、散文集、长篇小说、随笔访谈等多部。有作品收入中学、大学语文教材，获鲁迅文学奖等奖项。2013 年创建新疆菜籽沟艺术家村落及木垒书院。

冬天

雪地上没有鹅的脚印,以为它在窝里没出来。我提着一壶开水,烫开水盆里的冰,又烫食盆里的苞谷榛子,这是给鹅和猫狗的早餐。

这时听见鹅在前面"鹅鹅"地叫,声音翻过积着厚雪的屋顶落下来。我放下水壶过去,见鹅在松树下没雪的地方站着。雪被茂密的树冠兜住,松枝都压弯了,树冠下落了厚厚一层松针,看上去比别处暖和。

它看着我又叫了两声,嗓门宽阔有力,像在空中打开一扇门。我赶着它去吃食。地上的雪没扫,它好像眼盲了,认不得路,跑到两排松树间的大道上,头顶到院门才知道走错了,又掉转回来。我紧追几步,它扇动翅膀跑起来,一副要飞的样子。我真希望它飞起来,飞得找不见,我们也不用每天操心喂它,它也不会每天受冻。但这冰天雪地的,它能飞到哪里?南飞的天鹅和大雁,早在三个月前就飞走了。那时一行行的雁群飞过书院上空,大白鹅时常仰头朝天上叫,翅膀张开助跑一段想要飞起来。我妈说,白鹅的翅膀该剪了,不然会飞走。

但一直没剪。那时它吃得肥胖,走路都费劲,怎么可能飞走。顶多有飞的愿望吧。如今它已经瘦得剩下一堆羽毛了。它跑起来,翅膀展开,真像要飞起来的样子,却一头撞到雪堆上,整个身体陷在深雪中,张开的翅膀被雪托住。

我把它抱出来,放地上撵它走,看它的红爪子踩在雪里,整个肚子蹚在雪里。我都能感觉到它的脚冷。

到了食盆旁,看见一小堆绿韭菜叶,它使劲啄食起来。那是金子昨天拿过来给鹅的。它卧在雪里吃菜叶,把冻红的脚丫揸在肚子下面。它能暖热自己的脚丫子吗,下面全是冰雪?我给它在地上铺了纸箱板,又铺了松针和树叶,希望它站在上面脚不会太冰。它不领情,固执地卧在纸壳边的冰雪中。

我真担心它过不了冬天。每天一早推开窗户,我最想听见的就是大白鹅的叫声。只要它叫一声,我便放心了。它似乎知道我在这时醒来,它在松树下叫,叫声翻过两栋房子的屋顶和积了厚雪的菜地,传到我耳朵。

寄养

这是它跟我们生活的第一个冬天。

去年冬天我们把它寄养在老郭家。4月,金子带着我妈从养殖场买了两只小鹅和两只麻鸭,养到8月开始下蛋,大白鹅的蛋又大又白,麻鸭蛋和它的名字一样灰皮麻点。那时它们跟鸡圈在一起。鹅整天扬起脖子,"鹅鹅"地撵鸡,哪只不听话就拿嘴啄鸡毛。它们成了鸡群里的老大。两只麻鸭个头比公鸡小,只能灰溜溜地待着,不和鸡合群,也不跟鹅混。

金子每天去鸡圈好几趟,喂食,添水,收蛋,每次收了鹅蛋鸭蛋,都高兴得跟小孩似的。鸡蛋给厨房,鹅蛋鸭蛋她存起来,排成排摆在篮子里,说要等女儿回来吃。女儿孩子小,刚几个月,说明年回来。结果几个鸭蛋放坏了,鹅蛋放到了下雪前。

天气冷了,我妈回沙湾过冬,我们也回乌鲁木齐住一阵,留下方如泉守院子。养了大半年的鸡鸭鹅就得处理掉。公鸡全宰了(真对不住公鸡),三只母鸡给厨师王嫂家代养。两只鹅和两只鸭子送到村民老郭家代养,说好下的蛋归老郭家,再给两袋子苞谷。到雪消天暖和,给王嫂代养的三只鸡死了两只。喂在老郭家的两只鸭子都死了,鹅死了一只,老郭不好意思，把收的四个鹅蛋和活下的一只鹅一起送了过来。

我们送去时雪白丰满的大白鹅，一个冬天瘦成了鸡，毛黑不溜秋，眼神也呆滞，不知道它在老郭家是咋活过来的。老郭家的鸡有暖圈。所谓暖圈，也就是个小房子，夜晚能挡风而已。不过，老郭家的几十只鸡和我们的鸭鹅挤在一起，每只鸡鸭鹅都是一个小暖袋呢。鹅在它们中间，是一个大暖袋吧，它们依靠着互相取暖。但是那两只麻鸭和一只鹅，还是没有熬过冬天。

春天

转眼又到冬天，圈里养肥的鸡又要宰掉（又对不住鸡了）。鹅再不敢往老郭家送。本来要和鸡一起宰了，后来还是留下来了。大冬天鸡窝空空的，看着都冷。鸡到另一个世界避寒去了。鹅留下来，它独自承受着满圈满院子的寒冷。靠院墙斜立的两块工程板下面，是金子给鸡和鹅做的下蛋窝。现在一个成了鹅过冬的窝，里面铺了厚厚的麦草，另一个被黄狗星星占了。那个两头通风的窝，其实只比露天稍好一些，能挡住西边来的寒风。

年前几天降温，我们又要回城里过年，大白鹅和猫狗托给王嫂家喂养，她老公每天过来烫一盆粗面，大伙一起吃。猫不用担心，能捉到老鼠。狗也不用操心，它们总能弄到吃的，前年冬天我们回到书院，见牧羊犬月亮在松树下守着大半只羊，肯定是从村民家偷来的。去年书院后面住的老张说，他宰了猪，猪头挂在仓房，想着过年吃，结果没有了，顺着雪地上的印子一直追到我们院墙上的水洞，肯定让我们家大狗叼来吃了。金子说，确实看见月亮吃剩下的半个猪头。我们也不养猪，没法赔一个猪头给老张，只能说句对不住了。这些年几条狗给我们惹了多少事情，月亮大前年把村委会烧锅炉的老王咬了一口，老王几年前打过月亮一棒子，记仇了。金子开车拉老王去县医院打了狂犬病疫苗。今年7月小黑和星星在山后的麦茬地咬死了村民的四只羊，让我们赔了6000块钱。现在我们把院墙上狗能钻出去的洞口都堵住，它们再不能出去惹祸，也不能在夜晚爬到坡顶的草垛上对天吠叫了。

回城前我把秋天菜园里掰的苞谷棒子在鹅常去的松树下放了一堆，又在它的窝边放了一些，鹅会自己啄食苞米粒。只要有足够的吃食，它便能抗住寒冷。在城里我还常打开监控视频，看见猫和狗围在食盆旁，看见大白鹅在雪地上踱步。

年后回来，车开到大门口，月亮、星星和小黑都在门里面守着，它们能听出我的汽车声音，当车开到公路拐弯处，离书院大门还有上百米的地方，它们就闻声往大门口跑。我下车开门，三条狗亲热地往身上扑，金子把带来的狗食分给每条狗。

大白鹅站在松树下叫，它瘦了一大圈儿，见了我们，它张开膀子像要飞过来。两只黄猫不见了，方如泉说猫到别人家混吃的去了，过几天来院子转一趟，可能见我们没回来，就又走了。

我去鹅的窝里看，给它留下的苞谷棒子才吃了一半，地上扔着四个鹅蛋壳，我们离开的二十多天里，它下了四个蛋，可能都自己吃了。金子说，鹅不会吃自己的蛋，肯定是星星和小黑偷吃了。我拿着鹅蛋壳，大声审问小黑，鹅蛋是不是你吃了？又审问星星。两条狗都一脸懵懂，装糊涂。我猜想肯定是星星偷吃的。它住在鹅旁边，可能就是盯上了鹅蛋。鹅下一个它吃掉一个，把空蛋壳留给我们。不过也都没亲眼看见。吃就吃了吧。

早晨我烧一壶开水提过去，鹅已经在食盆旁守着。我用开水烫开水盆里的冰，再把冻硬的饲料烫开。鹅的嘴伸进水里，边喝边拿喙戏水。

它吃好了站在墙根，一只脚抬起，过一会儿又换另一只脚。水泥地太冰冷。我给它铺的纸箱板扔在一边，它还是不知道站上去，可能它的蹼已经冻木了。

回书院的第二天一早，大白鹅踱着步从前面过来看我们。我给它撒了些芹菜叶子，它一个月没见绿叶菜了，低头啄一口，高兴得仰起头来。

中午金子见鹅卧在窝里，她关好圈门，过一阵听见鹅叫，金子说鹅下蛋了，让我赶紧去收。我出门看见星星也朝鹅叫的地方望，小黑也朝那里望。看来都在等鹅下蛋。这让我有点儿不确定是小黑还是星星在偷吃鹅蛋。我指着星星又指着小黑，狠狠地骂道：再偷吃鹅蛋把你们送人，不要你们了。星星知道我在骂它，夹尾巴躲一边。小黑一脸憨相，我又觉得冤了小黑。

到窝边时，鹅的样子把我逗笑了，它伏在窝里，整个头和脖子贴在草上，一看就知道它在本能地躲藏，不让我看见。我拿专门收蛋的长把木勺拨开它的屁股，它扭转屁股护住蛋。我还是把一只大白蛋舀在木勺里拿了出来。鹅见自己的一个蛋被我收走，眼睛圆圆地瞪着，鹅没有表情，但它肯定有心情。它的心情会跟农人失去一年的收成一样吗？或许它已经习惯自己的蛋被人收走。它回到书院就开始下蛋，已经下了十几个，我们没有留下一个让它孵育出孩子。这样想时竟生出些人的伤心来。鹅会不会伤心呢。

晚上听见鹅在窗外叫，天黑好一阵了，它不去窝里睡觉，在转啥呢？或是它想要给我们说啥？我出去查看，外面很黑，院子里没安灯。白鹅站在雪地朝我望，它的眼睛反着星光。也许是自己的光。我过去摸摸它的脖子，它转过身，沿着菜地边我们踩出的雪路一直走到小柴门旁，回头叫了一声，像是给我打招呼，然后回它的圈里去了。

我冻得浑身发抖，回到暖和的屋子里时，想到鹅也回到它两头透风的工程板下的窝里了。它只能把自己的羽毛当暖屋，把裸露的蹼捂在肚子下面，把喙伸进羽毛里。

我又听到鹅叫。它的叫声在半空中打开一扇门。我从二楼窗口看见它在屋后果园觅食，个别处雪已经化开，露出干黄草地，它不时低头啄食，不知吃到嘴里的是什么。中午我扛铁锹到前面的玻璃房墙根疏通积水，屋顶融化的雪水，积在墙根的水槽里，一半是冰，我拿铁锹敲开一个小水槽，让水往下流。每年都要干这个活，其实不去干，过几日水槽的冰全化开也就疏通了。但还是去干，人等不及季节。

转回到餐厅前见鹅在草莓地觅食，以为它在吃露出的绿色草莓叶子，却不是。它在化了一半的雪下面，找见先露出的细草芽，它啄食草芽时把冰粒也一起吃进嘴里，嘎嘣嘎嘣的响声，像一个孩子在咀嚼糖块。

夏天

被厚雪覆盖了一冬的院落，在一个早晨突然暴露出来，几件我们以为丢了的农具自己跑出来，它们倒在地上，在雪中睡了一个长冬。天暖得很快。金子在集市上买了五只小鹅，丢给大白鹅带。大白鹅显然喜欢小鹅，但小鹅怕大鹅。毕竟不是自己的亲妈。这些小鹅有亲妈吗？可能没有，它们在孵化场破壳而出，从没被大鹅带过，见了只有害怕。

我妈在院子里用纸箱围了一个小圈，喂草喂水。晚上把小鹅装纸箱拿进屋里。除了怕被猫和狗吃了，天上飞的鹞子也会叼走小鹅。书院这一片至少有七八只鹞子，每日在树梢盘旋，捉鸽子和鸟，经常有鸽子被鹞子吃了，在地上留一摊羽毛。那天我还救下一只鸽子，它被鹞子一翅膀拍打下来，鹞子紧随其后，眼看叼住了，我大喊着跑过去，牧羊犬月亮，还有星星、小黑也叫着跑过去。鹞子一侧身飞走了，受伤的鸽子也扑腾着飞到树上。

新买来的小鹅，要先拿去让月亮、星星和小黑看，给每条狗说这是我们要养的鹅，不是野生的。狗都懂事，见人和鹅亲近，就知道不能咬它，咬了挨打。

第一只小猫带来时给月亮和星星做了介绍，如今猫和狗成了院子里最亲近的朋友。冬天两只小猫和两只大猫，和小黑一起抱团取暖，小黑每晚卧在门口的地毯上，两只小猫钻进小黑怀里，两只大猫卧在小黑背上，小黑一动不动，搂着它们度过寒冷冬夜。一天早晨，金子拉开窗帘，说大白鹅也和小黑挤在一起了。

今年夏天小外孙女知知来到书院，也是先带到几条狗跟前，让它们认识。狗看我们对小知知好，就知道不能对她不好，见小知知过去就远远躲开，生怕不小心碰着小朋友。知知不怕狗和猫，追过去抓。但害怕大鹅，它会追着叼知知。

我们买的五只小鹅活下来三只，如今已经是大鹅了。我妈依旧每天坐着她的电动车牧鹅。它们认下我妈的电动车了，跟着到前面草坪上去吃草，到后面果园去吃草。鹅胆小，只去我妈带它们去过的地方，不敢往远处跑。

那只大白鹅呢，在坡上果园的狗洞里坐窝了。

去年夏天大白鹅坐过一次窝，它占着鸡下蛋的窝，用嘴把自己的羽毛撕下来，垫在窝里。它下了一个蛋，一直捂着。隔天又下了一个。它要把两个蛋孵出小鹅。可是,我们这里的气候凉,小鹅长不大天就冷了,怕过不了冬天。金子把它的蛋收了,它还是坐窝不走。中午金子看见鸭子凑到鹅身边,嘴啄鹅的脖子,在说话。过一会儿,鹅起身走开,鸭子急忙跳到鹅窝里,下了一个小麻蛋。然后鹅便捂着麻鸭的蛋不放。我妈说,鹅和鸡一样的,到了坐窝时节,给个石头蛋都会捂住不放。

金子说,大白鹅去年没抱上小鹅,今年就让它抱一窝吧。我以为她只是说说,我出了趟差回来,没见到大白鹅,问金子,说已经坐窝12天了,再有18天小鹅就出来了。金子把果园水塘边的狗窝收拾出来,用我们家的七个鹅蛋,换了村民家的七个蛋。他们家的母鹅有公鹅交配,下的蛋才能孵出小鹅。

我带着小知知趴在门洞看,鹅卧在自己用嘴拢起的一小堆麦草上,眼睛朝外看我们,可能已经忘了我是谁。金子在门口放了一桶水,还满满的。我让知知在鹅窝旁等着,我去菜地薅了一把鹅喜欢吃的野莴笋,扔到它嘴边。它只是啄了两口,又专心孵它的蛋了。我妈说,鹅和鸡一样,孵蛋的时候不吃不喝。

到了小鹅该出壳的那天,金子和厨师去看,只孵出来三只小鹅,其他四只蛋都坏了。小鹅只是啄开了蛋壳,身子还在里面挣扎,金子把其余的蛋壳剥了,这个事本来是大鹅做的,它会拿嘴啄蛋壳,让小鹅快点出来。

出壳的小鹅放在纸壳里,下面垫了棉布,金子还在棉布下放了一只暖宝宝,上面又盖了一层布。小知知第一次看见小鹅从蛋壳里出来,我把毛茸茸的小鹅放在她手上,她捧着不敢动,不知道该怎么面对这个小生命。三只小鹅在我书房过了一夜,第二天还给了大鹅。

我妈像放牧那三只鹅一样,照顾大鹅和三只小鹅,白天放出来吃草,晚上吆到鸡房。它们一天一个样子地在长,可能小鹅也感到自己出生得有些晚，秋天已经来了，得抓紧时间吃草长身体，尽快长出能御寒的羽毛来。到了冬天，它们要跟大鹅一起，光着脚丫子在冰雪中走，靠自己的羽毛度过寒冷长夜。

大雪

大雪下了一天一夜。好多树枝被雪压断。昨天还遍地的青草，一夜间被雪埋没。除了大白鹅，其他的鹅都没经历过冬天，不知道它们看见这么大的雪，会不会惊慌。雪下得太突然，树都没落叶子，落了一地的苹果没顾上捡拾，几棵桃树和葡萄藤也没顾上埋住。人和草木都没准备好，冬天就来了。

好在三只小鹅已经长到半大，长出了厚厚的绒毛，和先长大的三只鹅一起放在果园。刚放进去时，那三只大鹅追着小鹅跑，可能是想亲热小鹅，大白鹅跟在后面护。没几天它们便亲热如一家了。

我在三楼的书房时常听见鹅的叫声，它们在果园边的绿草地上练习飞翔。我下楼在木栏杆门外探头看，它们展开翅膀，"鹅鹅"地高叫着，朝南跑到篱笆墙边，又折头跑回来。跑前面的是三只新长大的鹅，大白鹅和它的三个孩子跟在后面。大白鹅已经三岁了，早已知道自己飞不起来，但还是展开翅膀跟着做飞的动作。两只小鹅似乎相信自己能飞起来，翅膀举得高高，爪子一下一下离开地。见我在木栏门外看，都收住膀子，像是怕我看见它们练习飞翔似的。

我推开栏杆门进去时，鹅全围过来，见我两手空空又停下来。

给鹅喂食是金子的事。她每天早上端半盆麦子喂鹅吃。鹅和鸡的食都是金子在村民家买的。下大雪的前一天，金子听说玉米要涨价，叫上厨师柳荣贵去六队买了七麻袋苞米，又开车到乡上工厂粉碎了，码在库房。到冬天没有骨头可啃的狗和猫，都得吃开水烫的苞米糁子。鹅也吃。但鹅似乎更喜欢吃麦子。或许更喜欢吃草。但草突然被雪埋了。给鹅的麦子每天都剩下一些。或是鹅的嘴没办法将盆里的麦粒吃干净。金子天黑前把鹅吃剩的麦子端回来，她说留下全让老鼠偷吃了。果园北边是苜蓿地，西边山梁后面是麦地，我散步时看见好多老鼠新打的洞。地里没吃的了，老鼠开始往人家里跑。我们院子的两只猫都生了小猫，母猫每天出去捉老鼠来喂小猫。即使这样，也阻不住老鼠往院子跑。去年冬天喂鹅的苞谷棒子，喂肥了两只大老鼠，它们钻在柴垛下面，猫捉不住，晚上出来偷我们喂鹅的食。好久再没看见那两只老鼠，可能被猫捉吃了。也可能过了一个冬天和春天、夏天，它们静悄悄地老死了。

  说到老，又想起已经三岁的大白鹅，它算是年老了吧。这个冬天尽管有六只鹅陪它一起过，每只鹅都要担受自己的寒冷，肚子下的绒毛只够捂住自己的爪子，怕冻的嘴只能塞进自己的羽毛里。但它们会挤在一起。会有七个嗓门的大叫声，响在阳光明亮的书院上空。至少，它们不会太寂寞。

选自《散文海外版》2022 年第 10 期

蒋子龙

昙花绽放

蒋子龙

1962年开始发表作品,曾任中国作家协会副主席。曾以《乔厂长上任记》《赤橙黄绿青蓝紫》等作品多次获全国优秀短篇和中篇小说奖。著有长篇小说《农民帝国》以及中短篇小说集和散文集多部。

心不在焉地摸出钥匙打开房门。在门边稍微停顿一会儿，让自己的眼睛适应室内的黑暗，然后再进屋。一抬头，赫然吓了一跳，借着窗外的微光，看见屋子中央站着一个人，轮廓一团乌黑。

"谁？"我高声问道，却没有得到回答。

打开屋顶的大灯，原来，是我那盆昙花。

知道它今天夜里要开花，早晨，给它喷了水，洗净叶片上的尘土，就如同给即将出嫁的姑娘梳洗打扮一样。因它太高大了，最高的几片叶子，高过了我的头顶一截，其枝叶繁茂，头重腰细，像舞台上打扮好了的美女。一靠近它，它就款摆腰肢，姿态迷人。

早晨，我从阳台上往屋里搬的时候，抱不动整只花盆，被迫半抬半拉、小心翼翼、一点一点地挪进书房的中央，像侍候一台端坐着新娘的大花轿。

昙花绽放，是它自己的大事，也是我生活中的妙事。每到这一夜，我都像守岁一样凝望着昙花从开到落的全过程。刚才，竟把这样一个重要的节日，忘到九霄云外去了。

从早晨离家，到晚上回来，十几个小时在外面奔波，却冷落了极为敏感的昙花——罪过，罪过！

花为人开，花蕾吸收了人的精气才开得水灵。人宠花，花宠人。每年此时，花蕾的笑口已经大开，临近子夜，火爆爆地怒放，昙花的生命达到巅峰状态。

今晚，由于我粗心，它可能以为自己被遗弃了，半尺多长的花蕾，如同白天鹅，怒冲冲地弯脖子拧头，尖嘴紧闭。

忙打开写字台上的灯和书柜前贼亮的聚光灯，把灯口都转向昙花，让屋内一片通明，准备迎接昙花辉煌的"一现"。随后，我搬着凳子坐到它跟前，眼对眼，嘴对嘴，真诚地表达自己的歉意。从现在起，寸步不离地守护它、赞美它。

昙花也激动起来，花蕾微微颤动，如天鹅抖动颈上的羽毛。包在外面的根根红针，像伞骨一样挺直、撑开……好大的排场，若红日未出，先见光芒。

光芒既现，轰轰烈烈的日出就呈现在眼前。绿的，像窗外的夜色，厚重、坚实；白的，尖锐、轻巧，一心要突破绿的笼罩。弯弯噘起的尖嘴儿，眼瞅着就咧开了，一股宜人的香气立刻喷射出来。

我把脸贴上去，猛吸几口。一团浓香，一股清凉，从喉头直坠肺腑。立刻觉得，五脏六腑，清洁透亮，如醉如痴。刹那间，忘记了尘世间的一切荣辱喜忧，身内身外一片圣洁宁馨。

花瓣颤动，千娇百媚，愈张愈大，愈大愈白，奇迹般有节律地伸展开来。昙花简直是在讨好我，绽放出自己活泼泼的生命，眼对眼地、让人目不暇接地开放了。一团绒毛般的白线，簇拥着洁白娇嫩的花蕊，白得高贵，白得纯净。

如刀如剑的绿叶上绽开一朵朵巨大的白花，它们是按照一个口令，踏着同一个节拍绽放的。满屋弥漫着醉人的香气，我胃里发出一阵贪婪的鸣叫，真恨不得立刻就把所有花蕊及蕊上的花粉吃掉。

昙花那楚楚动人的神态，又让人下不去嘴，它是专为我开的，躲开所有的人，躲开君临万物的太阳，不凑热闹，不争喝彩，藏进黑夜，躲在刀丛剑树的叶片之下，自甘寂寞，只为悦己者"容"。它又是多么傲慢，多么自得。

这是好兆头，今年昙花开得最多，也开得最为壮观，今年的运气或许不错。

"昙花一现"从来都是贬义。这是文人们编排出来的。一般人喜欢好吃多给，喜欢坚固耐用，喜欢"死不了"或不死不活，甚至是"好死不如赖活着"……他们轻易看不见昙花开放，便嘲笑它的"一现"。

正因为它"一现"即逝，才更说明它清逸、珍贵、不同凡响。人活一世，能像昙花这样轰轰烈烈地"一现"，足矣！

天下英雄多是"一现"，瞬间永恒。世上还有多少终身未能开花的人生，谈何"一现"？

昙花香气刺激了我的感觉，心里涌动着一种奇妙的兴奋和欲望，世界上的各色人等，该如何让自己的生命开花呢？

世间万事万物都有自己的规律，心念的律动合乎外部客观规律，生命不愁不开花。譬如：昙花子夜盛开，夜来香傍晚吐蕊飘香，蛇麻花在寅时才露笑脸，牵牛花在清晨打开喇叭，冬梅、秋菊、夏荷、春牡丹……还有动物，蝙蝠只在天黑时才飞出来捉虫，公鸡叫三遍后天就放亮，鸭子繁殖有周期，鹿角的生长和脱换同样有规律……

至于人，体内更存在着有规则的生理节奏：体温、血糖含量、基础代谢率、激素的分泌等等，都随着昼夜的交替而变化。凡是生命就具备进化的适应性，自有其特定的活动变化规律。

如此看来，人又何尝不像昙花呢？与天地相参，与日月相应，由于地球自转，太阳光对地球的照射强度，在一昼夜内呈周期性变化，人体内气血的运行也随之改变，以相适应。

昙花摇曳，花影婆娑，花蕊弹拨出一种乐声，意境悠远。我被震撼了，生出一种莫名的虚幻的激动，和着昙花生命的韵律，仿佛能进入一片祥和的精神高地。

选自《河北日报》2022年11月4日

田鑫

河流的
几种形式

田鑫

80后,中国作家协会会员,鲁迅文学院第40届高研班学员。出版散文集《大地知道谁来过》《大地词条》两部,作品获丁玲文学奖、宁夏文学艺术奖、《朔方》文学奖等奖项。

水，这大地的气血，它们有来处，也有去处，比人的脉络清晰。你想了解一条河的来龙去脉，只需要逆流而上，或者顺流而下就行。

水比人更了解团结的好处，一条河，从源头开始，水滴们就聚集在一起，一路结伴而行。它们走到哪儿，哪里就有路，无路可走的时候，就停下来一起想办法。

面对一条河的时候，我经常陷入沉思，想那些弥散的水，从毛细血管一样的河床上流下来，原本是一小股，后来成很多股，汇集为一条河。它们流到我面前的时候，不知道更换过多少回名称，经历过多少次分流，在被截流、阻隔之后，始终有一部分水朝着一个方向流淌。

水一定是大地之上谱系最清晰、脉纹最明显的物体。那些细小的水，和大地的关系最密切，它们来自大地深处，洞悉大地的心思，喷涌而出以后，顺着大地的褶皱流淌，形成河流，滋润大地。

人受了河流的启发，逐水而居，聚集在某一处，受水的恩泽，在水的帮助下，休养生息。于是，大地之上，一条河孕育出一座又一座的村庄。它们有自己的名字、形状以及曲折的一生，就像孕育它们的河流，有错综复杂的命运。

河流的命运，借由生活在它附近的人们的总结而成。人类灿烂的文明遗产，离不开河流的哺育。河流不光提供水，还让人便于流通，繁衍与交流就在河流之上、两岸之间延展开来。

河流在流淌，生活在继续，我们熟悉而又陌生的河流中，有人类历史发展和社会更迭的痕迹，也藏着河流作为自然力量与人文社会间错综复杂的关联；我们的生活最终也形成一条条河流，在大地上留下痕迹。

乡下的河流，大多瘦弱，没有远大宽阔的出路。它从山里或者沟底渗出来的时候，你都无法将其与"河流"两个字联系到一起，可等它们汇集到一起，才发现积少成多的魅力。在山涧，这来自大地深处的精灵们，如此迷人。

曾经，我们是被缺水缺怕了的一群人，村庄四面环山，像个敞口的大锅，这锅聚人，却不聚水。山上下来的涓涓细流，白白地向远处流淌，沟里渗出来的水，还没来得及形成泉，就被心急的人一马勺舀进桶里了。为了这一口水，人们得半夜三更起来，趁着月色去排队，等它缓慢地从大地深处冒出来。极旱的时候，人们就没有那么礼貌了，为抢一勺水大打出手的事情常有，经常是水没等到，等到了打架者的泪水。

看过一张新华社记者拍摄于20世纪80年代的照片：母亲噙一口水，给两个孩子洗脸。这用嘴喷出来的水珠，在阳光的照射下，显得短暂而绚烂。在这张照片面前，我做过很长时间的停留，也想象过照片拍摄的场景。这个母亲，噙这口水的时候，在心疼水和心疼孩子之间是否做过权衡，不得而知。但是，当水珠从她嘴里喷出来的时候，每一滴水都带着细小的光芒。那一刻，两个孩子脸上便有了水色。

为了这点水色，黄土地上曾经上演过很多的故事。好在苦日子能把人变聪明，我们村的人，把天上的水、地下的水拦截在一起，形成一个涝坝。这条被堵死的河，解决了整个村庄的吃水问题，也让村庄温润起来。原本开阔的一条沟，被一道土坝截成两半，上游的水惦记着下游的远方，下游的河床，像痴情的女人等着心爱的汉子。雨季的时候，人们才打开水闸，涝坝被河流串联，显得生动而丰富。

这些细节，早已经储存在童年的记忆里。如今，六盘山区早已经不受水的牵制，不过，在水龙头被拧开之后，每个曾经吃过苦水的人，都显得小心翼翼。

大地之上的河流，有很多种形式。

站在塬上往村庄里看，我觉得村庄本身就是河流，四面环山，每一条路就是一条支流，不管风从哪里吹来，或者人从哪里来，路都能带其到合适的渡口。而那从烟囱里升起来的炊烟，不管色泽还是形状，像极了朝上的河流，它们从厨房里"流"出来，最开始还是一团，然后就四散了。我会觉得，它们短暂的流淌之后，归于天空这片无边的海洋。

植物是更为具体的河流。一棵树站在大地上，根须是向下的河流，深入大地内部，它知道人间的苦乐，也知道大地的深远；树杈是向上的河流，天空辽远，它们可以肆意生长，翻飞的叶子波浪，婆婆娑娑，无意间就把大地的空间拔高。十万棵玉米笔直，既是一泻千里的流水，又是翻飞的巨浪，在大地上以静态的方式奔腾。豌豆是藏在河床的暗流，弯曲的茎蔓，向深处延伸，蛇一样缠在玉米上，豆荚里藏着圆润的、珍珠般的小果子。小麦是梯田上的溪流，舒缓、迂回，恨不得漫过整个山头，它的野心比玉米还大。我常常站在麦浪中间，张开双臂，等风吹过来，起伏的麦田中间，我也成了有野心的浪花。

耕种过农田的牲畜们，用蹄子在大地上冲出属于自己的河床。牛走过的地方，泥浆厚实，有积水卧在蹄窝里，这小小的河流留着牛的味道；马跑过之后，尘土飞扬的样子和水花四溅的样子一模一样；毛驴性子缓，它留下的应该是曲折婉转的小溪，需要仔细寻找。

连那些贴在地面上的花花草草，也都是河流，它们细小的花朵、低矮的茎蔓，都是河流的组成部分。打碗碗花用小漩涡让我迷路；马兰用二十二个花瓣把河流分解成二十二条更小的溪流；蒲公英像瀑布，四处飞散……我躺在一地花草之间，觉得自己开始涌动，开始流淌。

人本身就是一条河流，不过是站立的、行走的河流，每一条毛细血管都像山泉一样，汩汩地流出最初的水，血管再将它们运送到身体的每一个方向,这河床,百转千回。人吃水的时间长了,就有了水的性情,终有一天,也像水一样流向未知的大地。

每到婚丧嫁娶的日子,祖父总会从箱子里拿出那副已经旧得掉渣的家谱,颤颤巍巍地挂在墙上,在他的意识里,家谱被挂起来,我们就在祖先的目视下生活,不管是迎接新人,还是送别亡人,生命的延续就有了仪式感。

家谱是一个卷轴,里面写满密密麻麻或变形或掉色的汉字,我那时候总搞不清楚,为何家谱挂上去之后,就要摆供品,就要焚香,说话时不可大声,吃饭时还要先给家谱上的人夹几筷子。

祖父说,家谱上住着祖先。再望着家谱时,觉得从第一个人生发出来的先辈图谱,像一条河一样流淌在陈旧的纸上,于是就生发出一些奇怪的想法:我的家族,一部分人以辈分和名字的形式活在家谱上,由时间和敬畏供养;而另一部分人,活在大地上,由土地、空气、粮食、水养活。先辈们虽然离开了大地,但是他们在家族的河流里永存,而我们在先辈的护佑之下,生生不息。

认识了字,知道了名字背后的意义后,再回头来看家谱,就仿佛通过这简易的谱系,看到了我姓氏的源流,找到了数典认祖的证据,也从而探知到村庄的历史、地理和民俗。

而以记载父系家族世系、人物为中心的家谱,流到了祖父这一脉,就停住了,名字的部分是一个又一个等着被填满的方框。我曾经问过祖父,家谱上为何没有他和祖母的名字,他笑着回我:"等我们的名字写到家谱上,你就看不到我们了。"那时候,我觉得这一天好遥远,希望它永远也不要到来。

从家谱的走向看,祖父是我们整个家族的一个关键点。作为家里的独生子,他的存在,代表着某种转折;假如没有他,我们的家谱可能就此断了,祖父使得家谱这条河流一直持续流淌着。

祖父是个保守的人,这一点从他的三个女儿出嫁的距离就能琢磨个一二。大姑嫁得最远,我们村翻一座山,再经过两个村庄才能到达;二姑嫁到了大姑的隔壁,两姊妹想见面了出门走几里地就到了一起;祖父最疼的三姑,祖父让她嫁到了离我们村最近的镇上。

三个姑姑像一条河的三个支流,按照祖父的意愿排列在大地上。祖父祖母有个头疼脑热,三个姑姑就像能感应到一样,齐齐来探视。多年以后再回头看,我才发现,三个姑姑更像倒流河,她们被安排得如此之近,除了走动的方便,还有情感上交流的便利,有很长一段时间,三个姑姑轮流照顾着祖父祖母,村里人对爷爷的安排可是羡慕呢。

和对三个姑姑的苦心安排相比,三个叔父的未来明显让人省心得多,到了合适的年龄,他们接过祖父手里的鞭子,继续在祖父耕耘过的土地上忙碌了。而到了我们孙子辈,情况就明显不一样了,我们先后离开了村庄这个小小的河床,分别在上海、兰州、银川、石嘴山等地落地生根。

只有儿孙走远,祖父的河流才有真正意义上的漫延,不过他再也没有办法安排每一个人的生活,只能通过电话小心翼翼地打探我们的生活。就像河流,源头老惦记着支流的去向,支流又未必只顾着往前走,它们心里也一定惦记着源头。

堂妹是祖父这条河流流淌得最远的一支,她远嫁新疆之前,三叔和三婶经历过很长一段时间的思想斗争,他们觉得,虽说女儿迟早要离爹娘,但近水能抚慰人,嫁到千里之外,双方有个头疼脑热只能两头干着急。

这个时候,还是祖父的话让他们下了决心。祖父抛开他安排三个姑姑的初衷不提，只说自己年轻的时候去新疆讨生活，曾被那里看不到头的肥沃土地所吸引，也立志扎根于斯可惜最后未能如愿。

堂妹出嫁那天，临出门前，祖父喊住她，递给她两个小陶罐，一个装水，一个装土。多少年以后，再想起堂妹出嫁时带水土这个细节，突然就佩服起祖父来，他让堂妹带着的，不光是乡下的水土，还有斩不断的根脉。

河流是原乡的标记，是一个人生命的根系，人是背着原乡远行的河流，人这条河流到哪里，根就扎在哪里，休养生息。这是爷爷做了但是并没有告诉我的道理，我把它记在了心里。

我不会游泳，却喜欢"泅渡"这个词，这或许和从童年就开始的自我改变有关，也或者，人的一生本身就是一次一次泅渡的过程。

我生活的这条河流，在十岁的时候，出现一个巨大得让人悲痛的旋涡，母亲的去世，让我和我的家庭沉入水底，周遭是深水一般的压力，喘不过气。

当时，我就感受到了什么叫孤独，还学着抵挡它、忍受它，尽量不去人群中。于是，涝坝便成了我躲避孤独的去处。坐在寂静的死水边，看着河水在风的作用下一波推着一波前行，像时光之手推着生活一样；但到了岸边，这波浪就折回来了，风的力量再大，也没办法给它们出路。如此反复，水跟已经接受了现实的人一样，麻木，呆滞，这应该是在千百次努力之后的结果，要不然河岸两边的土，为何被冲刷得如此光滑呢？

其实，这些死水并不如我看到的那么颓废，是我错怪了它们，它们有自己的苦衷，它们没办法告诉任何人，只能隐忍地借着风，冲撞河岸。

那时候，就觉得那一波一波没有出路的水中，隐藏着太多的疑惑，闹懂它们，就闹懂了人生。可是当时我年龄太小，岸边生发出来的少年惆怅，最后都变成了遗憾。我不能一一破解水的密码，在水的启发下开始改变自己。

我开始在书本里寻找出路，走很远的夜路，挨冻去镇上的中学，然后再辗转去县城的高中，经历四年的煎熬，在经历了两次高考之后，终于给自己找到了一个出口。当我拿着录取通知书准备向村庄告别时，我悄悄地去了涝坝，蹲在岸边，掬一捧水，洗一把脸，像壮士一样离去，再也没有回头。

多少年后，再看走过的路时，我才发现人生这条河流，少年时以为困囿于山涧，一生最远也就去个镇上；青年时去了县城才发现柏油路上的水，随时可以成为河流，也随时可以消失得了无踪影；而内心的汹涌，推着年轻的身体气势如虹地湍急奔流，不畏惧狂风暴雨。

现在，好不容易冲破壁垒，把泉眼扎根在坚硬的城市，而我的两个孩子，像两股从我身体里流出来的清泉，开始撕扯和牵绊。我这条河，已经和乡下的那一潭死水没有两样了，两岸的风景越来越固定，越来越熟悉，内心开始有所牵绊，不再如从前般一往无前，慢慢地放缓了脚步，甚至瞻前顾后、停滞不前了。

父亲的河流也被我改道。行至暮年，生命的长河已经趋于平静，不再容易起波澜时，父亲被硬生生地引流到了陌生之地。虽然父亲这条河已经深沉得让人不易捕捉到任何情绪，可我还是能看出来他的局促和不安。他尝试着在新的河床流淌，但明显缓慢，没有了在乡下的恣意，像个学步的孩童一样。

有几次，我站在楼上，看见父亲站在街道的人流中，神情紧张，紧盯着路河对岸的红绿灯，人群向前，他努力地让人群裹挟自己。每每看到这个情景，我的眼眶里就有了小小的温热的河流，我并没有想着阻止它们，任由它们在脸的河床上纵横。

在乡下，我走过的路，是父亲走过无数次的路；我流淌的河床，是父亲流淌过的河床，我在父亲的护佑下横冲直撞。而进了城，我和父亲互换了身份，父亲走过的路，我走过很多次；父亲流淌的河流，不远处就能看见我的身影，父亲在我的影子里，学着适应。我明白他在人群里的无助和迷茫，因为这是我曾经经历过的。

一个乡下的父亲被改变了航道，就有更多的乡下的父亲经历同样的过程。其实，不知道从什么时候开始，一条条叫作乡下的河流，日夜不息地朝城市这片海洋奔波，我们这些终于抵达了城市的水滴们，瞬间就被淹没了。

帕慕克在《我的名字叫红》中这么描述河流和城市：像伊斯坦布尔边的博斯普鲁斯海峡的海水一样，白天，它多么湛蓝和美妙；而到了夜晚，城市的灯光让它成为一个驿动的黑域，浪尖上跳舞的灯光让黑暗越发地神秘莫测。水浪追逐着水浪，诗句追逐着诗句，玻璃窗外，呼啸的风带来了夜汛的潮湿气息，斑驳的灯光底下，世界重归于无序和复杂。而此时，一个外乡人很容易被城市的暗流吞噬了，包括她的灵魂与肉体。

父亲离开村庄进入城市，他的灵魂与肉体不断被城市改变着。我和父亲，两滴在乡下无法相融的水，在城市的波浪中却紧紧拥抱在一起，彼此引领。

一直希望有时光倒转的机会，这样，就可以穿越到童年去，回到六盘山腹地宁夏和甘肃交会处那个叫山河镇的地方，那里有寄托我少年情怀的山，有给我灵感的水。

山河镇，两面高山，"山"字有了；一条河流从两山的连接处流过，

"河"字便跳到了地图上,"山河"两个字组合到一起,就成了立在路边的路标,也成了我乡愁的归处。

山河镇有山河的气势,也兼具了镇的内秀,和身边的六盘山相比,它小巧玲珑,却交通便利,三座山聚拢在六盘山腹地,形成小片平坦之地,这不起眼的交会处,自有它的迷人之处。这里聚山,也聚人,十里八村的人们,住在山上的人们,过路的人们,做生意的人们,就把这里当成了集市,宁夏甘肃的货物和人,在这里集散。我们的童年,也在这里写了个感叹号。

乡下的集市,大都分布在一条叫甘渭河的河流的两边,从东到西,共有四个集市,一个一三五逢集,一个二四六开市,一个逢九,另一个逢十五,山河镇上赶集的具体日子我已经忘了,但是依然记得一条街上挤满了人,我跟在祖父身后,在人群里寻找想买的东西时的激动至今铭记。

集市也是一条河流,需求是重力,把四面八方的人吸引到同一个河床上来。几乎是一瞬间的事,街道上人声鼎沸,面孔各异的人们,接踵而至,扮演各自的角色。赶集的人,脸上写着要买的东西。凑热闹的人,像河流里的泡沫,轻轻一弹,就消失了。摆摊的人或站或蹲,面前的簸箕、脸盆、牛缰绳、剪刀、白布、菜叶子默不作声,和摊主生着闷气。这些都不是我关心的,祖父自有安排,我只操心牛市的交易和羊肉包子摊的板凳什么时候空下来。

牛市在路边的一处低洼的坑里,牛被聚集在这里,形成暗涌的河流,贩子们到处物色买主,然后是卖主、买主,和贩子衣襟下交换手指头,一来二去,没有一句话语,但是买主和卖主的脸色却有着很大的变化,一头牛就有了准确的交易价格。我被这诡异的讨价还价方式吸引,总想知道衣襟之下,是如何暗流涌动的,可一直没有答案。

牛市在十点准时散去，能卖的牛早卖了，没有卖掉的还要回去赶着干活，没有人有闲工夫在这里耗着。这个时候，羊肉包子摊上的人开始少起来，吃早饭的时间过了，吃午饭的时间尚早。我便趁人少去缠了祖父，要了一笼羊肉包子，狼吞虎咽起来，第一个包子吃完，才意识到吃得太快了，我应该细嚼慢咽，这样就可以延长吃包子的时间，这样就有机会让同学或者同村的玩伴看见。在集市上吃包子，是那时候乡下比较有面子的事。我吃过好几回包子，却没有一回碰见熟悉的人。

集市的河流一般在临近中午的时候就到了尽头；人如河水一般倒流，回到自己的来处。镇上的街道空旷，像从来就没有"河流"来过一样。而到了固定的赶集的日子，这里将再次热闹起来。如此反复，这条季节性的"河流"，流淌过我的童年，将我的人生从少年带到青年。

很多次，我在所居住的城市逛超市，恍惚回到童年的集市河流里，可是所见的每一个面孔都是陌生的，摆在柜台里的每一件商品都板着脸。如果超市也可算作河流，那一定是一条被冰封的死水河。

我总盼望着再一次汇入乡下的集市中去，感受人流的拥挤，寻找童年的痕迹。于是，最近一次回乡，我在山河镇停了车，想带孩子找找童年的集市，可是这里已经变成了干涸的河床：长长的街道两边，山还在，河流还在，医院还在，戏台子还在，就是集市不在了。三三两两的人，无精打采，两侧的门面房的老旧手写招牌还在，大铁锁上锈迹斑斑。

我童年的集市河流，在这里算是彻底断流了。

往低处流是重力给河流的命运，但人可以改变河流的命运。当然，河流也改变过很多东西，包括人的一生。

乡下的人，一生简单得一出生就能看透一辈子，一个人这一生要干的事情，土地早已安排妥当，人只需要按照时间节点，去完成它们。不出意外，人在土地上出生，也在土地上死去。有些人的一生是一条完整的河流，起点和终点之间，隔着好几十年；有些人的一生，像季节性的河流，流不了多久，流着流着突然就断流了。

一个人最开始的时候，是住在河里的，子宫把人浸泡其中，为其输送养分，好安稳地等待人的出生。按理说从水里来的人，应该是不怕水的，可偏偏没有鱼的习性，于是除了给身体里灌进足够让自己活着的水之外，人对水、对河流敬而远之。

大夏天的，我的玩伴本来是跟我们一起捉迷藏的，大家都汗津津地，没觉得热，偏偏只有他说要去河里冲凉，一个猛子扎下去，他就像鱼一样消失了。人们说这是受了水的蛊惑，河流里住着鬼，它们不上岸，却有把人勾引到水里的办法。

村里有个叫水生的，长得俊俏不说，还出落得白白净净，当乡下人带着两团"高原红"的时候，他就显得与众不同，每个人都被他的白所吸引，而他却被水吸引。一个午后，他走进涝坝，等出水的时候，他的被水浸泡过的皮肤，更加白皙。

人们不知道他为何会选择这样的方式了结自己，但是隐隐约约听说，他的精神出了问题，并且很严重，以至于从自己的名字下手，最后结束自己。后来人们才发现，水生这个名字确实不一般，那时候大家大多叫地生、路生，而他却叫水生，水生的人，最终永生于水。

逝者如斯夫。被水带走的，最后也埋进了土地，而土地上更多的人，像河流一样继续奔腾着，不管是在波澜壮阔的河床，还是在曲折蜿蜒的山涧，一滴水拥挤着另一滴水，一滴水追着另一滴水，勇往直前，生生不息。

选自《朔方》2022 年第 12 期

彭程

有
所思

彭程
————————————————

光明日报文艺部原主任,高级编辑,中国作家协会散文委员会委员,全国文化名家暨"四个一批"人才。出版散文集《心的方向》等多种。曾获中国新闻奖、冰心散文奖、丰子恺散文奖等奖项,并获第八届鲁迅文学奖提名。

有所思，乃在大海南。
　　——汉乐府

　　左边是山，右边是海。
　　从住处楼房十二层上的阳台向外望去，前后左右，一百八十度视野范围内，海南岛东海岸中部偏南的位置上，一处小海湾的景色尽收眼底，毫无遮挡。
　　分界洲岛就在正前方几公里外，狭长的形状像一副马鞍，浮在蔚蓝色的海面上。冰川期的海水侵入，让它与原本连为一体的陆地分离开，从此相守相望。岛上树木葱茏，碧海银沙，有海钓、深潜、水上摩托等海洋旅游运动项目，吸引了不少游客，每天有多班渡轮来往于岛与岸之间，单程只需要一刻钟，船尾拖出一道长长的波纹，很远就能够望见。
　　视野左边是一道绵亘厚重的山岭，绿沉沉的，一直延伸到海边。隔上一段时间，就会看到一列银白色的环岛高铁列车，从山麓处无声地驰过，倏忽即逝，小巧得像一个儿童玩具。目光沿着林木蓊郁的山坡爬向上面，重峦叠嶂接续不断，高处飘着大朵的白色云朵。在一座山峰最高处，稍为宽展的地方，建有一座气象站，正方形建筑的屋顶上矗立着一个巨大的白色圆球，在阳光下闪亮耀眼。
　　这一道高峻的山脉叫牛岭，是五指山脉的延续，海南地理和气候的南北分界线。分界洲岛是它跌落海中的一部分。一岭之隔，却有着十分明显的差异，特别是在冬天，岭北经常阴郁多云，潮湿寒冷，而岭南却是阳光明媚，温暖干爽。

从站立的位置望去，山和海并非等量齐观。海的体量更大，占了视野中三分之二的区域。目光自正前方移向右后方向，看到被一幢楼房弧形的转角遮挡住的一个海岬，需要转动脖颈才行。我将更多的心思花在看海上，让积攒了一年的向往，最大程度地获得餍足。

观赏大海色彩的变化，就占去了我不少的时间。

一天中，海水的颜色变幻多端。我最喜欢晴天时中午前后的那两三个小时，堪称最为华彩。海水碧绿，浓郁、纯净而明亮，仿佛一整块上好的翡翠，以一种流质的形态，摊开在阳光下面，微微漾荡。其他的时段，则呈现为浅灰、淡绿、深蓝以及我叫不出名的多种色彩，对应的是色谱表上不小的区域。

即使是同一时辰，如果仔细分辨，远近之间，颜色也不尽相同，分为深浅浓淡的不同层次。那最为深浓的中间部分，是正在向岸边涌来的海浪，仿佛一排排抖动着的皱褶，越来越近，越来越高。在视野右前方位置，隐约看到一簇突出海面的礁石，海浪接近它们时，已经高出不少，然后猛烈地撞过来，破碎成一大片浪花，伴随着白茫茫的水雾，可以想见冲击的力度。

从阳台下瞰，小区围墙外面是一个村庄。村子不算小，大概有上百户人家，房屋连绵错落，从各种树木搭接交织的枝柯缝隙间，可以看出被遮掩的村道的纵横走向。家家的屋顶上，太阳能热水器的储水罐闪闪发光。与上一次来时相比，正前方被房屋和道路围合着的一片草地的边缘处，新建了两幢三层高的房子。记忆回返到八年前，第一次来这里时，村子里的房屋破旧简陋，屋顶是一片黯淡的灰黑色，如今大多数都新建或翻新了。变化是明显的，只是时光的缓慢流逝稀释了这种感觉。

也有不曾变化的地方。那一大片草地上，每次来时都能看到一群牛，最多的时候有二三十头。它们从邻近大路的几栋房屋间的豁口走进来，悠然地埋头吃草，一副神闲气定的模样。云朵的大片阴影投在草地上，明暗交织，很像照片里的国外牧场。牛的身旁总有一些体形颇大的白鸟走动，不时伸出长喙，在牛的脑袋上啄食着什么，有时还跳到牛背上。这也属于生物界的一种寄生现象吧。有意思的是，这些牛自己会排成等距离的队列，慢腾腾地甩动尾巴，秩序井然地穿过草地，走进村子里的窄巷，走过人家的门口，又从巷口走到楼下的道路上，一直走到大路转角处，消失在视野里。

我下楼走出小区的大门，沿着大路向右走一百多米，便拐进了从楼上俯瞰的那条路，朝着牛队行走的相反方向，不久就走到了海边。

自阳台上远远地眺望的景色，此时清晰地呈现在面前。这是一片清静的海滩，与旁边游人较多的海滩之间，被一丛伸入海中的嶙峋乱石隔开。一块巨大而平坦的岩石上，有几个姑娘正在拍摄婚纱照片，白色的拖地裙裾不时被海风扬起。我背过身走向远处，弯下腰捡拾纽扣大小的贝壳。它们在沙滩上看毫不起眼，但拿回家，冲去泥沙放进玻璃瓶里，便立刻不一样了，有一种特别的玲珑精致。

海水涨潮了。我向后退去，回到海滩的最外端，好几排高大的木麻黄树矗立着，几处沙滩坍陷的地方，裸露出虬结杂乱的树根，旁边散落着几颗大小不同的椰子，看外壳的颜色样貌像是有些时间了，该是被海水浸泡过，又被涨潮冲回岸上。

周边十分静谧，只有浩荡浑厚的海浪声，依照固定的节奏传到耳畔。这样的环境，适宜漫无际涯地想一些事情。我坐在一截躺卧着的枯树树干上，数点自己过去十来年间在这个海岛上的履痕。

我想到了古老的昌江黎寨，火焰般怒放的木棉花瓣映照着船型屋的茅草屋顶，身着传统服装的老妇眼眶深陷，古铜色的脸上刺着黑色的纹饰；想到了白沙鹦哥岭自然保护区的青年团队，一群来自天南海北的大学生诉说着自己的梦想，年轻的脸庞上跳荡着青春的光彩；想到了万宁兴隆的热带植物园，蓬勃繁茂的树木生机旺盛，在阳光映照下，仿佛看到阔大叶片中有汁液在流动；想到了琼海潭门小镇的渔港码头，数百艘渔船即将驶往南沙海域捕捞作业，拜祭龙王、舞鲤鱼灯等祭海仪式正在广场上热闹地进行；想到了五指山通什的海南省民族博物馆，那些耕作和狩猎的简陋器具，见证着原始荒蛮时代先民生存的艰难；想到了文昌的航天发射场，我曾经近距离地观看飞船发射，火箭升空时巨大的呼啸声，至今仿佛还在耳旁回荡。

闲居无事的日子，古典诗词是很好的陪伴。我随身带了几册古诗，时常坐在阳台上的藤椅上，随意地翻阅几页。

此时，目光停留在一本汉魏南北朝诗选上。收入书中的那首汉代乐府《有所思》，已经不知读过多少次了，但仍然让我愿意再一次沉浸于它的字句中：

有所思，乃在大海南。何用问遗君，双珠玳瑁簪。用玉绍缭之。闻君有他心，拉杂摧烧之。摧烧之，当风扬其灰！从今以往，勿复相思，相思与君绝！……

这是汉代乐府《铙歌十八曲》之一，各种选本几乎都会选入。一位痴情的女子，思念远方的情人，精心挑选用花纹美丽的玳瑁甲片制作的发簪，又用美玉装饰起来，作为信物赠送给他，表达自己炽热的情意。

但当她得知心上人背叛了自己,满腔柔情瞬间化作强烈的怨恨,愤然地把心爱的定情物打碎,烧掉,再将灰烬投进风里吹走,不留一点痕迹,并发誓从此与负心人一刀两断,一丁点儿不再想他!口气激烈,行动决绝,全无一点犹疑踟蹰的气息。最强烈的爱,总是潜伏了更多的危险和毁灭。

该是与我此刻置身的地理位置有关,这一次阅读时,我忽然产生了一个陌生的想法,一种猜谜式的念头:诗中提到的"大海南",大海之南,会是什么地方?女子思念的对象就在那里。

我也知道,在古诗的语境中,大海之南,指代的是一个寥廓无垠的广阔区域,不一定是今天行政区域意义上的海南,更大的可能不是这一个海南。在漫长的古代,这座远在天边的岛屿是真正的边疆僻壤,很少被人们想起和提及。诗中的有些消息,倒是可以与这里沾上边,如海岛出产的玳瑁,自秦汉时代起就是进献给朝廷的贡品,但这种关联也只是相对的。在闽粤漫长的海岸线上,不少地方也出产这种物品。

不过在此时,身处海岛的一隅,我倒是愿意将此处代入诗中,使它成为诗中那个字眼的所指。海岛孤悬海外,又恰好位于大陆版图的中线之南,也说得过去。当然,这只是我自己的一个偶发的意愿,一种类似游戏的想法。这该是一种爱屋及乌的移情吧,起源于对这个地方的喜欢。它对什么都没有妨害,因此也不涉及应该不应该,合适不合适。

一首海南黎族民歌《久久不见久久见》,被我下载保存在电脑里,反复地播放。

到一个地方听当地民歌,别有感触。几年前第一次听到这首歌,我就为曲调中流淌着的深情所打动。它用海南方言演唱,舒缓绵长,宛转悠扬,听着歌声,眼前浮现出皮肤黝黑的男子,娇小纤细的女子,在椰

林里,在棕榈树下,含情脉脉地对唱,眼睛中闪动着光亮:

久久不见久久见,
久久相见才有味,阿妹哎,
好久不见真想见,阿妹哎,
见到阿妹心欢喜,阿妹哎!
久久不见久久见,
久久相见才有味,阿哥哎,
好久不见真想见,阿哥哎,
见到阿哥心欢喜,阿哥哎!

接下来的两段,语句大致相同,只是由男女对唱变成了迭唱,呼唤的对象在两人口中有"阿哥"和"阿妹"的区别。这种反复的回环咏叹,正是许多民歌的特点,也是最早的民歌《诗经》中《国风》里十分常见的方式。仔细品味一番,这首民歌不是有类似《月出》《桑中》等诗中的情调和韵味吗?——"月出皎兮,佼人僚兮,舒窈纠兮,劳心悄兮","期我乎桑中,要我乎上宫,送我乎淇之上矣"……它们原本也都是来自原野的歌吟,曲调中有田垄阡陌里的身影,有桑间陌上的阳光,轻风传来斑鸠和鹧鸪的叫声。

比较起汉乐府《有所思》中的激愤决绝,这首民歌中流淌出的情感,倒是更接近于爱情,尤其是初恋的爱情的普遍状态。羞怯中有大胆,柔和里有坚韧。音调沉静,感情纯净,方言腔调赋予了它与这片土地相匹配的质朴和诚挚。

最美的情感都应该是这样的。仿佛月光照耀着几丛芭蕉,仿佛海风轻抚着一片椰林。它是人生苦难的抚慰和补偿，是暗夜中的一丝亮光，又仿佛是一处避风港，允诺着惊涛骇浪中彼此的撑持与呵护。

这个世界的丰盛和慷慨令人感念，尽管这一点经常被忽略和漠视。在三面敞开着的阳台的一角，在一本边角已经磨破的旧书中，在笔记本电脑所发出的谈不上什么优质音色的乐声中，我可以沉溺于精神制作带来的享受，感受情感的各种形态和色调，从中获得感动、抚慰与启发，却不必惦记着要感谢谁。

然而，它们尽管十分美妙，但还都无法与一个人创造的心灵世界相比。这个世界最初也是建构于这个海岛之上。它是那样坚实而空灵，寥廓而细腻。它传布遐迩，泽被万世。

住了一周后，我们开车驶入环岛高速，穿过牛岭隧道后不久，便拐上横贯东西的万宁—洋浦高速公路，在海岛西北处再折向儋州方向。驶出高速转入县道，看到路标上中和镇的标识后不久，东坡书院便出现在视野里。

对我来说，这是一个期待多年的夙愿，是一次延迟过久的拜谒。脚步一迈进书院门口，我就提醒自己要将心情平复下来，尽量充分地把映入眼帘的一切收藏铭记，刻录于心底，就像熟诵苏东坡的许多诗词名篇一样。

我慢慢地走动，仔细地观看，想象当年他在此地的日常行止。在"东坡居士"雕像前，我端详他竹笠木屐、手持书卷的飘逸身影。他迎面走来，一直走进了青史，携带着无数迷人的传说。在他收徒授课的载酒堂，我眼前仿佛幻化出当年的诵读场景，"书声琅琅，弦歌四起"，穿越千年传递到耳畔。这一片荷花池塘，他该多次与随侍身边的三子苏过一同走过？这一排槟榔树下，或许正是他初遇那个七十多岁农妇的地方？"内翰昔日富贵，一场春梦"，老婆婆对他说出这样富含哲理的话，令他刮目相看，既诧异又欢喜，从此径呼其为"春梦婆"。

虽然是初次来此，但周边环境风景，庭院建筑，却恍若相识已久。经由熟读这一时期的苏东坡作品和有关他的传记，我对东坡在此地的三年生涯，早已经了然于心。

"问汝平生功业，黄州惠州儋州"，在《自题金山画像》一词中，苏东坡用一种自嘲的口气，总结了自己坎坷蹭蹬的一生。他的非凡生涯的最后一段时光，是在这座偏远的海岛上度过的。

在漫长的时间内，海南岛都是放逐之地。流放的罪臣，贬谪的高官，自中原渡海而来时，大都怀着一颗赴死之心。苏东坡也不例外。当他以六十多岁高龄被贬赴此地时，在致友人的信中他这样写道："某垂老投荒，无复生还之望。昨与长子迈诀，已处置后事矣。今到海南，首当作棺，次便作墓。"可谓沉痛黯然。甫一落脚，他又写道："此间食无肉，病无药，居无室，出无友，冬无炭，夏无寒泉，然亦未易悉数，大率皆无尔。"死神扇动巨大的翅膀，阴影仿佛随时都会降临。

但天性的达观豪迈，让苏东坡很快就坦然接受了命运的安排。尽管环境恶劣，"岭南天气卑湿，地气蒸溽，而海南为甚。夏秋之交，物无不腐坏者。人非金石，其何能久？"但他仍能找出自我宽解的理由："然儋耳颇有老人，年百余岁者，往往而是，八九十者不论也。乃知寿夭无定，习而安之，则冰蚕火鼠，皆可以生。"对隔绝内陆、孤悬海外的岛上生活，他也有自己的解释："天地在积水中，九州在大瀛海中，中国在少海中，有生孰不在岛者？"

境由心生，别人望而生畏的荒蛮禁地，对于他也不是多么可怕了。时间流淌，他越来越喜欢上了这里，诸般物事都变得可亲。他写诗发抒心志："他年谁作舆地志，海南万里真吾乡"，"我本儋耳氏，寄身西蜀州"……此地就是家乡，而富庶繁华的川地故里反而成为他乡，发生在文字中的置换，对应的是心境的转捩。新皇即位，他接到大赦令，渡海北归，在船上，他写下这样的句子，"九死南荒吾不恨，兹游奇绝冠平生"，一以贯之地宣示了他那无可比拟的乐观主义。在这个海岛上，他将苦中作乐的情怀，随遇而安的禀赋，发挥得酣畅淋漓。

海南是他苦难的深渊，但又何尝不是他荣誉的峰巅？三年谪居中，他写下了大量作品，这段时间成为其创作生涯的一个高产期。而著述之外，他的另一桩足以彪炳史册的巨大事功，是给这片土地播撒了文明教化的种子。他居岛三年间，大力倡导诗书，劝课农耕，开启民智，促进了多方面的明显进步。在他登岛之前，海南从来无人进士及第。他设坛讲学后数年，就有学生成为海南历史上第一个举人。此后一直到明清时代，海南人考取科举者众多，以至于有"海滨邹鲁"的称誉。清代《琼台纪事录》一书记载："宋苏文忠公之谪儋耳，讲学明道，教化日兴，琼州人文之盛，实自公启之。"苏东坡在海南的地位，相当于孔子在中原。他个人的厄运，却成就了整个海岛的幸运。

这座热带岛屿，大自然的力量恣肆奔放。炽热的阳光下，树木花草的阔大枝叶和浓烈色彩，是生命力放纵呐喊的表情。台风肆虐处，浊浪排空，樯倾楫摧；暴雨降临时，天昏地暗，撼山拔树。但对我来说，每一次想到这个地方时，眼前浮现更多的都是苏东坡的形象。这个贬客身上发出的力量，有着相似的气魄和强度。

联想到苏东坡早年的诗篇，其中有这样的句子："人生到处知何似？应似飞鸿踏雪泥。"他是将人生看作一次游历的，既然如此，路途中就可能遭逢种种境遇，有明月映平湖，也有罡风卷黄沙，只能全盘照收，祸福由之，无法讨价还价，挑三拣四。海岛三年，是他的生之行旅中的一段凶险途程，但他履险如夷，将劫难化作了生命的养料。

这样推想下来，思绪就越来越清晰，越来越接近一个让我感到鼓舞的念头，接近一种救赎的可能性：如果他能够这样想这样做，我们为什么就不能？

这时候，我才明确地意识到，这次来瞻仰东坡故居，固然是为了满足夙愿，但潜意识里实际上另有一重动机，是试图汲取几分他面对侘傺命途的乐观、"一蓑烟雨任平生"的旷达，给自己增添一些面对困厄的勇气。最低的祈求，也是让自己在深沉的悲哀中，能够稍稍透一口气。这种哀痛仿佛最为浓稠的夜色，几乎将我吞没，令我窒息。

女儿，你在那边还好吗？

你离开我们已经一年半了。四百多个日子里，无法摆脱对你的思念，哀伤如影随形，每时每刻都缠绕裹挟着我们。曾经努力想忘掉你，仿佛一个行长路的旅人，试图卸下背负的沉重行李，稍稍歇息一下，喘一口气。白天的匆忙喧嚣中，有时似乎做到了，但在深夜的梦境里，你的身影总是执拗地浮现，在一个个曾经经历但又变形了的背景场面中，似真似幻，半实半虚。

这一次来到此地，初衷仍然是为了摆脱。

亲友们都说，出去走走吧，走得越远越好，离开熟悉的环境，才更容易把过去抛开。那么，还有什么地方比海岛更符合这个条件呢？天涯海角，正是它的别名。于是有了三个半小时的飞行，然后又是将近一百公里的车程，才到了现在这个地方。

但抵达之后，却意识到忽略了一个最简单的事实：我们怎么不想一想，这里同样布满了你的印迹呵。

全家三人最后一次的集体行动，就是来这里休假，住了整整一周。

翻看手机里当时拍摄的众多照片，你的每一幅里都是笑容洋溢。一幅幅缀接起来，那些日子的记忆鲜活如在眼前。

小区庭院里满目葱茏，品种繁多的植物茁壮茂密，枝叶纷披。你陪着我们散步，有时走到前面，有时又落在身后，痴迷地拍摄那些色彩艳丽的热带花卉，然后对照手机上的植物识别软件，大声念出它们的名字。你跳跃的姿势，单手举起手机拍照的专注神情，似乎是昨天的事情。

走出小区通往海滩的小门，一条铁锈红颜色的木栈道，架设在崔嵬错落的礁石上，随着山势和海岸线起伏逶迤。走在栈道上，我们不时停下来彼此拍照，你白色的衬衫下摆挽了一个结，盖在天蓝色的牛仔裤上。其中一张照片，你身边是一棵高大的三角梅，满树怒放的红色花朵，像一大朵悬浮的云彩。

我坐在阳台上的藤椅旁，看着手机，往事联翩涌现，仿佛无声的潮水。目光稍稍抬起，便望见了前方漂浮在蔚蓝色海面上的分界洲岛。它储存了更为清晰的记忆。

那次离开海岛前的头一天，我们来到了开往分界洲岛的海岸码头。长长的沙滩围出一道柔和的弧形，沙子洁白细软，踩上去有说不出的惬意。我们慢慢走向游客稀少的区域，偶尔停下脚步，望一眼远处正在驶往岛上的渡轮。巨浪翻滚着涌来，越来越高，发出低沉的轰鸣声，快到岸边时，仿佛一堵浅绿色的墙壁，然后散落开来，摊成一沓沓白色的浪花。那天你身着一袭黑色连衣裙，头发被海风吹得飞扬起来，笑得那样畅快开心。

怎么能想象得到，你快乐欢笑的年轻的生命，会在仅仅两年后，被邪恶的病魔吞噬，从此天地间再也没有你的一点痕迹，一丝气息？

眼前几公里外的分界洲岛，这条海南气候分割线上的最东端点，从此也将我们的生命，切割成不同的季节。这一重意义，只有我们自己才能领会。猝然的一击，是揳入脏腑深处的一把冰锥，我们从此步入了寒冬，感受着沦肌浃髓的冰冷。时间流淌，季节递嬗，外在的景观物候不停地转换，但内心的荒芜板结依然，迟迟不肯萌发新的芽苗。我们最终能够从寒冽中走出来吗？需要何种程度的热力，才会让灵魂重新舒展？

北纬十八度线上的热带阳光，此刻正照在阳台上。头上和肩背上，感受到了一缕冬日特有的舒适。这样的照晒已经有好几天了。我终于感觉出，落在肌肤上的温暖，也在向深处浸润，一点点地沁入。

"死亡不是生命的终点，遗忘才是。"

想到了几年前热映的好莱坞动画片《寻梦环游记》，这是其中被传诵最多的一句台词。那么，既然对你的想念如此地噬心蚀骨，你如此深切地烙印在我们的记忆中，岂不是说，你并没有化为彻底的虚无？在我们也告别这个世界之前，你一直都会住在我们心中，你的生命也将经由我们而得到延续。直到将来的某一天，我们重逢。

我这样来安慰自己，我也只能这样安慰自己。有时候，如果我们执着于一个念头，并不是出于其真实性，而只是因为愿意如此。它能够让我们稍稍心安。在这个意义上，这个想法仿佛是一盆炭火，在内心深处幽幽地燃烧，多少驱散了一些寒气。一些湿冷发霉的地方，正在被慢慢烘烤。

依照这样的理念，我来到这里，触景生情、睹物思人的过程，是重拾记忆，也是复活你的生命。眼前每一次浮现出你的身影，耳旁每一次幻听到你的声音，都是一条看不见的手臂伸向你，将你拉近和拽紧，从虚无的深渊里拉回到身边。

那部影片中，不同的语句反复表达着同样的意思，仿佛音乐中围绕同一个主题的各种变奏。"真正的死亡，是世界上再没有一个人记得你。"死亡起源于被遗忘，因此，既然你如此地被我们想念，我们便有能力将你留在身边。

这个念头终归带给人一些慰藉。

我们将你留在记忆中，封藏在内心里，其实也是将一种热力注入自己的魂魄。尽管伴随回忆的是哀伤，但同时也产生了一种坚牢的东西，可以抵抗黑暗和寒冷的侵蚀。支撑是相互的。你的生命，通过我们的记忆得到伸延，而在对你的记忆中，我们也获得了继续生存的理由。

那么，为什么还要将你的音容从眼前驱散呢？不是忘却，而是铭记，才更有可能与命运达成和解。活过，爱过，陪伴过，本身就是自足的，是一份不会泯灭的价值，如刻如镂。

"凡存在过的，会永恒地存在。"

我进而想到了奥地利精神医学家、意义疗法的开创者维克多·弗兰克的这一句话。经历过纳粹集中营的极端苦难，他写下一本书《活出意义来》，表达了置身生与死边缘的思考。从同样幽暗的深渊里浮出后，我如今更能够理解这句话的蕴涵。

此刻是下午三四点钟，前方的海面明亮炫目，千百万个光点在沸腾跳荡，难以直视。将目光挪移开，沿着海岸线向左前方慢慢地滑动，又爬到牛岭山脉上。山脊线漫长而柔和的线条，减弱了山脉险峻陡峭的感觉。阳光投射上去，一大半山体明亮碧绿，仿佛被水洗过一般，但也有大片的暗黑色区域，那是在空中几乎悬停不动的云朵的投影。

我久久地眺望着。眼前视野里的景观，是思念的出发点，也是思念的落脚处。时间重叠了，仿佛此刻山和海的相连，阳光和阴影的交错。

有所思，乃在大海南。

选自《光明日报》2022年12月9日